飞花令诗词大全

李妍
编著

必读经典
导读与考点

延边教育出版社

责任编辑：金海英

图书在版编目（CIP）数据

飞花令诗词大全／李妍编著．-- 延吉：延边教育出版社，2019.6

（必读经典导读与考点）

ISBN 978-7-5524-8459-5

Ⅰ．①飞… Ⅱ．①李… Ⅲ．①古典诗歌-诗集-中国 Ⅳ．①I222

中国版本图书馆 CIP 数据核字（2019）第 088896 号

必读经典导读与考点

飞花令诗词大全

出版发行：延边教育出版社

地　　址：吉林省延吉市长白山东路 98 号（133000）

电　　话：0433-2913940　010-82608550　　网　　址：http://www.ybep.com.cn

传　　真：0433-2913971　010-82608856　　客　　服：QQ1697636346

印　　刷：北京柯蓝博泰印务有限公司　　开　　本：880 毫米×1280 毫米　1/32

印　　张：11　　字　　数：260 千字

版　　次：2019 年 6 月第 1 版　　印　　次：2019 年 6 月第 1 次印刷

书　　号：ISBN 978-7-5524-8459-5　　定　　价：39.80 元

目录

辑一　梅兰竹菊

辑二　琴棋书画

辑三　春夏秋冬

辑四　风花雪月

辑五　山海云天

辑六　星草树鸟

辑七　雨柳酒

辑一 梅兰竹菊

忆梅

唐・李商隐

定定①住天涯②，依依向物华③。

寒梅④最堪恨⑤，常作去年花⑥。

注释：

①定定：唐代俚语，与现在的“牢牢”类似。

②天涯：距离家乡十分遥远的地方，这里指梓州。

③物华：万物升华，指的是春天的景物。

④寒梅：早梅，通常在冬天开放。

⑤恨：遗憾。

⑥去年花：指早梅。因为早梅一般在冬天开放，在春天时凋谢，所以称其为“去年花”。

赏析：

《忆梅》是李商隐（字义山）在梓州幕府生活时所作的一首五言绝

句，全诗一气贯通，浑然天成，虽少婉丽之姿，浅白直率，却又妙意曲折，别显几分浑融之味。

首句，诗人未言梅，先言愁，以俚语“定定”入诗，失之不工，却颇有大俗大雅之别趣，生动形象地描绘出了诗人孤滞异乡、羁旅难耐的愁苦。

次句，由首句生发，因羁旅“天涯”之困顿愁苦太甚，所以，诗人对嫣红姹紫的春光“物华”平生了七分相“向”之意，“依依”之情似乎在意料之外，又在情理之中，愁与眷相反相成，备显诗人之巧思。

三句，顺承次句，因恋“物华”，诗人浮想联翩，不由自主地便“忆”起了那在群芳盛绽之前便已零落成泥的“寒梅”。一个“寒”字点明了“梅”开在冬，先春而凋，照应后句的“去年”。一个“恨”字，曲折递进，将诗人未曾提及却显而易见的“忆”之情境做了更深一步的拓展。因恋而想，因想而“忆”，又因“忆”而“恨”，其间千回百转种种思绪，恐只诗人一人可解、可追。

四句，“常作去年花”，是对“恨梅”之因的一种着意阐述，“去年”之语，惋叹的不独是梅的凋零，更是它“不待作年芳”的早秀。诗及此处，黯然之情、颓悔之伤已溢于言外。而这种恨、这种黯、这种伤，与其说是在为梅，还不如说是在为己。义山少年才显，青年登科，春风得意，未及中年却迭遭不幸，仕途坎坷，羁旅天涯，就如“寒梅”，不能于春日与百花同芳，其中落魄怨嗟，委实一言难表，唯以梅相“忆”，聊以寄情罢了。

早梅

唐·张谓

一树寒梅白玉条，迥临村路傍溪桥。

不知近水花先发①，疑是经冬雪未销②。

注释：

①发：开放。

②销：同“消”，融化。

赏析：

古往今来，咏梅之篇颇繁，世人常叹梅之芬芳傲雪，张谓却另辟蹊径，独言其“早”，匠心巧运，颇具逸趣。

全诗语言工丽，妩媚中带着一丝难得的俏皮，娓娓读来，画意真情，盎然扑面。虽则全篇都在咏物，但字里行间却有浓浓的惊喜之情流溢。

首句开门见山，直接点题，以浓淡得宜的笔墨描绘出了早梅盛绽时纤美明媚的姿态。“一树”之“一”，实作“满”解，淋漓地道出了梅花之繁茂、缤纷，极言其多；“寒梅”之“寒”点出物候，暗指仍处凛冬，与诗题之“早”相应。“白玉条”为比喻，寥寥三字，却将早梅的洁白莹美、清丽多姿尽数道来，形具而神生，惟妙惟肖。

次句，诗人笔锋自然顿折，不再写梅，转而对梅的生长环境做了浅实而明晰的描绘。草木本无知，在诗人眼中，这早梅偏就有了知，不慕繁华、不慕热闹、不择熙熙攘攘的“村路”扎根，独独选择了清冷的“溪桥”傍身。“迥临村路傍溪桥”，“迥”之一字，描绘出了早梅选择的与众不同，也描绘出了诗人的讶异之情；“傍”则以拟人的手法淋漓地描摹出了早梅有知有情的妙态；而且，远离繁华，崇慕清冷，遗世独立的选择，本就是对梅不争、不羡、高洁傲岸品格的一种暗颂。

三、四两句，诗人笔锋再折，由梅及人，写到了诗人喜见早梅后的心绪起伏。“不知”含意外之意，点明了偶见“先发”之“花”的惊诧欢喜；“疑是经冬雪未销”则是对这种心绪的进一步铺展诠解。“疑”字传神，将诗人惊见早梅的喜悦与不可思议之情渲染到了极致。“雪未销”则与前句之“白玉条”相应，不仅描摹出了梅的清洁姿态，亦以雪喻梅，借疑梅如雪之实赞了梅的高洁傲岸，妙趣天然，可圈可点。

江梅

唐·杜甫

梅蕊腊前破，梅花年后多。
绝知①春意好，最奈客愁何。
雪树元②同色，江风亦自波。
故园不可见，巫岫③郁嵯峨④。

注释：

①绝知：明知。

②元：原本，原是。

③巫岫：巫山。

④嵯峨：形容山势高耸险峻。

赏析：

杜子美、李太白双星并耀，绚烂了半个盛唐。相比于落拓不羁、崇慕浪漫瑰丽的太白，以诗明史、漂泊流离的杜子美，诗歌落处，却又别有几分浅浅的愁、淡淡的伤。

《江梅》算不上杜子美的代表作，可那以梅为引、字里行间流溢的惆怅与乡思，却总令人慨然动容。

首联，诗人起笔极妙，短短十字，已将梅花之次第尽述。“腊前”“年后”的时间递进，“破”与“多”的数量转折，两个“梅”字的呼应重叠，无形之间，便已引人入胜。

颔联，顺承首联之“年后多”，概言“春意好”的同时，却又笔锋顿折，因春而“愁”，春愈早、愈好，客愈怅、愈愁。

颈联，宕开颔联，以愁着眼，以梅落笔，“雪树同色”极写梅开之早，“江风自波”用以言愁。且微波的江水，与随风漾动的梅花两相生发，既不显凝滞，又以江映梅、以梅映江，写出了江梅独有的丰致，恰与诗题相契合。

尾联，诗人笔锋再宕，以“故园不可见”暗表乡思，“巫岫郁嵯峨”备言愁长，遥应颔联，言情之余，更为江梅平添了几分朦胧忧郁的底色。

全诗首句以“梅”起笔，及颈联写“江”，巧言妙语，构思之精，尤可称道。虽“一切景语皆情语”，但寄意抒情、咏物怀思至这般浑然无迹的地步，实难做到。

梅

宋·王安石

墙角数枝梅，凌寒①独自开。
遥知不是雪，为②有暗香③来。

注释：

①凌寒：冒着严寒。

②为：因为。

③暗香：梅花的幽香。

赏析：

《梅》是王安石改革失败、罢相退居之时作的一首五言小诗，格调清致、意味悠远、语言朴素、不事雕琢、托物明志、妙韵天然。

“墙角数枝梅，凌寒独自开”描摹梅傲放之姿。“数枝”明言“独自开”的梅花并不多，“独自”则暗点了梅之不惧流俗、孤芳凌寒的刚强姿态；“墙角”述梅开之幽僻简陋环境，在昭显梅花绽放之可敬可贵的同时，也暗暗应和了梅之孤洁，照应了“独”。

“遥知不是雪，为有暗香来”紧承前句，进一步对梅之妍态香姿做了描摹。

“遥知”应“暗香”，有“暗香”虽淡却远传之意；“不是雪”，以雪拟梅，暗藏“非雪而似雪”之意，既点明了梅之色彩莹白，又以雪衬梅，彰显了梅之纯风净骨。“为有”与“遥知”相合，为因果倒装，点明“遥知”的因由；“暗香”不独描绘出了梅香之清浅、不闻名，又别有几分梅开胜雪的赞叹之意，语言深幽，耐人寻味。

且雪里白梅，不独在言花，实际也在写人，白梅不外是王安石自喻。朝廷内外，荆棘满布，改革环境之艰，前所未见，就如这冰雪相覆的凛冬。然而，从始至终，哪怕改革败了，王安石的信念却一直都未曾变，他清高、他耿直、他刚介、他不愿流俗，“独自”“暗香”说的又何止是梅，而是人啊！虽在“墙角”，绽不过“数枝”，却仍“凌寒独自开”的不正是那逆流而上、迎风冒雪、希冀能改革图强的有志之士吗?

全诗朴素，蕴藉之中却多有留白，越是回味，越觉悠长，千古名篇，自非虚传。

红梅三首（其一）

宋・苏轼

怕愁贪睡独开迟，自恐冰容[①]不入时。
故作小红桃杏色，尚余孤瘦雪霜姿。
寒心[②]未肯随春态，酒晕[③]无端上玉肌。
诗老[④]不知梅格在，更看绿叶与青枝。

注释：

①冰容：形容女子纯净洁白的面容。《剪灯馀话·至正妓人行》："冰容反惧脂粉涴，香体匪藉沉檀浴。"

②寒心：情绪受到打击而灰心。

③酒晕：饮酒后脸上泛起的红晕。清黄景仁《十四夜赵舍人秉渊招集酒后偕步灯市》诗："眼芒旋落酒晕奇，谈绮烘成烛花巧。"

④诗老：指石曼卿，是苏轼的前辈诗人。

赏析：

东坡一生旷达，诗风豪迈，宕拓不羁，无论咏物写人，都自带几分洒脱之意，咏梅之篇，亦不例外。

《红梅》是东坡所作一组七言律诗，共三首，此诗为第一首。

诗首联，以拟人入韵，以红梅比美人，情致盎然。"独开"点明百花已凋之实，"怕愁贪睡"言明"开迟"之故，"自恐冰容不入时"又道出了"怕愁贪睡"的因由，上下两句，因果循环，丝丝扣连，颇见精致。

颔联首句，"故作"二字，承上启下，"小红桃杏色"率言红梅之娇丽鲜艳，应一"红"字。次句，笔锋转折，意味递进，直说虽然为了"入时"，梅花"故作"红妆，但其傲雪凌霜、冰清玉洁的本质却从未改变。此处，"尚余"二字，落笔极是巧妙，若隐若显，足见功底。

颈联，诗人笔落淡丽，对红梅做了更深层次的阐述与回护。它"寒心"依旧，不曾"随春"，之所以露出犹春般的红晕，不过是被酒晕了娇颜。一个"未肯"，一个"无端"，前后相辅相成，以拟人之妙，将红梅的坚定及与众不同写得惟妙惟肖。

尾联，诗人笔锋转折，由叙而议，以议抒慨，对以有无"绿叶""青枝"来分辨红梅与桃李的老诗人的诗做了批评，并借此着意点出了"梅格"之所在，为颈联补笔，回归赞咏梅"雪霜之姿"的本意，巧思妙语，足堪回味。

梅花落

南朝宋·鲍照

中庭多杂树，偏为梅咨嗟。

问君何独然？念其霜中能作花①，露中能作实②。

摇荡春风媚春日，念尔③零落逐风飚，徒有霜华④无霜质⑤。

注释：

①作花：开花。

②作实：结实。

③尔：指杂树。

④霜华：即前句“霜中能作花”的简称；华，古同“花”。

⑤霜质：原来指梅花抵御寒冷的能力，借指抵抗恶劣环境的本质。

赏析：

古来咏梅之诗实多，如鲍明远（鲍照字明远）《梅花落》者却鲜少。

诗为杂言诗，虽沿用了乐府旧格，却别出新意，语句错落，构思巧妙，言语流丽绚美，情思飒飒，自见章法。

诗一二两句，开门见山，直抒胸臆，直接点明了喜梅、赞梅的态度。“中庭”之中，树木繁茂纷杂，以“杂树”居多，但诗人却不爱杂树，偏要为梅“咨嗟”，态度鲜明，毫无迟疑，可见对梅喜爱之深。

直言喜爱之情后，诗人笔锋一宕，用拟人的手法，问答的方式，另辟蹊径，以“问君何独然”承上启下，对喜梅花、厌杂树的原因作了深入具体的阐述。“念其”两句，状的是梅，以“霜中作花”“露中作实”，凌寒且耐寒，极赞梅之品性高洁；“摇荡”三句，状的是杂树，杂树虽繁茂，但必倚赖春风、谄媚春日，喜依傍、不独立，纵使有一二树木能在霜雪中绽放，但终归“徒有霜华”，不过转眼，便凋零随风，比之经冬皆傲雪的梅，自然逊色几多。

当然，一切托物之语，不外人言，“杂树”也好，“梅花”也罢，其实都不过是比兴之表象。诗中之“杂树”不独指树，也指碌碌无为、无节怯懦的士大夫；“梅”也不独指梅，而是许多品性高洁、不流于俗的贤人隐士的指代，喜梅即喜人。全诗态度鲜明，情感沛然，一褒一贬，相对相照，既有托讽之意，又抒宕拓之情，且情感鲜明强烈，令人震撼不已。

雪梅（其一）

宋·卢梅坡[①]

梅雪争春未肯降[②]，骚人阁[③]笔费评章[④]。
梅须逊雪三分白，雪却输梅一段香。

注释：

①卢梅坡：宋代诗人，自号梅坡。

②降：相让。

③阁：同“搁”。

④评章：评议的文章，这里指评议梅与雪孰高孰低。

赏析：

山不在高，有仙则名；水不在深，有龙则灵。宋时，诗坛百花齐绽，一派蓊郁繁华。卢梅坡之名，一向不显，其诗，存世者也不过寥寥，然，便是这寥寥数首，成就了他的千古诗名，其中，最广为人知的便是这首《雪梅》。

全诗立意新奇，语言别致，格调清婉，既具理趣，又有情趣，情理交融，雪、梅相争相映，殊是难得。

首句，诗人以“梅雪争春”切题、点题，开篇即予人耳目一新之感。

梅与雪，常相伴而现，以梅映雪、以雪彰梅为诗文常态。此处，诗人却别出机杼，巧妙地让梅雪相争，而且“未肯降”，谁都不服输，于是，便引出了后续的种种。

次句，“骚人阁笔费评章”，在述实的同时，承上启下。梅雪秋色平分、各专胜场，古之骚客文人均难以断其优劣，唯有为此“阁笔”，诗人也如是。

三、四两句，诗人从不同的角度对梅与雪作了比较，详细阐述了“费评章”的原因：“梅须逊雪三分白，雪却输梅一段香。”

雪色莹洁、无瑕纯粹，梅花虽也白皙可爱，却要稍逊一筹；梅花有浅香萦鼻、芬芳沁人，雪却没有：两者各有所长、各有所短，所以高下难分。但雪可为梅添色、梅可为雪添香，两者若不争而互助，取长补短，却能绚烂春日。

细细品读此诗，咀嚼再三，不难看出，诗人名是写争春，实际上却是在劝人各自裁量、取长补短、成人成己，巧思妙语，嘉言嘉理，意味自见悠长，千古流传，自也应当。

早梅

唐·柳宗元

早梅发[1]高树，迥映楚[2]天碧。
朔吹飘夜香，繁霜滋[3]晓白。
欲为万里赠[4]，杳杳山水隔。
寒英[5]坐[6]销落[7]，何用慰远客。

注释：

①发：开花。

②楚：柳宗元当时身处永州，这里以前属于楚地。

③滋：增加。

④万里赠：指给远方的朋友捎去一枝梅花。南朝宋陆凯从江南给长安的朋友范晔寄去一枝梅花，并赠诗一首：“折花逢驿使，寄与陇头人。江南无所有，聊赠一枝春。”

⑤寒英：指梅花。

⑥坐：徒然。

⑦销落：凋谢，散落。

赏析：

柳河东之诗，向来清峻爽朗、精工丽致，简淡朴拙中自带一股沉厚隽美的韵味，《早梅》亦不例外。

诗首联，“早梅发高树，迥映楚天碧”，起笔飞扬，简明中总萦三分阔远。一个“发”字，既栩栩如生地描绘出了早梅蓬勃盎然、昂首绽放的姿态，亦写出了一种豁达高旷似“能开天地春”的神韵，衬以“楚天”的辽阔背景，开篇即醒目非常。“高树”既是实写，亦是虚写，字里行间，诗人绘的不独是现实中映托碧空、出尘脱凡的梅树，亦是理想中那行高于人、不流于俗的自己。两句，一前一后，粘连有致、有序，足见诗人笔力之健。

颔联，诗人笔锋顺次递进，由遥看、整观，转而近看、详述，对早梅的香与色做了形象的描摹。北风凛冽，梅香凭风远扬、飘溢四方；繁霜寒重，梅花不以为忤，反以霜为哺，滋养出一片莹洁。含蓄的笔墨，明了的词句，无形之间，便将梅不畏严寒、傲雪凌霜、孤高清逸的品格与形象刻画得入木三分。

梅既如斯隽美高洁，诗人赏梅观梅之余，不由浮想联翩，往事如潮纷涌，对故友的思念也再难抑制。他想将眼前之梅与友人共赏共享，希冀能折梅相赠，然而“杳杳山水隔”，万里之遥，终归是无法通达，于是，慨然而叹“寒英坐销落，何用慰远客”。

梅花早绽，亦早凋，寒英销减，徒增无奈，坐而叹息，难慰远客。诗人由梅之遭逢，不由联想到了自身的遭逢，被贬永州，忧谗畏讥，辛苦飘零，与这早梅何其类似。于是，怜梅惋梅便也是怜己惋己，个中未明之意、未表之情，且吟且诵，层层递进，更觉隽永。

兰

石兰

宋·梅尧臣

言石曾非石上生，名兰乃是兰之类。

疗疴①炎帝与书功，纫佩楚臣空有意。

注释：

①疗疴：疗沉疴、治疾病。

赏析：

梅尧臣，字圣俞，世称宛陵先生，北宋现实主义名家，一生创作浩繁，《石兰》为其中之一，全诗短小精悍，淡雅平明，可圈可点。

诗如其名，咏的是石兰，但诗人却没有从石兰之花容妍态、色香姿颜入笔，而是匠心巧运，从“石兰”之名入笔。“言石曾非石上生，名兰乃是兰之类”，说的是，石兰虽然以石标榜，但并非生长于岩石幽壁之中，以兰为名，确实也是兰属。至于，不是石上生，那是何处生、何处长？属于兰类，姿容、芬芳、品性、气节方面又与兰类有多少共融、共通之处？诗人并未提及一字。言外之意，越是咀嚼、思虑，便越觉回味。

一番未尽之言后，诗人笔锋递转，借物抒情，又发慨叹：“疗疴炎帝与书功，纫佩楚臣空有意。”昔年，（石兰）为人疗沉疴、治疾病，炎帝亲自为她书写功劳，但如今炎帝不在，明君不复、沧海桑田改易，石兰纵有“纫佩楚臣”之意，却不过转眼成“空”。两相比对，境遇天差地远，个中多少思绪，或怨或愤，或淡泊或填膺，诗人未曾明言，也不做明言，唯愿读者自思量。此处，“空”之一字用得尤为独到，为何“空”？是“楚臣”无意且不愿再佩兰？还是再无有资格佩兰的“楚臣”？或者两者兼而有之？众说纷纭，不外见仁见智。

一诗成谜，一诗解趣，一诗含义可千般，如此佳篇，殊是难得，后人言咏兰，必崇《石兰》，自不无道理。

幽兰

晋·陶渊明

幽兰生前庭，含薰待清风。
清风脱然至，见别萧艾中。
行行失故路①，任道或能通。
觉悟当念还，鸟尽废良弓。

注释：

①故路：旧路。

赏析：

一直冀望清风朗月，桃花源里自秋风的陶渊明，从始至终，内心都充斥着一种难言的恬适与洒脱。《幽兰》一诗，乃其辞官归隐后所作，全诗结构工致、语言清新、情真意恳、理趣天然，在无数咏兰佳篇中亦当拔得头筹。

诗前四句绘景状物，后四句说理成趣，顺序扣连，很是相得。

首二句“幽兰生前庭，含薰待清风”直接以“幽”起势，语中已隐见潜隐思归之意。

幽兰本该生长于幽处，僻守清宁，随风伴雨，幕天席地，而今却偏偏生在了“前庭”，无奈，只得“含薰待清风”。此处，“含薰”“清风”皆一语双关。“含薰”既指兰草自含芳香、清宁自守、品性高洁，亦指如兰般的高士虽身处“前庭”繁华扰攘之中，仍坚守本心、不流尘俗、高雅自持；“清风”既指将兰香远远吹送的自然之风，亦指“前庭”清明之政、识人之人、为高士之助力。

次二句言清风习习而至，与萧艾杂草同在前庭的兰草自然而然便被凸显而出。此处，“萧艾”象征的是庸碌无为之士，兰艾之分，亦是贤愚之分，暗表诗人以高洁自喻，不愿与“杂草”同流。

后四句，诗人借景抒情、借物明理，娓娓述出了自己胸中由兰而发的感想与见解。

前行复前行，走得太远，便失了旧路，反不如顺其自然而行，或可通行。既然已经醒悟了，便应回去了，何必等到鸟尽弓藏。一个“当念还”，便已将诗人自求清净、急流勇退的归隐之意述得淋漓，细细咀嚼，不见理障，偏觉理趣，后人赞其为“真理真诗”，委实不虚。

芳兰

唐·李世民

春晖开紫苑，淑景[1]媚兰场。
映庭含浅色，凝露泫浮光。
日丽参差影，风传轻重香。
会须君子折，佩里作芬芳。

注释：

①淑景：指春光。

赏析：

开创了“贞观之治”的唐太宗李世民不独是一位雄才伟略的君主，还是一位才华横溢的诗人，他一生创作丰裕，有诗词百余首传世，《芳兰》不过其一。

全诗对仗工致、流丽明媚，构思精美、语言谐和，别致中见参差，很是不俗。

首、颔二联，以雅丽流美的笔墨次第勾勒出了一幅融融春光里的紫苑芳兰图。

首联，“春晖”“淑景”，点明环境、地点、时令，兰是春兰，沐浴春光，盛放在紫禁芳苑之中，一派妩媚。

颔联，上承首联，对“兰场”的景致做了进一步描摹，芳兰映庭，婀娜多姿，花色袅袅，深浅不一，蕊瓣叶茎之上，尚有莹莹露珠滚动，泫光轻浮，绝美异常。

颈联，诗人笔锋稍稍宕开，以“日丽”“风传”表物候晴明、天光正好，又以“参差影”“轻重香”含蓄地表明了时序的推移，表明赏兰人的乐而忘返、依依不舍。日光浮动，不同的时间，不同的角度，同一片兰花，照出了参差不同的花影。不同时间，不同角度，风的大小不同，飘送的花香浓淡自也不同。另，此处“参差”“轻重”也可以兰多而解，一苑兰花，有丛密、有稀疏，有挺拔、有低矮，同沐春光，花影也自参差；同理，一阵微风吹送，花繁处香浓，花疏处香淡，也自呈现不同的风情。诗人以寥寥十字，传出万般兰风兰情，炼字之精，可见一斑。

尾联，诗人笔锋顺下，借景抒慨，如此清芳明媚的兰花，俗人怎能轻易采摘佩戴，“会须君子折，佩里作芬芳”，唯有君子采摘佩戴，人与花才算相得益彰。此处，诗人虽未明言，但对如兰般的君子及花中君子的兰花的赞誉、喜爱、怜惜之情却已溢于言表。

种 兰

南北朝·袁淑

种兰忌当门[1]，怀璧[2]莫向楚。

楚少别玉人，门非植兰所。

注释：

①当门：对着门。

②怀璧：化用“匹夫无罪，怀璧其罪”的典故。

赏析：

袁淑，字阳源，南朝宋文学家，出身名门，博而多通，有才辩，擅诗文，其诗多遒丽堂皇、婉约精致、富贵气象，如《种兰》般平实小巧、直率铿锵者，委实鲜见。

诗是五言诗，篇幅短小，仅四句。开首，诗人便化用“芳兰生门，不得不锄”及“匹夫无罪，怀璧其罪”的典故，谆谆诫语，“种兰忌当门，怀璧莫向楚”，一个“忌”，一个“莫”，否定之意强烈，抒情也极厚重。

及后，诗人笔锋顺下，再次用典，以“楚少别玉人”，再发警语，告诉世人，“门非植兰所”，言辞虽浅白直率，但正因浅白，方显郑重、真挚，寥寥数语，便道出了植兰之大忌，也由忌生思，以反衬正，含蓄地对兰的高洁、脱俗做了赞颂。

门为何不可植兰？门乃门庭、门户，每日迎来送往、出出进进、熙熙攘攘间，不知道有多少人往还，“当门种兰”，兰便成了障碍，不利于出入，由是，即便兰再芬芳美好，也必须得拔除。种兰如是，处事为人亦如是，繁华门户，攘攘熙熙，不过名利场，名利场上求高洁、求傲岸、不肯流俗，碍了他人、挡了门户路途，自然也会为人嫉恨，被拔除。

诗人种兰之叹，本就是处事之叹，兰生错了地方，便遭毁灭，人呢？自不例外。所以，诗人说“门非植兰所”，那么，何处为“植兰所”呢？诗人没有说。全诗至此，也戛然收束，言已尽，意与情却未尽，大片大片的留白，自待后人填充、补绘。

题杨次公春兰

宋·苏轼

春兰如美人，不采羞自献。
时闻风露香，蓬艾深不见。
丹青写真色，欲补离骚传。
对之如灵均[①]，冠佩不敢燕。

注释：

①灵均：屈原的字。

赏析：

《题杨次公春兰》是苏轼为杨姓友人作的一首五言题画诗。

第一、二句明喻，首句“春兰如美人”，以“春兰”二字应题，以“美人”二字张目，盛赞兰之妙丽姿态、倾城花容；次句，顺承首句，一句双意，“不采羞自献”，既有“无须折采，兰娇羞妩丽的风姿便会自主献于人前”之意，也有“人若不主动采而佩，兰便羞于自我谄献”之意。

第三、四句，延第一、二句之脉络，不述兰姿，反述花香。“时闻风露香，蓬艾深不见”，哪怕杂草漫深，将兰花彻底遮掩，但当风吹泠泠，兰香依旧随风远传，时萦鼻端，为人所感、所嗅。借此，诗人巧妙地赞了兰的香远益清，同时，也借兰对与兰一样被“蓬艾”遮掩的贤士赞而歌之，现实再残酷艰险，有才有识的君子也能自散其芳、光辉灼灼。

后四句，诗人笔锋转折，应诗题，且述且赞，对杨公之画兰做出肯定，字里行间，流溢出的全是对兰的喜爱与倾慕。

“丹青写真色，欲补离骚传”赞扬杨公丹青妙笔，画兰传神，画出了兰真正的姿容与神韵，以此兰补离骚亦无愧屈原。

“对之如灵均，冠佩不敢燕”，对此兰，便如对着屈原，采而佩之，珍之慎之，不敢有丝毫轻慢。

此处，“如灵均”语，巧妙地呼应了首句之“如美人”，“冠佩”句则是对“不采”句的一种诠释与延伸，首尾辅应之圆融新巧，每每读来，都令人由衷赞叹，大家笔墨，果然不凡。

古风·孤兰生幽园

唐·李白

孤兰生幽园，众草共芜没。
虽照阳春晖，复悲高秋①月。
飞霜早淅沥，绿艳②恐休歇。
若无清风吹，香气为谁发。

注释：

①高秋：深秋。

②绿艳：指兰的叶和花。这里用修饰词代中心词。

赏析：

太白一生，豪放恣肆，千金不折，浪漫洒脱，自见不羁。他的诗，一如他的人，同样瑰丽流岚，豪气纵横，如《古风·孤兰生幽园》这般微微有些自伤不遇、略带叹惋的诗其实并不多。

全诗比兴寄意，疏放天然，托物以言志，自有一番真情可堪回味品鉴。

首二句，诗人以平实大气的言语着笔，切一“孤”字，写了生在“幽园”中的兰草，与“众草”一起“芜没”的现实处境，暗点自身的怀才不遇。

次二句是对上句“芜没”的一种拓开，虽绘凄凉之状，却无凄凉之语，字里行间言“悲”，却不见悲切，襟怀宛然在目。

再二句，诗人的情感由悲转忧，“飞霜”之语，不独是在写兰为霜寒所逼，也隐有自身年华老去之叹。纵便太白再豁达，也怕空负年华、理想成空、一生碌碌，只是“芜没”孤独的处境，却又让他深感无奈。

于是，最后二句，他的忧转成了怨，转成了知音难觅、伯乐难寻的落寂，“若无清风吹，香气为谁发”，似是诘问，亦是感叹。无清风，兰香难以远传，无伯乐，诗人一腔旷世之才、宏大抱负亦无用武之地。“为谁”之问，问得激愤，亦问得悲怨，其中无奈与寂寞，不在诗中，却传言外，恰恰又与首联的一个“孤”字相绾合，首尾无声相应，整首诗无论是情感还是格调，都因之自然浑融。大家风度，可见一斑。

咏兰

元·余同麓

手培兰蕊两三栽，日暖风和次第[①]开。
坐久不知香在室，推窗时有蝶飞来。

注释：

①次第：一个挨一个地。

赏析：

《咏兰》是元代诗人余同麓作的一首七言绝句，流传至今。

诗首句，“手培兰蕊两三栽”，语极平实，却又因平实而显自然之趣。“手培”点明兰花为诗人亲手栽植，栽植的过程如何，诗人未言，我们却不难想象，浇水、施肥、修枝、剪叶，精心呵护养育，无拘春秋，个中种种，微微品之，便觉温馨喜悦。

次句，“日暖风和次第开”，承上启下，借兰花之盛绽将诗人胸中的欣喜之情无声地扩大。“日暖”暗点时令，寓指为春；“风和”为动态描摹，既写了花放时的美好情形，又为末句的风吹香送“有蝶飞来”做铺垫；“次第开”，将兰花一朵一朵缓缓地、慢慢地、似有序又似争竞般逐渐开放的景致做了最生动的描摹，栩栩而别致。此处，诗人未言花态，也未言花香，但随着花的次第开放，那妍丽的姿容、扑面的芬芳似早不言而在。

三、四句，诗人着一“香”字，从正、侧两个角度，对兰之清香进行描摹。

“坐久不知香在室”是正写，“不知香”不是因为花无香，而是因为花太芬芳，以致人流连于室，不愿离去，“坐久”了，嗅觉被同化，渐渐地，便也不知香了，这种“不知”恰恰是一种“深知”。“推窗时有蝶飞来”则是侧写，以兰香远送、芬而引蝶的美好情景，突出兰香之沁；一正一侧，相辅相成，兰香之清远，已自跃然。

纵观全诗，无一字华言，语多平淡无奇，但句句读来，却又有一种天然去雕饰的冶趣，无一词言情，却句句皆有情，浅入浅出，于平常中见奇崛，诗人炼字炼句之功，自见大观。

怨篇（节选）

汉·张衡

猗猗[①]秋兰，植被中阿[②]。

有馥其芳，有黄其葩。

虽曰幽深，厥[③]美弥嘉。

之子[④]之远，我劳云何！

注释：

①猗猗：美盛的样子。

②中阿：丘陵里，也指山湾里。

③厥：代词，其。

④之子：即“是子”，指兰。

赏析：

古人咏秋兰，常叹其凌霜，赞其高洁，惋其未得芳信、未放春时，张平子（张衡字平子）却偏偏别出机杼，反其道而行，四言《怨篇》，立意新颖、结构巧致、语言清新、比兴强烈，诗中多用对比、隐喻，层层递进，启人深思。

“猗猗”一词，原是赞语，形容植物美好繁盛，诗人起首，即以“猗猗”来盛赞本应在霜中傲然独放的“秋兰”，无形之中，便已令人眼前一亮；而后句“植被中阿”又将这种“亮”以对比的形式赫然凸显。“中阿”为山湾，是荒僻之所在，但这样的荒芜之中，却有一丛又一丛、一片又一片的秋兰蓊蓊郁郁地生长着，盎然纯美、生机蓬勃，这种对比，何其之强烈。

之后，诗人又以“有馥其芳，有黄其葩”对秋兰浓郁的花香、娇艳的花容做了生动阐述，这种本就强烈之极的对比，就更强了几分。

待五、六两句，诗人笔锋顺折，将这种不曾明言的对比、赞誉与喜爱，写在了明处。“虽曰幽深，厥美弥嘉”，虽然生长在幽僻的深山，但是它依旧纯美而嘉好。层层烘托之下，这种好与美便愈显难能可贵。

然而，秋兰如此“嘉美”，却无人欣赏，懂得欣赏的诗人却又难在近旁，诗人心中难免生怨，由是，七、八两句，诗人慨叹：“之子之远，我劳云何！”距离你那么遥远，我徒自怨恨嗟叹又有什么用呢？此处之“劳”，上映题首之“怨”，中合“中阿”之幽，下绾秋兰之嘉美，用之绝妙。且，诗中虽在言怨，但不过因赏兰不得而怨，怨愈深，则衬的爱愈重、兰愈好，寥寥几语，无须细读，便已觉深婉，无怪刘勰在《文心雕龙》中会以“清典可味”四字赞之。

无题

清·蒋士铨

板桥作字如写兰，波磔[1]奇古形翩翩。
板桥写兰如作字，秀叶疏花见姿致。

注释：

①磔：书法术语。点画用笔的一种技法。“永字八法”将捺笔称为“磔”。

赏析：

蒋士铨是清朝名传天下的戏曲家、文学家，文章天成，于诗词一道不多涉猎，却也创作浩繁，其存世稿本近三千，泠泠出彩者不算多，本诗为其中一首。

诗无名，题咏的是郑板桥的书画，落墨不多，造语浅近，直中见挚，清新可爱。

全诗合共四句，分两层，一为“作字”，一为“写兰”。

首二句，摹板桥之书法，说他“作字”就像是在绘兰，笔画之间颇见奇古风韵，字体字形也翩翩有致，细而观之，字字如兰。

末二句，写板桥之兰画，说他画兰就如写字，花叶疏秀，姿容俨然，恍惚之间，株株兰开犹字现，内蕴风骨。

四句相应，虽极浅白，却也道出了郑板桥书画的真谛，道出了他书中有画、画中有书的笔法格调，从结构和用意上来讲，颇显巧致。并且，首二句与末二句不仅互文对照，且相辅相成，诗人以兰喻字，不仅道出了字形之秀古，同时，也表明了字韵之奇、字中风骨之幽芳，细细读来，颇觉新巧可爱。

题《山居图》

元·钱选

山居惟爱静，白日掩柴门。
寡合人多忌，无求道自尊。
晏[1]鹏俱有意，兰艾不同根。
安得蒙庄叟，相逢与细论。

注释：

①晏：晏鸟，一种鸟的名字。

赏析：

钱选是元初画坛俊彦，“吴兴八俊”之一，诗、书、画三绝，最擅花鸟，亦工山水，诗中、画中多见稚趣。

本诗是钱选较为知名的一首题画诗，题咏的是他的名画《山居图》。

画是一幅山水小卷。画中，青山绿水，碧峰四合，茂林茅舍，竹篱驰犬，长松红叶，村落隐隐，一派恬淡雅静。本诗四联，则是这种“静”之意韵的深化与发散。

诗首联“山居惟爱静”，既点明了画中蕴含的“静”之意韵，又言明了自身希冀、渴望、喜爱闲静山居生活的心意。“白日掩柴门”，是借画中之村落、茅舍、柴扉、竹篱衍生出的一幅山居小景，短短五字，便让画瞬间鲜活了起来。

颔联，紧承首联，述了“山居爱静”的因由，落落寡合、为人所忌、无欲无求、率然天性，只望“道自尊”。

颈联，且叙且抒，通过“晏鸟”与“大鹏”“兰草”与“萧艾”的对比，以“俱有意”“不同根”暗表人与人的性情殊异、选择不同，隐有人各有志、顺其自然之意。

尾联，“安得”一问，婉约抒情，以与“庄叟相逢论道”的假想，直抒淡泊闲隐、清净自适之意，托物设喻，以画寄情，画、人、情三者绾合，颇见妙谛。

慈姥竹①

唐·李白

野竹攒②石生，含烟映江岛。
翠色落波深，虚声③带寒早。
龙吟曾未听，凤曲吹应好。
不学蒲柳④凋，贞心尝自保。

注释：

①慈姥（mǔ）竹：又称“子母竹”。产于安徽当涂县慈姥山，是做箫、笛的好材料。枝干森束如母子相依，常用来比喻母亲的爱。

②攒：同“钻”。

③虚声：空谷间的回声。

④蒲（pú）柳：植物名，又名水杨。

赏析：

《慈姥竹》是唐代浪漫主义名家、诗仙李白所作的一首五言咏物诗。

诗首联即铺叙，以明快生动的语言述尽慈姥竹之神韵、风貌。“野”言竹之自由任性；“攒”表竹之顽强、蓬勃；“含烟”，有蓊郁之态，描述的是竹之繁茂葱茏；“江岛”点明竹之环境，写尽一地之风貌。

颔联，为全诗点睛之笔，锤字炼句，精彩独到，不仅咏出了竹色竹声，更咏出了竹神竹韵，让竹瞬间鲜活了起来。首句“翠色落波深”，摹竹色，以“翠”着眼，以“深”落笔，生动地描绘出了翠竹映碧波、碧波因翠染而愈绿愈色深的景致；次句“虚声带寒早”，摹竹声，起意在“声”，点墨在“寒”，以风动竹枝、竹声飒飒、竹声和了风声，令人遍体生凉，以至于平生春寒早到之错觉，描述了竹之韵、之清、之寒、之孤。此联，双句通感，角度多元，立意新颖，造语精致，颇见匠心。

颈联，诗人不再直接摹竹，转而写了以竹为笛，曲奏龙凤的事实，写出了竹之可用、得用、高材、洁性。

尾联，诗人笔锋再转，以柳、竹对比的手法，直接抒情，以述“贞心”。在诗人看来，“蒲柳”太易凋萎零落，纵便有些风姿，也是枉然，而竹却不同，竹“攒石而生”，蓊蓊而坚，即便风吹雨打，亦能永葆本色。所以，诗人在末句，以“贞”赞竹，同时，以竹自比，托物寄意，表现了自己宁折不弯的傲骨及永不改易的一腔贞静情怀。

严郑公[1]宅同咏竹

唐·杜甫

绿竹半含箨[2]，新梢才出墙。

色侵书帙晚，阴过酒樽凉。

雨洗涓涓净，风吹细细香。

但令无剪伐，会见拂云长。

注释：

①严郑公：指严武。

②箨：竹笋外一层层的皮，笋壳。

赏析：

杜甫的诗一向苍凉沉郁、饱含忧国忧民之思，如本诗般语调轻快、色彩明艳的，委实不多。

诗描述的是新竹，原是作者和挚友严武同题而作，诗风宛然清丽、秀而可人。

诗前三联，皆摹竹状物。

首联，诗人落笔于“新”，以“半含”“才出”化静为动，将竹婷婷怡人的姿态及蓬勃向上的生长过程缓缓勾勒出来，数语传神，别出新巧。

颔、颈二联，诗人从视觉和嗅觉两处着墨，分别对晴日之竹、雨日之竹做了描摹。

颔联绘的是晴竹。“色侵书帙晚”是从视觉的角度摹竹色竹影，“侵”字写尽了影随日光而动、面积不断扩大偏移的渐进过程；“晚”则照应“侵”字，竹影翳翳、遮蔽日光，似乎是天色暗淡了下来，邻近傍晚，由此，给人一种时间上的错觉；“阴过酒樽凉”，顺承前句，依旧在摹竹影、竹色，却又变幻了角度，说竹叶葱碧喜人、竹影摇曳生姿，斑驳的竹影，郁郁的青色，同时映入、移过酒杯，不觉之间，便为这酒、这景、这饮酒人平添了几分凉爽之意。

颈联绘的是雨竹。首句“雨洗涓涓净”，描摹的是微雨过后，竹清洁明净、一尘不染的无瑕风姿；次句“风吹细细香”，则从嗅觉的角度，描摹了雨后格外清芬的竹香，此处，“细细”一语用得极妙，将竹香的清浅、柔和描绘得淋漓尽致。

最后一联，诗人笔锋顺转，借景抒情。

“但令无剪伐，会见拂云长”，笔是虚笔，乃是诗人纵意联想出的景象，但字里行间，却满是寓意期待、意味深长。“无剪伐”“拂云长”一语三关，既有尊重天性，任“竹”自由生长、以成其高之意，又有呵护“新竹”，关怀其成长，令其成材之意，同时，也颇有几分希望不被攻讦，得到提携，能一展抱负，平步青云之意。

另外，此诗既为应和之诗，难免要赞主人，所以，行文之间，也自有三分赞严武的意思，只是并不明显。

种竹

宋·司马光

种竹南墙阴，竹生皆北向。
苟非[1]阳在北，竹性安可强。
乃知就阳意，草木皆有情。
园葵最柔弱，独取倾心名。

注释：

①苟非：如果不是。

赏析：

一部《资治通鉴》成就了司马光不世的清名，世人皆知其擅经、擅史、擅策对，却不知他也擅诗词。

《种竹》一诗，诗风朴秀，意境天成，构思典丽，情致深远，托物以喻人，情语物语，相得益彰，颇见奇妙。

首二句“种竹南墙阴，竹生皆北向”，语浅白，却赋雅趣，以“南墙之竹北向而生”的奇异景象做引，由景入情，引人遐思。“阴”为阴面，点明不向阳；“种”表明竹非野生，而是人为栽植，是园中之竹，为尾句的竹、葵对比做了前序铺垫。

第三、四句顺承首二句，以“阳在北”对“竹生皆北向”的奇景做了解释，亦以虽植生南墙，却顽强向北的事实，淋漓尽致地描绘出了竹的“刚强劲节”。另外，“苟非”“安可”上下相承，顺序叠进，既表达了怜竹之意，亦点出了竹刚强的原因，以物砺人，暗蕴人当于困境之中搏风击雨、一心向阳、刚介不屈之意。

后四句与第三、四句紧密相切，由议抒情，直发感慨，“乃知就阳意，草木皆有情”，草木纵无知，却有情，也知循于本能，向阳、逐阳而生。然，同在庭园之中，“倾心”之名却被“最柔弱”的“园葵”独取，提及园葵，世人皆知其“向阳而生”，但同样“向阳”的竹却默默无闻。此处，诗人不独以葵、竹之鲜明对比衬托了竹之刚强、傲岸、不慕名利，亦以葵、竹相映，上承“皆有情”之语，匠心独妙，令人赞叹。

风竹三首（其一）

明・徐渭

竹劲由来缺样同①，画家虽巧也难工。
细看昨夜西风里，若今琅玕②不向东。

注释：

①样同：同样的。

②琅玕：这里指翠竹。

赏析：

终明一朝，百花齐放，才子纷纭，名垂者实繁，“青藤画派”鼻祖、明代文学家、书画家徐渭为其一。

徐渭擅画，也擅诗，其诗存世者不多，《风竹》三首最经典，此诗为其一。

全诗构思巧致，别开生面，初起笔，便让人眼前一亮。世人皆叹竹之劲节，言竹必言其劲、其节、其耿、其直，徐渭却偏不，他说“竹劲由来缺样同”，赋予了竹与众不同的标签。

没有哪一根竹子，会和其他的竹子一样，哪怕同样顽强、同样劲节、同样挺拔，但表现顽强、表现劲节、表现挺拔的方式却是不同的，所以，在首句言了不同之后，诗人一脉顺势，直言“画家虽巧也难工”，哪怕是最擅画竹、笔法再工巧的画家，也不可能尽传竹神，把所有的竹子都画好。

借此，三、四两句，诗人一笔而代，说“细看昨夜西风里，若今琅玕不向东”，昨夜西风朔朔，风中千竹万竹摇曳，今日再见，竹林中的竹子亦不全然东倾。竹沐西风，不尽向东，人亦如此。不是所有的人在困难艰险中都会以同样的方式、方法来保持劲节，但选择的方法不同，不代表不劲节。此处，诗人明是写竹，实则是在以竹喻己。他这一生，虽才名早扬，却命途多舛，很是坎坷。逢事遇乱，他的选择也多不同于俗、个性张扬。是以，时人对他褒贬不一，有赞者，也有诋者，而《风竹》，显然便是徐渭的自彰、自辩与自白，娓娓读来，颇感其心。

篱竹

清·郑板桥

一片绿阴如洗，护竹何劳荆杞[①]？

仍将竹做篱笆，求人不如求己。

注释：

①荆杞：荆棘和枸杞，有时用来形容萧条破败的景象。

赏析：

郑板桥（郑燮号板桥）一生以“诗书画”三者称绝，爱兰竹石，常喻竹为“百年长青”之植，以之成诵多篇。其中，《竹石》最著名，《篱竹》则寓意深刻、最富理趣。

首句“一片绿阴如洗”，明快清丽，寥寥六字，便描绘出了修竹千竿、翠色如新、叶重荫浓的恬适美好景致。

只是，一切美好，大多脆弱易逝，需要守护。竹呢？这样美好的绿竹清景，自然也需要守护。谁来守护？常人多认为应是带刺的荆杞，诗人却不以为然，甚至，在次句，他率然直陈：“护竹何劳荆杞？”何，意为何必。何劳，意即何必劳、无须劳，也就是无须劳烦荆杞，以疑代否，语气很是强烈。

那么，不用荆杞来护竹，用什么呢？三句，诗人给出了明确的答案。“仍将竹做篱笆”，用坚韧的竹子扎一圈篱笆，自然就能将篱内婀娜浓绿、一片清好的美景护持住了，既简单，又方便，无须另做寻求。

是以，四句，诗人顺势说理，吐出了那句广传后世的名言：“求人不如求己。”

竹子坚强自立，不以荆杞为凭依，能够自我保护、自我成就。人呢？人亦当如竹一般，立身于世，修自身、修德行，自立自强、坚定傲然，无须以任何势力、任何人为依附，洁身自好，以己为天，秉持中正，自拔节，自疏旷，也能成就自身的“一片绿阴如洗”。

通览全诗，诗人没有做赘赘之言，没有长篇说教，反而寓理于竹，托物明理，将枯燥的说教以竹为载体具现，从竹中发掘种种内美之质，栩栩之间，自觉悠长。郑板桥虽非诗词国手，但以竹为篱、以篱护竹的新颖构思，行云流水般的遣词用语，深入浅出的析理入趣，却也难能可贵，堪为大家风致。

潍县署中画竹呈年伯包大中丞括①

清·郑板桥

衙斋卧听萧萧竹，疑是民间疾苦声。
些小吾曹州县吏，一枝一叶总关情。

注释：

①包大中丞括：包括，是郑板桥的年伯，他当时担任山东布政使，署理巡抚。清代巡抚又称中丞，“大”表示尊敬之意。

赏析：

公元1746年，郑板桥赴潍县任知县。时年，山东大旱，饥荒连绵，民生凋敝。郑板桥忧思重重，坐卧不安，手绘墨竹图一幅，赠予时任山东布政使的包括。画中题诗，托物取喻，以传其情。于是，便有了这首《潍县署中画竹呈年伯包大中丞括》。

首句“衙斋卧听萧萧竹”，直摹画竹之因由，言明画中竹为衙内竹。“萧萧”摹其音，以声入画，以画映诗，将画中未传之凄清苦郁尽皆展现。

次句“疑是民间疾苦声”，与首句声息与共，是首句竹声及画中墨竹引发的系列联想。风竹萧萧如呜咽，诗人由此，推竹及人，想到了那些大旱中饥寒交迫、生计维艰的百姓痛哭呜咽之声，“疾苦”应“声”，颇见神思之渺远，人心之清怀。

三、四二句，转笔抒情，以竹自况且况人。“些小吾曹州县吏”，既指自己，也指包括。“一枝一叶总关情”既照应了画竹、诗竹之主题，又以竹为托寄，抒发了对百姓深切的关怀、同情之情。“一枝一叶”寓意极是广泛，枝枝叶叶，点点滴滴，照以细节，寓以真情，不知不觉间，便将画的内涵与人的胸襟器量拓开无数。

新竹

清·郑板桥

新竹高于旧竹枝，全凭老干为扶持。

明年再有新生者，十丈龙孙①绕凤池②。

注释：

①龙孙：竹笋的别称。

②凤池：凤凰池，旧指宰相衙门所在的地方，这里指四周长着竹子的池塘。

赏析：

《新竹》是清代文学家、书画家、“扬州八怪”之一郑板桥作的一首咏物托志小诗。

全诗语言清朴、明白如话、立意疏朗、言浅韵深，既见物神，又见人神，读来颇见佳趣。

首句“新竹高于旧竹枝”，起势平明，内见隽永，看似如白开水般平叙无味，却挈领全诗，别见几分蓬勃朝气。“新”与“旧”高低的对比，不仅摹出了新竹的昂扬茁壮，亦描绘出了旧竹的宽厚欣然。新竹旧竹枝叶相映，更见繁密清美。

次句“全凭老干为扶持”，顺承首句，是对首句新竹高于旧竹现象的自然解释，字里行间颇见恬然淡泊。

及后二句，诗人笔锋微错，由眼见而浮想，自实见虚，对“明年”今日竹林的景致做了展望。“十丈”极言新竹之挺秀拔萃；“龙孙”借指竹笋，应前句之“新生”，另，“龙孙”与“凤池”呼和，隐约之间可见赞誉流美之意，以“龙凤”之辞言竹，既是赞竹，也是赞人，赞竹之风标绝代，亦赞人龙章凤姿、卓然不俗。

纵览全诗，字字言竹，不见人迹，实则句句写人，既写出了“长江后浪推前浪，一代新人换旧人”的盛况，也写出了旧人对新人的栽培，新人对旧人的感激崇敬，谆谆数语，既见感喟，又含展望，言浅意深，语短情长，自见蕴藉。

夏昼偶作

唐·柳宗元

南州[①]溽暑[②]。醉如酒，隐几[③]熟眠开北牖[④]。

日午独觉无馀声，山童隔竹敲茶臼[⑤]。

注释：

①南州：指永州。

②溽暑：指盛夏的气候湿热。

③隐几：靠着几案。

④牖：窗户。

⑤茶臼：用来捣茶的石臼。

赏析：

柳河东一生，文章含远，诗词纵横，所作极丰。《夏昼偶作》虽不著名，但造语婉蓄、立意恬淡、格调清远、情随景入、自然流美，亦为一时佳作。

诗开首应题，“南州”点明地点，“暑”点明时令，“溽”状南州夏日潮湿闷热的气候特征，“醉如酒”则是“溽暑”人难耐的细节描摹。

及后三句，皆应首句。“隐几”句是“溽暑”的进一步生发。因难耐溽暑，所以“开北牖”；因“醉如酒”，所以“熟眠”。“熟”之一字，在此用得极是贴切，将“眠”之香、之酣、之长描绘得淋漓尽致。一觉酣眠，醒时“独觉无馀声”，一片清幽岑寂，唯“山童隔竹敲茶臼”。一个“敲”字，以动衬静，更显“馀声”之“无”，颇见意趣。

然而，诗人入笔写“山童”，为的却不是表清幽、言闲逸。事实上，河东一生遭逢坎坷，难见悠闲，诗中种种闲适，不过只是表象，末句“山童”语，才是卒章显志之言。诗人借自身盛夏悠然午睡之闲和山童日午仍敲臼劳碌之忙，写出了官与民巨大的境遇差别，表达了民生之多艰，字里行间，既见怜悯，又觉感愤，言有尽，意无穷，耐人寻味，颇是高妙。

潇湘神[①] · 斑竹[②]枝

唐 · 刘禹锡

斑竹枝，斑竹枝，泪痕点点寄相思。

楚客[③]欲听瑶瑟[④]怨，潇湘深夜月明时。

注释：

①潇湘神：词牌名，又名《潇湘曲》。潇湘，湖南西南部潇水、湘水。

②斑竹：湘妃竹。据说舜在苍梧去世，两个妃子娥皇和女英赶来，痛哭不已，眼泪染在竹子上，像泪痕一样斑斑点点，所以叫“斑竹”。

③楚客：原指屈原，这里是作者自况，此词写于刘禹锡被贬朗州之时。

④瑶瑟：用美玉装饰的瑟。

赏析：

刘梦得（刘禹锡字梦得）世出名门、书香传家、才高德显，有“诗豪”之誉。他平生有志，期以经纶，却终不得时。这首以民间迎神曲调改编的小词便是其被贬朗州时的托物寄怨之作。

词开首叠用两句“斑竹枝”，不仅以滚珠流水般的句式领出一片哀怨之意，而且呼应词旨，对“斑竹”及与其相关的典故做了无形又有形的强调，为后文做垫。

“泪痕点点寄相思”，紧承前句，化用“舜死苍梧，娥皇、女英泣涕湘水，泪洒湘竹，留痕斑斑，遂为斑竹”的神话典故，既写出了“斑竹枝”背后含蕴的凄美故事，亦以泪痕喻竹斑，道尽了“相思”。此处相思，一语双关，既是“湘妃”对舜的“相思”，凄婉缠绵，亦是诗人对故乡、对亲人的“相思”，怨中带愤，凄中有不平。人与竹映，竹情人声，相映成趣，一气贯下，既见流丽，也彰隽雅。

及后“楚客欲听瑶瑟怨，潇湘深夜月明时”两句，则是对前之“相思”的一种生发，虚中带实，幻中见真，虚实相合，很见功底。此处“潇湘水上，月明星稀，湘妃鼓瑟，楚客静听”自然是遥想的场景，但这遥想却又照进了现实。湘水涛涛之声，斑竹簌簌之声，深夜月明之景皆是实景，实中又见三分虚渺，景与情和，长传哀凉怨愤，尤其是“楚客”一语，明是在写屈原，实则却是以屈原自况，写自身无辜被贬之悲愤，古之神妃、楚之洁臣与今之贬谪人借由湘水之畔的几茎斑竹浑然交融，词尽意幽，足见高妙。

满庭芳·碧水惊秋

宋·秦观

碧水惊秋，黄云凝暮，败叶零乱空阶。洞房[①]人静，斜月照徘徊。又是重阳近也，几处处，砧杵[②]声催。西窗下，风摇翠竹，疑是故人来。

伤怀。增怅望，新欢易失，往事难猜。问篱边黄菊，知为谁开。谩道愁须殢酒[③]，酒未醒、愁已先回。凭阑久，金波[④]渐转，白露点苍苔。

注释：

①洞房：深邃的内室。

②砧杵：砧，捣衣石；杵，捣衣棒。二者都是古代捣衣的工具。

③殢酒：被酒所困，也就是借酒浇愁。

④金波：月光。

赏析：

秦观，字少游，北宋著名文学家，“苏门四学士”之一，以词称胜。其词多雅丽清切、工整天然、情韵兼胜，此词为其代表作。

词上阕以景语开篇，描绘出了深秋时节、碧水潇潇、黄云掩日的衰飒之景。“秋”点明时令，“惊”不独赋“碧水”以性灵，且暗含时序匆匆之叹；以“黄”饰“云”，别见黯淡，以“凝”写“暮”，自见沉厚，之后“空阶败叶”之“零乱”更将深秋日暮的衰飒凄凉氛围推向了极致。及后，“人静”“斜月”“砧杵声催”都是对前句衰飒的进一步生发，而“重阳近”之语，不独应“秋”，还自然而然地引发了无限的思乡怀人之叹，所以，上阕结处，词人才说“西窗下，风摇翠竹，疑是故人来”。此处，“摇”写尽了风竹的形神，“故人”点题，表明情旨。

下阕，词人落笔即成势，以“伤怀”奠定情感基调，承上启下，借景抒情，道出胸中种种怅惘凄郁。“新欢易失”叹新欢难得、志同者少；“往事难猜”暗含故旧天涯飘零，不愿也不敢回首往昔之伤感。“问菊”二句，既照应了上阕之“惊秋”，亦含蓄地写出了知音难觅的境况，进一步加深了怀旧之念。“谩道”三句，极写借酒浇愁愁更愁之意，将花、酒、愁自然缀连。歇拍三句，不述情思，偏以景结，蕴藉情深，回旋跌宕，余韵袅袅，更增回味。

菊花

唐·元稹

秋丛①绕舍似陶家②，遍绕篱边日渐斜。
不是花中偏爱菊，此花开尽更③无花。

注释：

①秋丛：指丛丛秋菊。

②陶家：陶渊明的家。

③更：再。

赏析：

《菊花》是唐代著名诗人元稹的代表诗篇，全诗格调清新，语言雅淡，浅白中蕴着三分拙秀，愈品愈见佳趣。

首句“秋丛绕舍似陶家”，起笔淡而不俗，寥寥七字，便将田园舍里、菊花丛绽的清恬景象从容描绘出来，花开盛烈，一丛丛，一簇簇，蜿蜿蜒蜒，颇见雅趣。“秋”言明物候，“丛”“绕”极言菊花之多、菊绽之盛，“似陶家”明说环境之清幽，暗点茅舍主人如陶公般出尘的品格及志趣，朴实中见秀华，匠心独运。

次句“遍绕篱边日渐斜”上承前句，顺势而绘赏菊之趣，由花及人。“遍绕”二字极言菊之多；“篱边”既与“似陶家”相应和，又写出了移步换景、悠然赏菊的意趣；“日渐斜”明是写实，实则是在以实点虚，借红日西斜这一现实物象将诗人痴痴赏菊、乐而不知时的情态描摹得入木三分，人、花、落日相契而动，无形之间，一片爱菊之情便已扑面而至。

及后二句，诗人笔锋转折，“不是花中偏爱菊”貌似是在否定，实际上却以否代述，写出了对菊由衷偏爱的情由。深秋时节，百花凋残，除了凌寒而放的菊花，竟已无花可赏，“此花开尽更无花”，无一字之赞，却将内心之赞叹咏颂之情，述了个完全。大家笔力，由此可见一二。

感遇四首（其二）

唐·李白

可叹东篱菊，茎疏叶且微。
虽言异兰蕙[①]，亦自有芳菲。
未泛盈樽酒，徒沾清露辉。
当荣君不采，飘落欲何依。

注释：

①蕙：蕙兰，多年生草本植物。

赏析：

古来文人皆赞菊，唯有太白叹其微。言及“东篱菊”，首联首句，太白便重重地下了一个“叹”字，言简意赅，开门见山，此后种种，皆由“叹”而铺展、生发。

菊有何可叹之处呢？

瞧，它茎干疏细、枝叶微小，虽说和兰蕙群芳有所不同，也“自有芳菲”，但从未酒泛盈樽，哪怕是沾染了少许清露月辉也不过徒然。

它花期并不太长，若菊花盛放之时无人东篱相采，那么，当花枯叶落、菊香凋萎、零落枝头，它又要以何为依？如是，有芳菲而蒙尘，无奈而飘零，难道不可叹？不应叹？

况，花语人语，花思人思，太白叹篱菊，从本质上来说，还是托物寄慨，在叹人，亦叹己。他少而聪颖、才华横溢，也曾供奉金銮、为天子重，但最后，却因不肯摧眉折腰事权贵，而被赐金放还。从此之后，仕途便一直郁郁，有志难舒。此处，太白说菊“自有芳菲”“徒沾清露辉”“虽异兰蕙”却“茎疏叶微”，其实，不过是借菊来说己。他正当壮年之时，无人赏识重用，虚度了不知多少光阴，就像那菊，荣时无人采撷，辜负了芳尘，待得飘零，无处凭依，纵便有几分清名又徒呼奈何。

此处，诗人着笔是带着几分郁气与不平的。只是，他生性旷达，于是这郁就转而成了叹，成了惋，不那么浓烈，浅浅淡淡的，却又格外醒人夺目。

重阳席上赋白菊

唐·白居易

满园花菊郁金黄[①]，中有孤丛色似霜。

还似今朝歌酒席，白头翁[②]入少年场。

注释：

①郁金黄：花名，即金桂，这里是指黄色的菊花像郁金黄。

②白头翁：诗人的自称。

赏析：

白居易，字乐天，号香山居士，唐代最伟大的现实主义诗人之一，一生创作浩繁，有《白氏长庆集》传世。

《重阳席上赋白菊》是数九重阳之日，乐天聊发疏狂，写就的一首七言绝句。诗不长，秉承了其一向浅白平实、通俗易懂的诗风，字字朴拙，简约明了，但朴拙之中却又别有一番韵味，寄情于物，佳作难得。

诗为咏颂白菊而作，开首却未以白菊切入，而是以“满园花菊郁金黄”挈领，先写了园中黄菊的鲜艳夺目、璀璨娇艳。之后，方笔锋一折，写了满目金黄之中那“色似霜”的“孤丛”。其中，“孤丛”之“孤”不独与“满园”之“满”形成鲜明对照，直接描摹出了白菊的孤独、稀少，更间接地借“孤”托意，表现了白菊卓然不似黄菊的风骨，且，万金丛中一点白，色彩殊异，自然也便点出了白菊被瞩目的原因。另外，“色似霜”三字，虽十分浅白，却也最是生动，将白菊如霜雪般皎洁的色彩及品格描摹得淋漓尽致，造语天然，很见别致。

三、四两句，“还似今朝歌酒席，白头翁入少年场”，笔锋顺折，由花写人，以“酒席”暗合题首之“重阳席上”。之后，又以园中“白菊孤丛，金黄满眼”的景象与席上“少年毕集，唯一老翁”的情境相对相代，转圜如意，自见功底，以花喻人，自言年虽耄耋、童心未泯、壮志仍存，笔墨雅淡，不刻不露，巧妙之处，回味无穷。

九月十二日折菊

宋·陆游

黄菊芬芳绝世奇，重阳错把配萸[1]枝。
开迟愈见凌霜操，堪笑儿童道过时。

注释：

①萸：茱萸，重阳节有插茱萸的习俗。

赏析：

古往今来，咏菊之诗无数，雅士赋其风流，隐士赋其恬淡，高士赋其孤芳，耿士赋其凌寒，一千个人心中有一千种菊，每一种都独具风华。放翁的菊，自然也不例外。

诗首句“黄菊芬芳绝世奇”，起势炽烈，甫一提笔，便绘了一幅花容灿灿、花香馥郁、绝世倾城的菊花图，色极明妍，香极芬芳，应一“奇”字，愈觉美好。所以，诗人才慨叹“重阳错把配萸枝”，一个“错”字，道尽了遗憾惋惜之意。显然，在诗人看来，能驱病辟邪的茱萸虽然也美好，但却是不足以与“黄菊”相匹配的。至此，诗人对菊的喜爱、赞美、推崇之情已洋洋流溢于外。

带着这种推崇、欣喜，第三句，诗人顺势以直白朴实的语言，对菊做了由衷的赞颂，说“开迟愈见凌霜操”，菊花花开愈迟，霜寒愈重，天气愈清冷肃杀，比起早放的菊花，迟开的菊花就愈显凌霜之节、傲寒之态。此处，“愈”表示递进，加重了赞叹之意，“开迟”本是平叙，但却上应诗题之九月十二（重阳之后），下和末句之“过时”，中绾“黄菊”凌霜之态、之品，颇是绝妙。

最后，诗人且赞且叹，由自己的赞，写到“儿童道过时”的鄙，虽未多作置评，只以“堪笑”二字来收束，但其中的不屑轻嘲之意却不言自明。

咏菊

唐·白居易

一夜新霜著瓦轻[①]，芭蕉新折败荷倾。
耐寒唯有东篱菊，金粟初开晓更清。

注释：

①著瓦轻：轻轻地附着在瓦上。

赏析：

乐天之诗多平易浅显、妇孺能懂，这首咏菊小诗却难得精致。

首句，“一夜新霜著瓦轻”，先为菊花之绽放营造了霜寒清冷的大环境。“一夜”表时序，应末句之“晓”，点出菊为霜后晓放之菊，为摹菊之耐寒凌霜，平添三分韵致；“新霜”说明霜是初霜，季节刚刚改易，间接表明物候为初秋，“轻”则很形象地描绘出了夜霜降落、天气改变的无声无息，为诗人观菊之行再增三分惊喜之意。

次句“芭蕉新折败荷倾”与三句“耐寒唯有东篱菊”皆是“一夜新霜”后生发而出的景致，只是一衰一放、一折一开，对比鲜明，两相比照，更凸显了菊傲霜而放的难能可贵。

四句“金粟初开晓更清”是对新开之菊的具体摹状。“金粟”艳其色，“更清”应其香，“晓”应“一夜”，首尾之间，自然形成呼应。至此，一幅清新别致的晓菊傲霜图才算真正勾勒完成。

通观全诗，不难看出，诗人的层层布局是极有序的，且咏物的同时，托志自况且况人之意也呼之欲出。菊之品性高洁，可赞可歌者实多，乐天却独赞其清绝耐寒，想来，彼时其境遇定然是多艰的，赞菊之语，多半也是对自己的砥砺之言，菊能如此，人亦不逊。

和郭主簿（其二）

晋·陶渊明

和泽周三春，清凉素秋节。
露凝无游氛，天高肃景澈。
陵岑耸逸峰，遥瞻①皆奇绝。
芳菊开林耀，青松冠岩列。
怀此贞秀姿，卓为霜下杰。
衔觞念幽人，千载抚尔诀。
检素不获展，厌厌竟良月。

注释：

①遥瞻：遥望。

赏析：

渊明爱菊，尽人皆知，其笔下之菊，多悠然闲逸，有隐士之态，本诗之菊，却不尽相同。

虽描摹的是秋菊，起笔时，诗人却偏别开生面，以多雨之“三春”入境，先入为主，摹出了一派不同于以往的灿烂秋色。及后四句，“露凝”“天高”“陵岑”“逸峰”等其实皆是对“清凉素秋”的一种具象，同时，这“遥瞻”的种种“奇绝”亦皆是为摹菊而营造的大背景。

自“芳菊”句起，诗人俯瞰的视角被渐渐拉近，一个“芳”字，一个“耀”字写尽了菊花盛绽、明媚灿烂的风情；素秋时节，万木凋杀，唯有菊花傲霜而立、独笑山岗，这等坚毅贞秀的英姿，恰是秋日最美的代言。是以，诗人才将它与“青松”并列，赞其卓尔不群、风标绝俗、为“霜下杰”。

芳菊如是嘉好，举杯邀菊、漫漫清赏自也便是题中之义。于是，后四句，诗人笔锋一折，即景抒怀，“衔觞”之念，由花及人，写到了“幽人”的念与怀、赞与叹。然而，千载抚菊之“幽人”，心绪万千，大多繁杂，对菊、因菊、感菊，既怀三分田园归隐之态，又不乏三分身处霜寒虽则傲凌却又壮志难酬的无奈与悲愤，两相夹杂，自是心绪难平，而在这样矛盾而复杂的心绪下，对菊酌饮的诗人情不自禁便生了“检素不获展，厌厌竟良月”的慨叹。一语之中，既含了卓然不流于俗的“幽人”高格，又带了几分不遇的凄凉落寂，愈是品味，愈觉情长。

辑二 琴棋书画

琴歌①

唐·李颀

主人有酒欢今夕，请奏鸣琴广陵客②。
月照城头乌半飞，霜凄万树风入衣。
铜炉华烛③烛增辉，初弹渌水后楚妃④。
一声已动物皆静，四座无言星欲稀。
清淮⑤奉使千余里，敢告云山⑥从此始。

注释：

①琴歌：听琴声有感而歌。

②广陵客：指琴师。广陵位于今江苏扬州。

③华烛：饰有文采的蜡烛。

④渌水、楚妃：都是古琴曲。

⑤清淮：地名，靠近淮水。

⑥云山：代指归隐。

赏析：

公元745年前后，诗人奉命出使东南，友人为其设宴饯别，此诗即为宴上听琴后有感而作。

首二句，言简意赅，点明琴歌奏响的时间、地点、缘由。首句，着一“欢”字，描述了其乐融融的宴饮气氛。次句，以“鸣琴”二字应题，挈领全诗。

三、四句，诗人笔锋一折，视角从室内拉向室外，以清冷的笔墨描绘了一幅凉月照城、寒鸦半飞、霜重露降、秋风凄切、万木肃杀的深秋图景，笔落沉郁，似显突兀。然，五句，诗人笔锋再折，写了室内欢宴、红烛高烧、炉火烈烈、薰香淡淡、好友齐聚、欢歌纵饮的温暖情景。两相对比，以哀景反衬乐情，而乐情更甚，不知不觉，便将气氛引向了高潮，既扣了首句“欢今夕”之意，又为“广陵客”的初弹做了最完美的铺垫。

第六句，是琴声的直写，《渌水》《楚妃》都是琴中名曲，清绝雅静，以琴知人，清心怡情。七、八句是琴声的侧写，借对听琴者反应的描摹，间接描绘出琴声之妙及操琴者琴艺之高。“物皆静”“四座无言”形象地表现了众人听琴入迷的陶然神态，且以“无言”衬琴声，愈静愈显琴声之传神；另，“星欲稀”不仅是在摹现实之景，亦是在表时序的推移，星子渐稀，天将黎明，说明听琴的时间很长，由此，更烘托了琴声之好。

末二句，诗人落墨己身，借琴声抒慨，奉使千里，归期无定，心中不由潸然，细想想，与其为一丝虚名虚利，劳碌奔波至此，倒不如辞归旧里、听琴赏景、逍遥度日。

通观全诗，不独写景、写琴，绘人绘意，皆循然有序、浑若贯珠，动静、虚实多方映衬、烘托，满篇风月，言琴者实少，然又处处关琴，笔法之老到，构思之精巧，委实让人叹为观止。

听弹琴

唐·刘长卿

泠泠[①]七弦上，静听松风[②]寒。
古调虽自爱，今人多不弹。

注释：

①泠泠：形容清凉，也形容声音清越。

②松风：风入松林，是说琴声凄凉。

赏析：

长卿尝自谓“五言长城”，工诗，五言最佳。其诗多幽缓细淡、不显焕、不深峭，雅畅清切，自成一格。

《听弹琴》是长卿作的一首五言咏物诗，即景描绘，借物托志，遣词雅切，颇有其清幽雅淡之风。

诗首句“泠泠七弦上”，以“泠泠”入味，既摹写了琴声的清越，又逗起了后句的“松风寒”，用得极妙；琴为七弦，此处，诗人以“七弦”代琴，不只精确，还颇具象，且与诗题“听弹琴”形成应和。

次句“静听松风寒”，顺承前句。“静听”生动地描绘出了听琴者认真、入神的情态，间接地表现了操琴者琴声之优美、超凡；“松风寒”为双关语，既点出所听琴曲为《风入松》，又以“风入松林，簌簌清寒”形象地描摹出了琴声的幽雅清冽，甚是绝妙。

三、四句“古调虽自爱，今人多不弹”，诗人转笔托志，且议且抒情，一个“虽”字，道出了情感的起伏变化，琴声虽美，但终究已是“古调”。唐人最喜听琵琶，以琵琶为时尚，喜欢听琴曲、能赏琴曲的人实在是寥寥。“古”与“今”的强烈对比，“多不弹”的寥落现状，让人叹惋之余，自难免生出几分曲高和寡、知音难觅的感慨。而这，也恰是诗人想要借琴寄托的肺腑之言。长卿其人，清才绝世，但于世俗却落落寡合，骨子里总带着几分怀才不遇、孤芳自赏的清高与郁气，这种清高、这种郁气，借此听琴曲，自然而然，淋漓尽致地流泻而出。诗人遣词造句之高妙，由此可见一斑。

听郑五愔[1]弹琴

唐·孟浩然

阮籍[2]推名饮，清风坐竹林。
半酣下衫袖，拂拭龙唇琴[3]。
一杯弹一曲，不觉夕阳沉。
余意在山水，闻之谐夙心。

注释：

①郑五愔：郑愔，在堂兄弟中排行第五。

②阮籍：三国时魏人，竹林七贤之一。

③龙唇琴：古代琴名。龙唇，琴的发音部位，后世也作为琴的代称。

赏析：

孟襄阳（孟浩然，襄阳人，世称“孟襄阳”）性疏狂、好节义、交游广阔，良朋遍四海，郑愔和他少年相交，情谊颇厚。此诗，便是一次听友人弹琴后，有感而作。

诗一、二句入笔疏阔，未言琴，先用典摹人，以阮籍比郑愔，言其擅饮，也擅琴。“清风坐竹林”句，既是实写竹林欢筵、清风微拂、友人相聚的情景，又是虚写，是竹林七贤典故的一种化用。

三、四句，顺承首二句之“名饮”，描绘了欢宴中途，酒至“半酣”，郑愔即兴鸣琴的情景。其中“下”“拂拭”描写得极细致、自然、传神，读之，似恍然能见一位豪放、洒脱、旷达的高士纵酒弹唱的不羁身影。“龙唇琴”为古琴名，此处借指琴，暗喻郑愔的琴名贵，人品也贵重。

五、六句，诗人笔锋顺宕，写了郑愔边弹边饮的具体情形。“一杯弹一曲”摹其狂放自适、豪兴气派，“不觉夕阳沉”则以时序的悄然推移，写听琴者的沉醉着迷，间接赞郑愔琴艺高妙。

史载，孟襄阳极擅琴，琴艺非凡，能让他“不觉”时序转圜、陶醉其中的琴声，其妙趣、其精湛，可想而知。由琴声，联想弹琴之人，恍然也能见其风度之一二。

七、八句，诗人没再摹琴，而是即景抒情，直言自身“意在山水”，而郑愔之琴声恰与他“夙心”相谐，知音之意，呼之欲出。细细品之，亦颇见其味，无论人琴。

废琴

唐·白居易

丝桐合为琴，中有太古声。
古声澹[1]无味，不称今人情。
玉徽光彩灭，朱弦尘土生。
废弃来已久，遗音尚泠泠。
不辞为君弹，纵弹人不听。
何物使之然，羌笛与秦筝。

注释：

①澹：恬静，安然。

赏析：

《废琴》是唐代现实主义诗人白居易作的一首五言绝句，诗既咏物，又托物寄慨，述说了作者自身政治上的失意，颇有些曲高和寡之叹。

首四句，诗人从制琴的材料、琴的渊源、琴淡雅的声音起笔，暗点琴为淳然古风的象征。同时，“太古”“古声”应“今人”，也为后文琴之“废”做了铺垫。

太古以降，圣乐渐废，至唐时，民族大融合带来了诸多革新，世俗不再尚雅，而尚繁、尚欢，所以，古琴蒙尘。中四句，诗人以形象生动的语言描绘出了“废琴”的现状，“玉徽光彩灭，朱弦尘土生”，褪去了华彩，蒙上了灰尘，曾盛于太古的琴久已无人弹奏，然，纵便被冷落如此，琴之“遗音”却仍“泠泠”。“泠泠”表清越雅淡，言明琴不改其志、不易其声的坚守与高尚情操。

后四句，诗人笔锋一转，写到了琴的曲高和寡。琴虽雅淡，却并不清高，很愿意“为君弹”，只是，无奈的是，“纵弹人不听”，无人赏识，知音难觅，由是，琴也只能自弹自听。

为何会如此呢？末句，诗人揭示了原因，不过是“羌笛与秦筝”这些俗乐占据了主流罢了。

在此，诗人以古琴自喻，一方面表现了自己的坚持、孤守、清正，另一方面也寄寓了几分政治上的失意，“君”好“秦筝”，不正视听，鄙弃雅乐，“泠泠”之琴自然毫无用武之地，只能废置蒙尘。这种鲜明的比对，残酷的现状，隐约之间，又呼应了诗首的“不称今人情”，让整首诗变得更加谐和、完满、工谨、自然。

琴诗

宋·苏轼

若言琴上有琴声，放在匣中何①不鸣？
若言声在指头上，何不于君指上听？

注释：

①何：为什么。

赏析：

秦汉魏晋、唐宋元明，历朝历代，咏琴者不知凡几。或咏琴声，或咏琴形，或寄琴心，若东坡这般以禅心哲理入诗者却并不多。

佛教《楞严经》中有言："譬如琴瑟、箜篌、琵琶，虽有妙音，若无妙指，终不能发。"东坡的《琴诗》便是对这一禅论的阐释与发散。

诗很短，只四句，语言浅白清健，且叙且问。首二句为一问：如果琴声发于琴，为何将琴放置匣中却不鸣？末二句为一问：如果琴声发于指，为何侧耳指上未能听到琴声？言外之意就是，琴声的形成，不独靠指，也不独靠琴，唯琴与指结合，才能奏出妙音。琴质地不同，琴弦长短粗细有异，人弹琴的指法不同，蕴藉在指法中的情感心绪不同，弹出的声音自然也不同。弹琴讲究的是技与琴合、指与琴合、人琴合一，君臣朝纲、内外大事之处置、用人治吏其实也是一样的道理。只是，这些，诗人在诗中皆未曾明言，而是只问不答，给出了无限的留白，也赋予了此诗无穷的意韵与思考空间。毕竟，人生阅历不同，出身、地位、环境不同，理解与考量也便不同，一万个人读《琴诗》便能有一万种理解，这大抵也便是东坡落笔最高之处了。

琴

唐·白居易

置琴曲几上，慵坐但含情。

何烦故[1]挥弄，风弦自有声。

注释：

①故：故意。

赏析：

世人咏琴，或听或弹，或奏或歌，乐天独不然。他的《琴》虽短小朴素，内里却又颇有几分精致与深杳味道。

诗首句"置琴曲几上"，浅白朴素，平平之语，似无甚出奇之处，却又多设悬念，引人联想。把琴放在几案上，是要干什么？练琴？抚琴？修琴？调弦？抑或其他？诗人未曾明言。然，依照惯常的思维来看，终究是要弹琴的概率大一些。

然而，次句，诗人却转笔，给出了一个出人意表的答案。"慵坐但含情"，把琴放在曲几上之后，没有弹，没有奏，没有调音，也没有愤而断弦，而是慵懒安然地倚几而坐，脉脉含情地看琴。

为何如此？这不是很奇怪吗？三、四句，诗人恳切直言，给出了解释。"何烦故挥弄，风弦自有声"，故意挥弦、巧自拨弄，多麻烦啊，多让人厌烦啊。君岂不知风拂琴弦琴自响，那才是最自然、最惬意、最浑成的琴声，非

“故挥弄”可得。此处，诗人借“风弦自有声”的自然现象，托意言志，既表达了对凡俗阿艳之琴曲及操琴以媚上之人的鄙视轻蔑，又表达了自己宁折不弯、宁可置琴案几上不弹不奏也不随意附流俗的心志。同时，字里行间，也隐约透露出了几分清傲之意，“风弦”之句，读来，与虞世南“居高声自远，非是藉秋风”之句倒是颇有三分异曲同工之妙。

竹里馆①

唐・王维

独坐幽篁②里，弹琴复长啸③。
深林人不知，明月来相照。

注释：

①竹里馆：辋川别墅胜景之一，因为附近有竹林而得名。

②幽篁：幽深的竹林。

③长啸：嘬口而呼，这里指吟咏、歌唱。魏晋时期，一些文人雅士将吹口哨称为“啸”。

赏析：

《竹里馆》是摩诘隐居蓝田辋川之时命笔而成的五言短诗，遣词秀淡，意境清幽，诗中有画，画中有诗，极具闲远之趣。

全诗共四句，造语平淡，殊无奇处，无论是绘景还是状人都无动人之处。选取的意象、剪裁的图景，独自来看，也都稀松常见。然而，当这样的平淡被串联为一个整体，似乎便具有了一种难以言喻的灵性，情景宛然、人景相得，顿生幽趣。

“独坐幽篁里，弹琴复长啸”，摹竹亦摹人，表面看去，“幽篁”不过是“独坐弹琴、林中抒啸”之人活动的背景，实则不然。“幽篁”才是诗中最点睛、最独特之处。对它，诗人没有多做赘述，仅仅是用了一个“幽”字，便描述出了月夜竹林清远、宁静、闲逸、孤寂、幽美的诸多意境，且竹之幽静与人之琴啸恰形成一组反衬，相互烘托，动静转圜，颇是绝妙。

“深林人不知，明月来相照”，摹人的同时也摹竹，琴从不是流俗之技，能同操共鸣者寥寥，所以诗人说“人不知”，但那又有什么关系呢？弹琴之人并不感到孤独，因为这修修幽篁里，有竹叶相和，更有“明月相照”，以月为朋、为知己，不仅立意新颖，情调上也颇闲适。同时，明月相照的，又何尝只有人，还有那“深林”“幽篁”，月光之“明”与深林之“深”、幽篁之“幽”又形成了一组绝妙的反衬，光暗之间，别有几分着手成春的大家气象。

总而言之，摩诘此诗，最胜在意境，最美在恬静。竹林清静幽茂、人闲逸清幽、月皎洁明晰，三者相承相合，浑然一体，不知不觉，便达到了听觉与视觉上最浑融的衬照，所谓妙笔天成，不外如是。

棋

池上（其一）

唐·白居易

山僧[1]对棋坐，局上竹阴清。
映竹无人见，时闻下子声。

注释：

①山僧：住在山寺里的僧人。

赏析：

在《与元九书》中，乐天以“文章合为时而著，歌诗合为事而作”阐述了他的创作理念。事实上，他的诗，无论是遐迩闻名的《琵琶行》《长恨歌》，还是这首不失雅致、幽趣盎然的《池上》，也的确都是即事而叙、借事抒情。

《池上》是一组诗，作于公元835年，为乐天东都闲游、漫步池边时所作，诗共两首，此为第一首。

诗浅白明晰、朴而不拙，以简淡疏朗的笔墨形象地描绘出了一幅山僧竹下对弈的生活小景。首句直陈所见，交代了人物、事件。山僧，山寺之中的僧人，幽居林野、不问红尘，本就自带三分与世无争的气质，于今，“山僧对棋”，悠然而弈，更为这份图景平添几分悠然。

次句“局上竹阴清”是对对弈环境的转笔描摹，山僧、修竹、对弈、棋盘，诸般物象，尽皆应一“清”字，不知不觉，便烘托出了一种宁静悠远的氛围。诗人便是在这种氛围下缓缓而来。

三、四两句，诗人巧妙地晕开笔墨，从主观的角度写了见弈时的情景。“映竹无人见”，一语双关，既言观棋者、弈棋者皆陶然其中、全神贯注，翠竹佳景尽被忽视，又说翠竹成荫、蓊蓊郁郁，掩住了那观棋、弈棋的人影，外人观之不可见。“时闻下子声”，顺承前句，是对前句的进一步拓展与补益。不见人，人不见，唯对弈落子之声断续传来，在场者，弈者有二，观棋者至少也有一人，但人这么多，却寂然无声，一片幽静，只闻“下子声”，这是典型的以动衬静，以有声衬无声，此处之“闻”恰烘托出了最纯粹的宁静，雅致之中见幽趣，读来，颇可圈可点。

存殁口号二首（其一）

唐·杜甫

席谦①不见近弹棋②，毕曜③仍传旧小诗。

玉局④他年无限笑，白杨今日几人悲。

注释：

①席谦：原注：“道士席谦，吴人，善弹棋。”

②弹棋：亦作弹棊，是古代的一种博戏。

③毕曜：原注："毕曜善为小诗。"毕曜生活在唐肃宗时期，曾担任监察御史，后被流放。

④玉局：棋盘的美称。这里指代席谦。

赏析：

琴棋书画诗酒花，历来雅事，然，其雅多不在物，而在人，人赋其情、其性，故雅。是以，古来咏物诗，多以寄情深挚浑然为佳，譬如，杜工部的这首《存殁口号》。

存为生，殁为死，口号为古诗中口吟之意，诗为工部寓居夔州时有感而作，共二首，此为第一首，讲述的是生死之间的怀友之情。

首二句，诗人不曾摹棋、摹物，而是紧扣诗题之"存殁"二字，先言弹棋作诗的人。席谦尚在，但久久未见，"不见近"，可能是时间上的不近，可能是距离上的遥远，但无论如何，终归是不见；因为不见，所以，三句，诗人才忆往追昔，平添"他年"之感；毕曜已逝，他生前极工诗，他旧日所作的诗仍自流传、为友人铭记。

末二句，诗人以"他年""今日"之言，既摹景又抒情。"玉局"是对棋的直接摹写，也是对昔年与席谦弹棋过往的一种指代与追忆。酸甜苦辣、喜怒争执，尽蕴在"无限笑"三字之中，可见怀恋，可见厚谊，棋之传情，至此已极。同样的，"白杨"其实不过也是传情之物，毕曜坟前，只有几株白杨孤独而立，一片荒疏，"几人悲"之问，实则是反问，是以问代否，表示无人悲，怕只有仍咏诵他旧诗的诗人才会怀念他、为他的死而悲伤吧？

纵览全诗，无一字华章，却字字醇厚，忆物怀人、即景抒情，语发含蕴、耐人寻味，然，细细品来，这种含蕴的抒情似又比直言更深沉有力。

和春深二十首（其十七）

唐·白居易

何处春深好，春深博弈家。
一先争破眼[1]，六聚斗成花。
鼓应投棋马，兵冲象戏车。
弹棋局上事，最妙是长斜。

注释：

①破眼：和后文的“成花”都是围棋专用术语。

赏析：

乐天好诗，闲时好赋诗，以诗为言，歌尽世间百态。《和春深二十首》是他所作的一组五言律诗，共二十首，用韵皆相同，描摹的却是不同的物候景致，其中，第十七首描摹的便是棋。

和其他咏棋诗不同，乐天此诗描摹的并不是一种棋，而是多种棋，颂的是春深时节，博弈之乐。

首联，诗人便以“好”字挈领，言“博弈家”春深之乐。

唐时，民族融合，兼容并蓄，各种各样的娱乐活动层出不穷，而“博弈家”就是一种以棋类活动为主的聚会场所，类似于现在的私人俱乐部。

及后三联，诗人用三种不同的角度，对棋的“好”做了描摹，三联写了三种棋，且尽述其乐。

颔联，诗人描摹的是围棋，“破眼”“成花”都是围棋专用术语，“争”“聚”道出了围棋的博弈之趣，意味极妙。

颈联，诗人转笔，改摹象棋，兵、马、象、车都是象棋的棋子名，嵌入诗中，既应景，又颇见情趣。尤其是“兵冲象戏车”一句，道尽象棋之妙，很是精辟。

尾联，诗人笔锋再折，由象棋写到了弹棋。弹棋是唐时很盛行的一种棋类游戏，双方各执六子，上击下突，既较技也较智，十分有趣。尤其是“长斜”这一技巧，最是绝妙。此处，诗人写得极妙，不独是在说长斜，也是在应和首句的“好”，概言棋之乐趣，表达自己的欢欣喜悦之情。

春日偶吟

清·袁枚

拢袖观棋有所思，分明楚汉[①]两举时。
非常欢喜非常恼，不看棋人总不知。

注释：

①楚汉：象棋的棋盘上有个空隙，上面写着“楚河”“汉界”，是红黑双方的分界线。

赏析：

袁枚，字子才，号简斋，清朝名宿，性灵派三大家之一，擅骈文，也擅诗，有《小仓山房诗文集》等著作传世。

简斋一生，作诗不多，《春日偶吟》为其一，遣词平易，造语自然，风格浅近，情感真率，虽非名篇，却也难得。

诗是即兴而作，以题看是作于春日，无托寄，就是一首单纯的吟咏小诗，描绘的是一个痴然入迷的观棋者。

首句“拢袖观棋有所思”摹了观棋者的神态、动作，自然传神。“拢袖”为动作直描，重在细节，“观棋”点明题旨，为后文种种述说做垫，“有所思”摹观棋者的神态，表明他并非是外行看热闹，而是真正的随棋而动，是懂棋的。

次句，“分明楚汉两举时”，诗人笔锋转折，从观棋者写到了他所观的棋局。“楚汉”表明下的是象棋，“两举”暗蕴对弈正激烈、气氛紧张、步步不可错，隐隐为首句观棋者的全神贯注“有所思”做了解释。

三句，是次句的一脉顺承，是棋上胜负、战况在观棋者情感中的一种具体体现。“非常欢喜非常恼”，连用两个“非常”，可见情绪之真、之强烈；“欢喜”和“恼”则是观棋入迷、入境后的自然表现，无须细品，便见妙肖。

四句，诗人顺势，对观棋之所见、所思、所感等做了总结。“不看棋人总不知”，不是棋迷，没有真正观过棋，是难以体会的。“不知”，不知什么呢？不知个中喜怒，不知其中紧张，不知布局用策之妙，不知象棋的种种阵局，不知观棋的真味，不知……诗人不曾尽言，却也正因不曾尽言而更显余味无穷。

夜看美人宫棋[1]

唐·王建

宫棋布局不依经，黑白分明子数停。
巡拾玉沙天汉晓，犹残织女两三星。

注释：

①宫棋：又名逼棋，古棋的一种。

赏析：

王仲初（王建字仲初）出身书香名门，少年才高，然生不逢时，沉沦下僚，郁郁不得志，无奈，只得归居乡里，以赋诗填词为乐。他擅诗，最擅乐府，《夜看美人宫棋》是其所作名篇之一。

诗是七言，格律分明，叙事绘景，妙语传神，言语清婉，雅而有致，读来，颇觉悠逸。

诗开首，诗人即以“宫棋”二字起势，简明疏淡，直应题旨。“不依经”点明宫棋的特点，不依经纬，没有成规，灵活自由，与其他棋殊然不同。

及后，诗人以形象的语言对宫棋的玩法、对弈局面做了描摹。史载，宫棋又名逼棋，是古棋的一种，将黑白子杂乱地陈布于局中，对弈双方各认黑白，左右拾取，拾罢，以得子多者为胜。所以诗人说“黑白分明子数停”。

三、四句，“巡拾”是对弈棋动作的细摹，生动传神。“玉沙”喻棋子，“天汉晓”表时序的推移。从“夜看”到天明破晓，一夜过去，可见对弈之精彩、陶醉。“犹残织女两三星”顺承前句，既摹了“天汉晓”的具体景致，也是对对弈情况的一种间接摹写，“两三星”也有以棋盘比星空、棋子比星子之意，说明局上胜负即将分晓。

观弈图

明·高启

错向山中立看棋，家人日暮待薪[1]炊。

如何一局成千载，应是仙翁下子迟。

注释：

①薪：柴火。

赏析：

《观弈图》是明代诗人、文学家高启作的一首七言诗，诗风素雅，意境清幽，遣词逸致，颇见怡然。

诗首句“错向山中立看棋”，以“错”起笔，逗起悬念，用语新奇，引人遐想。“山中”点明地点环境，“看棋”应诗题“观弈”，“错”是一种情感的外显，从某种程度上来说，是反语。诗人虽言错，却并无悔憾，反而更添了几分痴爱欢喜之意。

次句“家人日暮待薪炊”，上承首句，是对“错”的具体阐释。夕阳西下，日暮天晚，家里人都等着他带柴火回去做饭，所以他说错，错不该在山中看棋，然而，看棋到日暮，这件事本身，其实就已表明了对弈者棋艺的高妙，观棋者的痴迷入神，若不然，何至于天晚不知。

三、四句，诗人转笔，实中言虚，展开了相对浪漫而清雅的联想。“如何一局成千载，应是仙翁下子迟”，为何一局棋下了千年仍在继续，应该是仙翁斟酌思量、迟迟不曾下子吧。在此，诗人直言下棋者为仙人，联想前句“待薪炊”之语，可知观棋者应为樵夫。诗人此诗应是一首题画诗，画中绘的是“观棋烂柯”的故事。

山中观棋不知岁月，沉迷其中不憾不悔，只言一错，错在哪呢？大概是太爱太痴吧。以错表痴，在历代咏棋诗中，也算少见。

题王逸老书饮中八仙歌

元・唐珙

前朝书法孰为盛，苏黄米蔡[1]得其正。
法度难以晋魏论，气象可与欧虞[2]并。
宣和金书类臣稷，筋骨通神工瘦硬。
大江南来万几暇，翰墨留神纵天性。
驱驰羲献[3]走颜柳[4]，神游八法轻万乘。
昭回云翰飞龙章，斡旋天机挥斗柄。
长枪大剑竟何用，恢复有志还未定。
太平遗老羔羊翁，草书时时发清兴。
天资自可凌汗漫，笔力犹能造遒劲。
年来神品不可得，醉素[5]张颠[6]夸草圣。
残篇断简付覆缶，玉轴牙签同弃甑。
摩娑故纸叹凋落，老眼昏花犹可认。
案头我正理蠹鱼，晴日好风窗几净。

注释：

①苏黄米蔡：宋人苏轼、黄庭坚、米芾、蔡襄的合称，后世认为这些人最能代表宋代书法成就。

②欧虞：唐代大书法家欧阳询与虞世南的并称。

③羲献：王羲之和王献之。

④颜柳：颜真卿和柳公权。

⑤醉素：怀素。

⑥张颠：张旭，唐代著名草书家。

赏析：

唐珙，字温如，元末诗人，以才名闻乡里，博闻强识，然岁月蹉跎，历史的长河里遗落了太多的璀璨明珠。温如之平生，已不可考，其诗也大多佚散，所存者寥寥，本诗不过是沧海拾遗之仅见。

诗是题书诗，是诗人为一位王姓书法家所书《饮中八仙歌》题咏而作，全诗篇幅错落，有条不紊，遣词工致，切人切书，极见功底，洋洋洒洒之间，对“前朝书法”之盛衰人物做了品评论述，见地独到，言辞有序，谓之“书中诸仙歌”也无不可。

诗首句“前朝书法孰为盛”总领，及后洋洒数十言，尽是此句之具现，书法造诣不凡者，苏黄米蔡、欧虞颜柳、兰亭羲献、徽宗瘦金都有提及，且字里行间，多有钦佩之意。而自“太平遗老”句始至“醉素张颠”句终六句，则是对“王逸老”其人其字的盛赞，言其天资不凡、笔力遒劲，赞其书法为“神品”，连怀素、张旭都要夸其“草圣”，此处，用语虽显夸张，却也述尽了王之书法高妙。

末六句，诗人笔锋却突然转折，从昔日昔人之“盛”，写到了今日“残篇断简”的“衰”，摩挲故纸，直叹凋落，盛衰悲喜之转折，烈烈鲜明，以至及后之抒情都令人备觉真挚。尤其是最后两句，寓情于景，借景抒情，情景交融，窗外晴明、人理衣容，似乎与全诗无关，却又暗敛其韵，留白三分，耐人寻味。

草书歌行

唐·李白

少年上人号怀素，草书天下称独步。
墨池[①]飞出北溟鱼，笔锋杀尽中山兔[②]。
八月九月天气凉，酒徒词客满高堂。
笺麻素绢[③]排数箱，宣州石砚墨色光。
吾师醉后倚绳床[④]，须臾扫尽数千张。
飘风骤雨惊飒飒，落花飞雪何茫茫！
起来向壁不停手，一行数字大如斗。
怳怳[⑤]如闻神鬼惊，时时只见龙蛇走。
左盘右蹙如惊电，状同楚汉相攻战。
湖南七郡[⑥]凡几家，家家屏障书题遍。
王逸少，张伯英，古来几许浪得名。
张颠老死不足数，我师此义不师古。
古来万事贵天生，何必要公孙大娘浑脱舞。

注释：

①墨池：《太平寰宇记》："墨池，王右军洗砚池也。"

②中山兔：《元和郡县志》载：中山在宣州水县东南十五里，出兔毫，为笔精妙。

③素绢：丝织品的名称。中等和下等的丝织品叫绢，精白的丝织品

叫素。

④绳床：原称胡床，又称交床。一种轻便的坐具，能够折叠起来。

⑤恍（huǎng）恍：隐隐约约。

⑥七郡：湖南七郡指长沙郡、衡阳郡、桂阳郡、零陵郡、连山郡、江华郡、邵阳郡，它们都在洞庭湖之南，所以叫“湖南”。

赏析：

《草书歌行》是太白放归途中秋游所作，典型的乐府歌行体，全诗遣词浪漫、造语瑰丽，格调清逸、音节错综，豪放俊洒，琅琅品读，自见不俗。

诗题为草书，描摹的则是草书大家怀素醉酒挥毫、张扬恣肆的生动情景。

首二句，开门见山，提纲挈领，直陈人物，以“天下称独步”盛赞怀素的狂草率性天然、毫不伪饰。

及后诸句，诗人以浪漫的想象、极尽夸张的笔法，具现了怀素醉后狂书的放旷之态。“墨池飞出北溟鱼”“笔锋杀尽中山兔”“须臾扫尽数千张”“一行数字大如斗”都极尽夸张之能事，却又真率自然，颇具几分洒脱之气。而“恍恍如闻神鬼惊，时时只见龙蛇走”二句，则写尽了怀素草书的狂怪之态，以比喻着笔，备觉传神。

至“王逸少，张伯英”句，太白则走笔疏狂，以王羲之、张芝、张旭等草书名家与怀素类比，发“古来几许浪得名”之叹，虽则有失偏颇，但对怀素的赞誉之意却也呼之欲出。

末二句，诗人则借事言情，慨“我材天生”，赞怀素在草书上的天赋独一无二，无须启迪感悟，自然而然便超凡入圣。此句，与首联之“天下称独步”自然应和，转圜之间，可见其妙。

赠零陵僧

唐·苏涣

张颠没在二十年，谓言草圣无人传。
零陵沙门继其后，新书大字大如斗。
兴来走笔如旋风，醉后耳热心更凶。
忽如裴旻[①]舞双剑，七星错落缠蛟龙。
又如吴生画鬼神，魑魅魍魉惊本身。
钩锁相连势不绝，倔强毒蛇争屈铁。
西河舞剑气凌云，孤蓬自振唯有君。
今日华堂看洒落，四座喧呼叹佳作。
回首邀余赋一章，欲令羡价齐钟张。
琅诵口[②]句三百字，何似醉僧颠复狂。
忽然告我游南溟，言祈亚相求大名。
亚相书翰凌献之，见君绝意必深知。
南中纸价当日贵，只恐贪泉成墨池。

注释：

①裴旻：史称“剑圣”，唐开元间人。李白曾经跟随其学剑。李白的诗、张旭的草书、裴旻的剑舞在唐文宗时被誉为“三绝”。

②口：缺字符号，已无从考证此字。

赏析：

苏涣少年贫寒、青年发奋，才力素壮而声名不显，尝与杜甫有交游，杜赞其辞句动人。

涣平生创作颇多，逾千数，但大多佚散，留存下来的诗作仅有四首，《赠零陵僧》为其一。

诗如其名，是赠答之作，七言长篇，笔调质朴，不事雕琢，不尚藻绘，字里行间，自见情怀激荡。

诗首四句，以简赅的语言对零陵僧做了介绍，言张旭逝后，草圣衣钵无人传承，幸零陵有僧，承继其风，言谈之间，颇见庆幸欢喜之情。

及后十句，诗人多处用典、频频比喻，从多个不同的角度，对零陵僧的书法做了描绘。“兴来”句言以“旋风”喻其落笔迅疾；“裴旻”句以“七星缠龙”述其清矫苍劲；“吴生”句以“惊鬼神”叹其笔法雄浑惊世；“钩锁”句以“势”“争”赞其气势连绵、回环激昂；“西河”句以“舞剑”赞其凌云之态；“孤蓬”句则化用鲍照《芜城赋》中之语，赞其尽得草圣真传，一个“唯有”，最见推崇之意。

自“今日”起十二句，诗人笔锋转折，从直摹改为侧写，不再写零陵僧的书法如何，而是写他“华堂洒落”、挥毫泼墨之后，世人的惊叹，作赋以赞的缘由、过程，以及虚想中“南中纸贵”“贪泉成墨”的情形，侧面衬托零陵僧的书法高绝脱俗，以应开首的“继其后”，委婉含蓄，将一腔赞叹欣赏之情，述之淋漓。

快雪堂跋

清・王文治

曾闻碧海掣鲸鱼[①]，神力苍茫运太虚。

问气古今三鼎足，杜诗韩笔与颜书。

注释：

①掣鲸鱼：比喻才大气雄。

赏析：

梦楼（王文治号梦楼）工书，亦擅评书，一生所著咏书之诗颇繁，《快雪堂跋》为其一。

明末清初，冯铨辑录历代名家墨本为帖，供世人临摹拓刻，因首卷为王羲之的《快雪时晴帖》，是以这本字帖又名《快雪堂帖》。梦楼此诗，咏的便是此帖。

诗首句化用杜甫《戏为六绝句》中“或看翡翠兰苕上，未掣鲸鱼碧海中”之语，以碧海掣鲸之典，喻书法之堂皇大气、气魄不凡。次句，则落笔缥缈，以“神力苍茫运太虚”极言书法之神韵辽远。

三、四两句，上承前句，对帖中种种做了赞颂，从“气”的角度直抒见解，认为古今以来，气魄、气量、气势、气骨最足的，不外杜甫的诗、韩愈的文和颜真卿的书法。此处，诗人用语平淡真挚，直言其对颜鲁公的推崇。同时，全诗四句，三句言气，可见，在诗人看来，摹帖首重摹其气、其韵，而非其形、其态。这番见地，糅杂诗中，不曾明言，又恍恍明言，诗人下笔之辟，于清一代，也堪屈指。

萧郸草书歌

唐・顾况

萧子[①]草书人不及，洞庭叶落秋风急。
上林花开春露湿，花枝濛濛向水垂。
见君数行之洒落，石上之松松下鹤。
若把君书比仲将[②]，不知谁在凌云阁。

注释：

①萧子：对萧郸的敬称。

②仲将：三国书法家韦诞。

赏析：

顾况，字逋翁，唐代诗人、鉴赏家，仕不显达，诗以载道，其诗平易，常以口禅俚语入句，独树一帜，可堪评点。

《萧郸草书歌》是顾况作的一首七言咏赞诗，语言平浅、意象清婉、形象生动，虽非绝妙，却也淑致。

诗首句开篇明义，应题的同时，以浅白真率之语直赞萧郸，“萧子”为敬称，表尊重，亦点明萧郸在书法领域德高望重的地位；“人不及”为盛赞，极言萧郸草书之高妙绝伦、超凡脱俗。

及后五句，应和首句，以“洞庭叶落”“上林花开”“石与松鹤”对萧郸的墨风、笔风做了生动的阐叙，“急”“垂”“洒”三字用得甚妙，准确地道出了萧郸草书劲疾、飘逸、狂放，又略带些濛濛清雅的特点，暗表其草书兼容并蓄、采众家之所长。

末二句，诗人笔锋一转，没有直抒胸臆，再言赞美，而是以设问收束。用精擅百家之书的三国书法家韦诞韦仲将与萧郸作比，假想二者生于同代，问届时为魏明帝凌云阁题署的究竟是萧还是韦，将二者并立，且“不知”二字，实在是以疑表否，暗表若真有这般状况，题署的肯定是萧，有萧胜于韦的隐意在内。由是，可见萧郸草书造诣之深、诗人对其评价之高及崇敬之甚。

醉后赠张九旭①

唐·高适

世上谩②相识，此翁殊不然。
兴来书自圣，醉后语尤颠。
白发老闲事③，青云在目前。
床头一壶酒，能更几回眠？

注释：

①张九旭：即张旭，唐代著名书法家。

②谩：随便。

③闲事：无事。

赏析：

高适，字达夫，盛唐著名边塞诗人，擅五、七言，其诗既工且力，用笔爽健疏阔，气势奔放，《醉后赠张九旭》为其代表作之一。

诗首联，起笔有波澜，以“世上谩相识”之抑，应“此翁殊不然”之扬，突出张旭的卓然不同之处，看似不经心之随笔，却格外放旷有力。

及后三联，诗人笔锋由虚转实，对张旭的形象做了独到而精致的刻画，字里行间，多见钦敬之情。

颔联“兴来书自圣，醉后语尤颠”，对句互见，既盛赞了张旭的书法高妙、逸势狂放，又表述了他的不羁之性、烂漫情态，让张旭和他的书法瞬间都鲜活了起来。

颈联“白发老闲事，青云在目前”，落笔传神，对张旭的性情品格进一步做了刻画，言其旷放自适、不乐尘俗、不慕名利、淡泊清远。此联，貌似与颔联分列，实则是对颔联诗意的一种递进。正因为他性情若此，淡泊不拘，所以才能保持率然的天性、天真性灵，内心未被沾染。所以，他才能“兴来书自圣”，在书法上取得超凡入圣的成就。

尾联，诗人笔锋顺下，以醉写醉，以疑问的笔法，勾勒出了张旭醉后酣眠的情态，不仅应了诗题，遣词造句之间，还颇见几分欢快明朗。读来，既觉真切，又觉极其动人。

琴茶

唐·白居易

兀兀[①]寄形群动内，陶陶[②]任性一生间。
自抛官后春多梦，不读书来老更闲。
琴里知闻唯渌水，茶中故旧是蒙山。
穷通行止常相伴，难道吾今无往还？

注释：

①兀兀：性格孤傲，不和于俗。

②陶陶：和乐貌，《诗经·国风·王风·君子阳阳》中有“君子陶陶”一句。

赏析：

《琴茶》是乐天晚年辞官致仕，闲居东都时所作的一首歌颂悠惬生活的七言律诗。

诗首联总领全文，首句以“兀兀”自表其高，“寄形群动内”明述因性情高标而不和于俗，为颔联的“抛官”做铺垫；次句顺承首句，写了自己“陶陶”和乐、疏旷不羁的天性。

颔、颈二联，诗人笔锋一气宕开，对“抛官”后的闲逸生活做了具体而生动的描摹。无须早朝议政，可春眠高睡；无须为名利而苦读，雅淡清闲；平日里不过听琴品茗，优哉游哉。

乐天曾作《听弹古渌水》一诗，诗中坦言：“闻君古渌水，使我心和平。”此处，他说“琴里知闻唯渌水”表达的便是一种和平简淡、怡然自乐的心境；“蒙山”为茶中仙品，用之于此，亦多表超然之意。然而，诗人辞官，终非本愿，不过是因“兀兀寄形”，不和于俗，是以，虽然闲居生活很是惬意，他胸中也总有一丝老骥伏枥、为国为民展抱负的壮志未泯。由是，在尾联，他才含蓄蕴藉地提及“穷通行止常相伴”，才诘“谁道吾今无往还”。

与谁往还呢？是那同听“古渌水”的人？还是共饮蒙山茶的“故旧”？是……诗人未曾明言，但冀回西京、重展经纶的心思却已隐约流溢其外。只可惜，臣愿报国君无意，直至乐天溘然长逝，也未能等到重入西京的机会，令人惋叹。

画鹰

唐·杜甫

素练①风霜②起，苍鹰画作殊。
㧐身③思狡兔，侧目似愁胡④。
绦镟⑤光堪擿，轩楹⑥势可呼。
何当击凡鸟，毛血洒平芜。

注释：

①素练：作画用的白绢。

②风霜：这里形容画中的苍鹰非常凶猛，如同挟有风霜的杀气。

③㧐（sǒng）身：即竦身。

④愁胡：面带愁容的胡人。

⑤镟：金属转轴，指系在鹰绳另一端的金属环。

⑥轩楹：堂前廊柱，指画鹰被悬挂的位置。

赏析：

一曲繁华叹盛唐，书画诗词漫齐芳。唐代，是文化大融合、大发展的一个时代，诗坛有圣，画杰频出。于是，糅合了诗与画特点的题画、咏画诗也层出不穷。

《画鹰》便是诗圣杜甫所作的一首五言咏画诗，咏的是绢画苍鹰。

首联，诗人以精练简约的笔墨，勾勒出了一幅风霜起、肃杀重、苍鹰猛悍的图景。“素练”为白绢，暗应“画”，“风霜起”摹出一片肃杀之态。“苍鹰”应题首，“殊”概言鹰之不同凡俗。

颔联，顺承首联，以“㩳身”“侧目”点睛传神，淋漓地描绘出了画中苍鹰凝神注目，随时准备扑击的动作、神态，让整个画面瞬间变得鲜活起来。

颈联，诗人笔锋层递，以“光堪擿”“势可呼”摹出了苍鹰神采奕奕、飞扬炫彩的神态，“可呼”二字更彰其灵动，言其栩栩。

尾联，诗人应前句“可呼”之言，展开联想，以“何当击凡鸟，毛血洒平芜”之假设，侧言画鹰之传神，几可乱真。

通读此诗，即便不曾见画，已知其韵，不曾见鹰，鹰已跃然纸上。诗与画合，更见补益，所谓咏画之真意，不外如是。

屏风绝句

唐·杜牧

屏风周昉①画纤腰，岁久丹青色半销。
斜倚玉窗鸾发女，拂尘犹自妒娇娆。

注释：

①周昉：字景玄，唐代画家。

赏析：

《屏风绝句》是与李商隐并称“小李杜”的晚唐著名诗人杜牧所作的一首题咏七言诗。

全诗遣词清婉、构思奇巧，意境不俗、格调雅逸，无须细读，已觉可圈可点。

首二句，诗人起笔奇丽，对屏风上的画作进行了正面的摹写。其中，首句“屏风”点题；“周昉”承递，既言明屏风有画、画是谁绘，又借周昉最擅画仕女图这一点，暗表画中风致，为及后的“画纤腰”做铺垫。“纤腰”，是美人的借代之语，虽只两字，却自见婷婷，用得极妙。次句，“岁久丹青色半销”，“岁久”为“色半销”之因，而“色半销”又间接为后句的“犹自妒”做了烘托，表画作之精绝。

三、四句，诗人转笔，由屏风及人，借对“鸾发女”观画神态与心理的描摹，侧写画作，读来，颇觉隽永。“斜倚玉窗”描述的是女子观画之出神，同时，“玉窗”“鸾发”也暗示女子的妖娆美艳，而这样妖娆的女子竟然因为看了一幅已经“色半销”的仕女图而暗自生“妒”，由此可见，画中仕女该是何等的妖娆。此处，诗人不正面摹画，反以同性真人相妒来侧写，既摹出了画的栩栩如生，又摹出了其鲜妍流美、妖娆多姿，虽未言其美，美却自现，构思之高妙，可见一斑。

画鹘行

唐・杜甫

高堂见生鹘，飒爽动秋骨。

初惊无拘挛，何得立突兀。

乃知画师妙，巧刮造化窟。

写作神骏姿，充君眼中物。

乌鹊满樛[①]枝，轩然恐其出。

侧脑看青霄，宁为众禽没。

长翮如刀剑，人寰可超越。
乾坤空峥嵘，粉墨且萧瑟。
缅思云沙际，自有烟雾质。
吾今意何伤，顾步独纡郁。

注释：

①樛：树木弯曲、下垂。

赏析：

工部一生题画、咏画之诗作凡二十余首，首首有妙谛，画鹘之诗，融心融神，最妙。

全诗句句摹鹘，以鹘言事，笔不离画，却又以画鹘生发无限情致，以为托寄，韵味委实悠长。

首句“见生鹘”之“生”，有栩栩之意，一字之妙，尽传鹘之鲜活妙态。“动秋骨”之“动”尽言飒爽。及后两联，“初惊”“何得”“乃知”皆从“飒爽”句中跳脱而出，三转三奇，层层跌宕，倍言其真。

及后“乌鹊”“轩然”二句，以乌鹊恐鹘出、簌簌惊飞的情景从侧面烘托出了画鹘的逼真生动。“侧脑看青霄”“人寰可超越”更从时间与空间的角度，将画韵延转，传鹘之神。鹘是自由的，它没有被束缚，它可以高飞，却没有飞，只因众禽也能飞，它不愿与众禽并伍，甚至因此，甘愿被埋没，甘愿放弃“峥嵘”“乾坤”，独守一片“萧瑟”的画纸“粉墨”。这些，明是画鹘，实则也是在摹人，是诗人在言自身的品性高标与进退两难的处境。“缅思”“顾步”之语，与其说是在传鹘之情态，倒不如说是传人之情态。统揽此诗，画中有鹘、鹘中有人、人悟其画，主客观之神思共融共通，不独拓开了画之意境，更添画之深广，悠悠品之，尤觉佳妙。

梅花

唐·崔道融

数萼初含雪，孤标画本难。
香中别有韵[1]，清[2]极不知寒。
横笛和愁听，斜枝倚病看。
朔风[3]如解意，容易莫摧残。

注释：

①韵：韵致。

②清：清雅。

③朔风：北风。

赏析：

崔翁擅诗，尤擅绝句，其诗或清雅、或沉凝，或疏放、或婉约，风格多变。《全唐诗》中录其作近80篇，《梅花》是其中较为著名的一首。

诗首、颔二联笔落清潇，绘景状物。

首联，绘梅之色晕姿容。首句，“数萼”言梅之清简，花开并不繁密，只寥寥数朵，隐应次句之“孤标”；“初含雪”一语双关，既点明梅乃初开，物候为白雪初降的冬日，又摹出了梅的莹洁之色，如雪如霜，清姿秀骨。次句，顺承首句，“孤标”既言其数量之少，又表其性情之孤傲清高，这种傲然，神韵难得，想要传神地画出，委实很难。

颔联，诗人笔锋微错，由色及香，对雪梅的浅香做了具体的描摹，一个“别有韵”，一个“清极”，已将诗人胸中满溢的赞誉之情淋漓述出。

颈、尾二联，诗人笔锋再转，由盛放之雪梅，写到了赏梅的人，亦即诗人自己。

“横笛和愁听”一句，似与赏梅无关，其实不然。笛声入诗，千古言愁，悠悠笛语从来都是愁绪的表征。这里，诗人未言赏，先言愁，以微露几分惜梅之意，兼之自身又在病中，是“倚病”赏“斜枝”，病里看梅，怜己病体支离，不断衰弱的同时，自然便会多几分惜梅之意，盼梅能在凛凛寒冬中坚持得久一些，不要过早凋谢。由是，便有了尾联真诚而充满情致的祈盼“朔风如解意，容易莫摧残”。

此处之“容易”作“轻易”解，意为，北风若是理解我的惜梅之意，便不要轻易将它摧残了，很浅白的语句，却字字情真，令人动容。

雪中偶题

唐・郑谷

乱飘僧舍茶烟湿，密洒歌楼酒力微。
江上晚来堪画[1]处，渔人披得一蓑归。

注释：

①堪画：值得画。

赏析：

碌者闲来多买笑，文人有暇总赋诗。《雪中偶题》便是郑守愚（郑谷字守愚）冬日无事、对雪酌饮时所作的一首七言咏雪小诗。

全诗立意新巧，遣词流丽，率真可爱，细细品之，总觉怡然之味洋溢。

诗是短诗，仅四句，四句皆绘景，无一字着雪，却处处写雪，近乎白描般的侧写，却颇见盎然清婉趣味。首句，诗人以浅笔勾勒了一幅“僧舍飘雪”的闲逸小景。“乱飘”写尽冬雪霏微、纵意洒落的情态；“僧舍”点明对雪之地；“茶烟”暗表在对雪煮茶；“湿”摹出了茶烟袅袅之趣。

次句，诗人笔锋微微一宕，视角从“僧舍”转向“歌楼”。“密洒”状雪之绵密，并含蕴地点出雪下得很大；“酒力微”描述的是酌酒赏雪、雪不醉人人自醉，以至于微饮即酣的情景；再则，既是在“歌楼”，想来，酌饮之时定是有轻歌相伴的，那般欢快情形，与僧舍对雪又自不同。

三、四两句，诗人移步换景，镜头直切江上。“晚来”点明时已日暮。江天浩荡、大雪纷飞，茫茫暮色风雪中，一位渔翁身披蓑衣冒雪独归，那般孤独、那般洒然，那般清倔、那般飘逸，委实“堪画”。而这“画”中，渔翁之影有之，诗人之影大概也有之，那孤蓑对雪、悠悠暮归的渔翁，从某种程度上来说，大概就是诗人本身之自况，况其悠然，况其清标，亦况其寄意山水自然的恬然与闲逸。默默咀之，最觉回味。

辑三　春夏秋冬

南湖①早春

唐·白居易

风回云断②雨初晴，返照湖边暖复明。
乱点碎红山杏发，平铺新绿水蘋生。
翅低白雁③飞仍重，舌涩黄鹂语未成。
不道江南春不好，年年衰病减心情。

注释：

①南湖：彭蠡湖，即鄱阳湖。《太平寰宇记·江州》：“彭蠡湖在（德化）县东南，与都昌县分界。”

②云断：云被风吹散。

③白雁：湖边的白鸥。

赏析：

《南湖早春》是唐代现实主义巨匠白乐天作的一首咏春七律。全诗节奏明快、色彩芜丽、遣词清新、动中有静、情景相谐，殊为精致难得。

首联，诗人起笔明丽，以欢快的语言勾勒了一幅南湖雨后、初晴暖照的淑美景致。“风回云断”下的既质朴，又传神；“暖复明”则应和了“雨初晴”，两句连缀，互作点饰，一股温馨明朗的气息，借这寥寥数语，瞬间扑面而至。

颔、颈二联，与首联气息相通，顺承首联，对早春南湖、雨后新晴的图景做了细致的描摹。山杏之红、蘋草之绿，白雁之翔、黄鹂之歌，不仅从色彩上彼此点染，而且，在动静中相互渲衬，声色动静谐宜，一笔淋漓。“乱点”之“乱”，描述出了杏花绽放的自然、随意，颇富野趣。“平铺”之“平”描述出了湖光之平静辽远，“铺”则赋蘋草以微微动态，生动地描摹出了其渐次铺展的繁茂清新姿态。“飞仍重”之“重”一语双关，既遥应“雨初晴”，绘了雁羽微湿、沉重难振翅的真实情态，又以彼重写了诗人心中之重，托物寄情，为尾联的情感跌宕打下情感基础，使之浑然不显生硬。“语未成”之“未”，也有双关之意，与“重”类同。

尾联，诗人笔锋一转，脱出融融明媚之春光，不道喜春，而道“减心情”，言简意赅中带着些许沉重，不是江南的春色不美好、不明媚，只是我“年年衰病”，内心颓唐沉重，根本就无心欣赏。“衰病”既是诗人对自身处境的描摹，亦是对胸中无奈、忧患、隐痛、愤懑的抒写，唯其细品，方能体味。

春晓①

唐·孟浩然

春眠不觉晓，处处闻啼鸟。

夜来风雨声，花落知多少②。

注释：

①晓：天刚亮的时候。

②知多少：不知道有多少。

赏析：

孟襄阳少年多才，腹有经纶，尝有凌云志，然却事与愿违，仕途坎坷，多受排挤，无奈，唯隐居鹿门，托寄诗酒，以度余生。他是盛唐最著名的田园派诗人，诗多清新婉约、淑丽淡雅、气度浑然，《春晓》为其代表作。

全诗意境清婉、遣词流丽、造语工致、立意新颖、抒情真挚，读来，颇见不俗。

诗极短小，遇景入咏，首句破题，语言清浅，“春”述时令，“不觉”极言“春眠”之香甜酣然，“晓”既明述时为晨起，又遥应诗题，用得极妙。

次句，诗人笔锋拓开，从听觉的角度对春日晨晓的景致做了摹写。“处处闻啼鸟”，“处处”既状了春鸟之多，写了鸟啼之繁、之盛，还借春声勾勒了一幅别样的春景，似乎，透过那此起彼伏、各种各样的鸟啼声，一幅柳绿花红、林木错落、百鸟翔飞的盎然画面已跃然于目，所谓妙笔生花，大抵不外如是。

三句，诗人笔锋再转，由晨晓鸟啼之声，忆及了昨夜的风雨之声，逗人无限遐思，暗表喜春、钟春之意。然，这种欢喜之意尚未完全被发酵，四句，诗人便以一句“花落知多少”突然折转，变欢喜为叹惜，蕴藉天然，恍若流水行云，丝毫不见突兀。且，诗人之叹、之惜，全然不是惋惜，也无伤感之意，而是喜极爱极之后的一种自然情感流露，是珍惜，是怜惜，以惜表喜，匠心独具，更显风致。

绝句二首（其二）

唐·杜甫

江碧鸟逾[1]白，山青花欲燃。

今春看又过，何日是归年[2]？

注释：

①逾：更加。

②归年：回去的时候。

赏析：

公元763年，大唐西疆暂归承平，流离梓州的杜工部回归草堂，暮春赏春，触景情生，作《绝句二首》，此诗为第二首。

甫一提笔，诗人便以妍丽的笔墨描绘出了一幅浓墨重彩的春日图景，碧波潆洄、白鸟翔飞、山色青碧、花红若火，明媚而灿烂。

首句“江碧鸟逾白”，描摹的是江景、水景。江水之碧、白鸟之白，互为映衬，相得益彰，一个“逾”字，更将白、碧谐映的效果描绘得淋漓尽致，似乎，整幅画面都因此变得愈加鲜红灵动了几分。

次句“山青花欲燃”，绘的是山景，是芳菲。红与青都是极浓烈、极明媚的颜色，青红相衬，烘托出的自是一片欢快妍美。且，“欲”为拟人，无形之中已摹出山花摇曳多姿之态；“燃”更传神，虽是侧写，却将山花那烈焰一般秾丽鲜艳的芳颜绘了个十足。

然而，春光虽好，在忧人眼中，也不过多添几许忧思。

三、四两句，诗人笔锋折转，全诗的情感基调亦随之宕然变化。

“今春看又过”，暗点时令已是暮春，恰恰春光即将逝去，“看又过”有惜春、叹春之意，亦有由前之丽景生发出的忧怅无奈之情，前景愈丽，此情愈忧。忧什么呢？诗人没有明确作答，而是以一句似问非问、似叹非叹的“何日是归年”戛然将全篇收束。言外愁绪尽淋漓，自见语挚。

且，众所周知，工部半生流离、颠沛异乡、有家难归的根由，实则是战乱。“归年”之问，不独是问，实则也是一种希冀，希冀四海重归安定、社稷再度承平。由是，民生才安，诗人也能不复流离。

晚春二首（其一）

唐·韩愈

草树知春不久归①，百般红紫斗芳菲。

杨花榆荚②无才思③，惟解漫天作雪飞。

注释：

①不久归：即将结束。

②榆荚：榆钱。

③才思：才华和能力。

赏析：

韩文公是唐时文坛领袖，文起“八代之衰”，擅文、擅书，也擅诗，其诗精切，颇见风骨。

《晚春二首》是组诗，为咏春之作，共二首，本诗为其一。

全诗匠心独运，别开生面，通篇拟人，赋草木花树以性灵，极言留春之意，物象生动，色彩明媚，貌似繁华妩丽，又觉情思无数，人景、景情、情理、理人浑然交融，细细品之，多见情趣。

首句“草树知春不久归”，大开大合，笔力疏阔，将草树人格化，既暗表了留春之意，又以“不久归”暗点时为晚春，应题，并为后句的“斗芳菲”做垫。

春光美好，万物繁盛，然终究难长，草树明知此点，却仍固执地想要将春留住，所以使尽浑身解数，各展芳菲，争奇斗艳，于是“百般红紫”便构成了一幅灿烂明媚的晚春画卷。

及后，诗人另辟蹊径，从烂漫妩丽的晚春芳菲图景中剪裁出了最富情致、最有象征意义的一幅小影：“杨花榆荚无才思，惟解漫天作雪飞。”

杨花榆荚虽然平平凡凡，无甚才情，留春之心却与群芳无甚不同，亦若洋洋洒洒之白雪，曼舞飞扬，飘向四方，希望可以把春留住。此处，杨花榆荚之绘，既是实景，也是托寄，诗人赞之，赞的不独是其本身，更是那些如杨花榆荚般才干不显却又不乏勇气、胆魄与忠心的千千万万人。

草树无情，人可赋其情；草树无知，人可借其知；草树留春，不过是人惜春之外显。然，这种惜却不是叹惜，而是珍惜，是一种不负时光、趁势奋发的昂扬，细细品之，自见其味。

春夜喜雨

唐 · 杜甫

好雨知时节，当春[①]乃[②]发生[③]。
随风潜[④]入夜，润物细无声。
野径[⑤]云俱黑，江船火独明。
晓看红湿处[⑥]，花重[⑦]锦官城[⑧]。

注释：

①当春：在春天。

②乃：就。

③发生：萌发生长。

④潜：悄悄地。

⑤野径：乡间小路。

⑥红湿处：红红的湿润一片，指被雨水打湿的花丛。

⑦花重：被雨水打湿的花儿显得饱满沉重，也有浓的意思。

⑧锦官城：成都。

赏析：

杜工部经历了一段流离失所的生活后，暂居四川成都，结束漂泊。在这里，他亲自耕种，与农民来往甚密，对春雨也有了深厚的感情，是以写下此诗，歌颂润泽万物的春雨，展现心中之惊喜。

首联用一个“好”字赞美雨，唤起关于做好事之人的联想。“好雨”二字，既写景，又写情。“知时节”，就将雨拟人化，正是需要雨的季节，雨就下起来了，似通人意，委实很“好”。

颔联顺承首联，“潜”“润”“细”等字，重申雨的“好”。“潜”字，直言雨水似乎不愿惊扰人们的美梦，不愿惊扰正在萌发的万物。而“细”字则将雨的轻柔之态刻画得细致入微，“潜入夜”和“细无声”相配，再次使用拟人手法，暗表雨是伴随和风而来，只为“润物”，无意“讨好”。

“野径云俱黑，江船火独明”，诗人听着雨声，不由自主地开启屋门，看向外面。小路皆被细雨掩盖，唯有远处江面上摇曳的灯火通明。此二句写出了夜雨之美，“黑”和“明”互为映衬，云厚雨足的特点跃然纸上，果真是“好雨”。

尾联是诗人的想象，与题目中的“喜”相呼应，想象雨后清晨锦官城的美丽景象。经过好雨的一夜滋润，万物都生机勃然，尤以代表春色的花为最，红艳欲滴。“红湿”点明雨的滋润程度，将雨后的春意盎然表现得极为恰切。

诗人盼望这样的雨，喜爱这样的雨，却不言“喜”字，但是“喜”字又从整首诗中渗透出来，将喜爱之情表现得淋漓尽致。

咏柳

唐·贺知章

碧玉[①]妆[②]成一树高，万条垂下绿丝绦[③]。

不知细叶谁裁出，二月春风似剪刀。

注释：

①碧玉：碧绿色的玉，此处指柳叶的颜色宛如玉石。

②妆：打扮，装饰。

③丝绦：丝带，这里指代像丝带一样的柳条。

赏析：

贺知章，唐代诗人，博洽经史，自号四明狂客。其诗清新通俗，然大多散佚，《全唐诗》仅存诗19首。这首《咏柳》吟诵甚广，为贺知章诗中最为知名的一首。

诗首句着一“妆”字，将高高的柳树比喻成打扮得婀娜多姿的美女。用“碧玉”来形容柳树，其中含义有二：一是碧玉的颜色与柳的颜色相似，“碧”字与下一句的“绿”互为补充，摹出其青绿之色。二是“碧玉”二字不着痕迹地用了南朝萧绎《采莲赋》中“碧玉小家女”一句，将眼前的柳树和美女联系起来，柳树那婀娜动人的姿态宛然而现。

次句展开联想，从垂下的柳条联想到“她”身上垂下的丝带。一个“垂”字，就将美人袅娜的风姿展现得淋漓尽致。况且中国古代盛产丝，丝绸素有端庄飘逸之名，是以柳树的风韵就不难想见了。

三、四两句，巧用比喻和设问，由“绿丝绦”联想开去，这细细的柳叶由谁裁剪而出？是那二月的春风姑娘。自问自答，由赞美柳树过渡至赞美春天，将春风孕育万物的形象描摹得精准传神，蕴含无限美感。诗人用笔之老、之健、之精，借此可见一二。

全诗清新贴切，比喻尤具匠心，令人玩味，无怪乎可以千古流传。

春江晚景

唐·张九龄

江林多秀发①，云日复相鲜。
征路那逢此，春心②益渺然。
兴来只自得，佳气莫能传。
薄暮津亭下，馀花③满客船。

注释：

①秀发：枝叶茂密，鲜花盛开。

②春心：由于春景而产生的意兴。

③馀花：残花。

赏析：

张九龄，字子寿，唐代名相，出身显贵，博文能识，性情雅淡，能诗更擅诗，多兴寄感怀之作，《春江晚景》为其传世名篇之一。全诗层次分明、清丽雅蓄、情致淡远，字里行间，多见锦绣。

首联，起笔隽秀，摹景绘实，浅浅一笔，便勾勒出了一幅清幽雅逸的春江晚景图卷。“江林”切题，“秀发”生动地摹出了江畔草木繁茂之状，亦暗表时令为春。“云日”句是谢灵运“云日相辉映，空水共澄鲜”之句的化用，描摹的是春江晚景之绚烂，尤其是“复”字，别见几分悠容淡远意趣。

颔、颈二联，应首联，化实为虚，借景入情，写了“征路”欣逢如斯嘉景的惊喜，即便是“兴来只自得”，也丝毫不减诗人心绪之明媚，只是那令人“春心渺然”的春江“佳气”委实是太好，好得无法言传。由是，尾联，诗人唯有再次转笔，剪裁出一片落日红霞、津亭薄暮、微风洋溢、落花漫洒客船的别致小景，以景语来传情语，转实为虚，淡然收束，蕴无限之情于景中，以三分余渺予人，婉约中显留白，任人赞、叹、喜、怜、惜、讶，浮想联翩，写未尽之情于有限之景中，别出机杼。

诉衷情·东风杨柳欲青青

宋·晏殊

东风杨柳欲青青，烟淡雨初晴。恼他香阁[1]浓睡，撩乱有啼莺。

眉叶细，舞腰轻。宿妆成。一春芳意，三月如风，牵系人情。

注释：

①香阁：青年女子的内室。

赏析：

北宋词坛，晏殊一枝独秀，他工词，最擅小令，词风婉雅，蕴藉动人，《诉衷情·东风杨柳欲青青》是其咏春名篇。

词上阕情景互衬，起笔便以清丽淑婀的笔墨描绘出了一幅春风怡荡、雨后新晴、柳烟疏淡的雅逸图景。"欲青青"之"欲"下笔极妙，既赋柳以性灵，又生动地摹出了柳芽新发、叶色浅浅未葱茏的情态；"烟淡"用喻，别述柳色婀娜。如斯春光，无疑极惹人喜，然词人偏偏不言喜，而用了"恼"字。闺阁女子，不赏春，而懒睡，被啼莺惊醒，还油然生恼，那般情形，一言不尽，犹在眼前。

下阕，顺承上阕，"眉叶细"三句，既是摹柳，亦是摹人。柳叶细若美人眉，美人腰若柳枝柔，人与柳，彼此叠印晕染，风姿袅袅，形象而传神。然而，这般风姿，续以"宿妆成"，却又别见哀怨。伊人为何懒于梳妆？不外"牵系人情"。"牵系"之语，既是在摹万千柳枝，也是在摹无穷思绪，人物相形，情景共融，人中见柳，柳中见人，自见情致。且全词以柳为始，亦以柳作结，首尾绾合，从结构章法上也可见独到。

春日还郊①

唐·王勃

闲情兼嘿语②，携杖赴岩泉。

草绿萦新带，榆青缀古钱。

鱼床③侵岸水，鸟路④入山烟。

还题平子⑤赋，花树满春田。

注释：

①还郊：回到城郊的住处。

②嘿（mò）语：沉默。

③鱼床：像床席一样大的编竹木箄席，放上饵料沉进水里，让鱼栖息。

④鸟路：鸟道，高山小径。

⑤平子：后汉张衡的字。他仕途坎坷，所以写了《归田赋》。

赏析：

《春日还郊》是初唐四杰之一王勃春日有感而作的一首五言律诗，全诗格调悠远、笔力清健、遣词婉丽、意境恬然，在历代咏春诗中，虽未拔头筹，却也难得佳妙。

首联“闲情兼嘿语，携杖赴岩泉”，起笔疏朗，开门见山，直述“还郊”的缘由。“嘿语”不是俚语，也不是口语，而是用典，是以《周易》书中“君子嘿语”的典故来折映现实，一语双关，在慨叹无知己的同时，也暗表了寄情山水之意。

颔联、颈联，诗人以婉蓄的笔墨，从动静两个角度对“赴岩泉”后的所见做了具体的描摹：草色茵茵翠碧，铺展路旁，犹若一条新绿的飘带；榆木蓊郁，一丛丛、一簇簇的榆钱烂漫枝头；春水初涨，漫了堤岸；山色淡远、鸟语烟溟，一派生趣盎然。乐景乐情，溢于言表。

由是，尾联，诗人顺笔，长抒欢喜欣羡之意。“还题平子赋，花树满春田”，诗人喜的不独是这明媚的春光，是花树，是春田，是恬然的景致，同时也是寂情山水、田园悠居的闲适与逸趣。“平子赋”出自张衡归田所作《归田赋》中的典故，此处，诗人化古典为今用，胸臆直表，淋漓述出了归隐之志。同时，尾联之归隐意与首联之闲情语遥相呼应、自然绾合、浑然不事斧凿，也尽显诗人遣词造句的不凡之处。

蝶恋花·庭院深深深几许

北宋·欧阳修

庭院深深深几许，杨柳堆烟，帘幕①无重数。玉勒雕鞍②游冶处，楼高不见章台③路。

雨横风狂三月暮，门掩黄昏，无计留春住。泪眼问花花不语，乱红飞过秋千去。

注释：

①帘幕：用于门窗处的帘子和帷幕。

②玉勒雕鞍：华贵的马车。

③章台：街名，这里指北宋时歌妓聚集的场所。

赏析：

欧阳修，字永叔，号醉翁，北宋词坛巨匠，一生创作颇繁，《蝶恋花·庭院深深深几许》为其传世经典之一。

词上阕，起笔婉蓄，未言人，先绘景，以连续三个“深”字极言“庭院”之幽静深广，挈领全词，为后之“楼高不见”做铺叙；“堆烟”写出了柳之浓密，暗表时非初春；“无重数”为虚写，略见夸张，但虚中带实，侧应庭院之“深”；“玉勒雕鞍”为借代，代指浪迹“游冶处”不知归也无意归的郎，应“不见章台”之怨。整阕，乍看，字字写景，描摹的是庭院春深；细品，句句摹人，委婉地述尽了闺怨闺情。

下阕，词人笔锋微宕，即景抒情。“雨横”言雨急，“风狂”写风大，风雨交加，为后之“乱红飞过”做了自然铺叙；“三月”点时令；“黄昏”点时间，暮春时节又值日暮，两相叠加，可见凄惶，由是，不由自主便生“留春”之言。此处之“春”，不独指春光、春天，亦指青春，指女子的韶华。苦苦想要留春，然而，终归“无计”，于是，那一腔幽怨的人儿便泪眼蒙眬地去问“计”。问谁？问与她处境相同的“花”，然而，花却以“不语”来回应她，甚至“无情”地“飞过秋千去”，仿佛在故意撇下她。如是情景，怎不令人心痛神伤？

纵览全词，不着于怨，却处处有怨；不曾言伤，却字字有伤，言浅而情深，含蓄蕴藉，绵渺有致，意境幽清，词人下笔之淋漓，造境之独到，抒情之含蓄，绘景之神妙，由此可见一斑。

小至①

唐·杜甫

天时人事日相催，冬至阳生春又来。

刺绣五纹②添弱线，吹葭③六琯④动浮灰⑤。

岸容待腊将舒柳，山意冲寒欲放梅。

云物⑥不殊乡国⑦异，教儿且覆掌中杯。

注释：

①小至：冬至的前一天，一说为冬至的第二天。

②五纹：指五色彩线。

③葭：生出不久的芦苇。

④琯：古代一种用玉制成的乐器。

⑤动浮灰：古人将芦苇茎中的薄膜制成灰，放在律管中，节气到来时，律管里的灰就相应飞出，这是一种预测时令的方法。

⑥云物：景物。

⑦乡国：家乡。

赏析：

人之情，多缘境生，乱世常忧国，飘零自感喟，安闲不见悲，嘉好自言惬。子美作《小至》时，正寓居夔州，生活难得安闲，心绪也颇明媚，所以，这首小诗也少了几分伤怀之叹，活泼俏皮，极富生活情趣。

首联，起笔切题，首句立见机杼，感“天时人事”之变，“催”略有几分拟人的色彩，极言变之速、之迅、之疾、之烈，暗点时令；次句“冬至”应题扣题，“阳生”是冬至时节阴阳物候的消长之态，应前句之变，“春又来”则是“阳生”之果，暗含祈春、盼春之意。

颔联，顺承首联，以绣女添线、葭管飞灰，刺绣、吹奏的渐久，绘冬至之后，白昼之渐长，应“阳生”；颈联，赋无情之堤岸、寒山以性灵，借“待”“将”“冲”“欲”“舒柳”“放梅”，委婉地道出了盼春、迎春之意，为春演前奏，应“春又来”。

尾联，诗人转笔明媚，直抒胸臆，言“乡国”虽异，但“云物”类同，只要亲朋常伴身旁，风物依稀宛然，异乡亦可作故乡。所以，诗人笔下之冬景才如是鲜妍美好。所以，诗人内心才欢愉无限。所以，他才说“教儿且覆掌中杯”。为这欢畅之冬，为那将至之春，开怀畅饮，且图一醉，其中欢畅闲适、悠然惬意之情，虽未言明，却已显见。

春思

宋・方岳

春风多可①太忙生②，长共花边柳外行。

与燕作泥蜂酿蜜，才吹小雨又须晴。

注释：

①多可：多么能够。

②忙生：忙的样子。

赏析：

《春思》是南宋诗人方秋崖（方岳号秋崖）所作的一首七言咏风小诗。全诗无典，通篇拟人，体物入微，虽无托寄，亦不乏情，品之思之，足见韵致。

诗以“春思”为题，表的却不是人的春情，而是春本身的思索、考量、情绪、情感，是以，在起笔时，诗人才裁取了最具代表性的春之物象——春风。

诗首句，“春风多可太忙生”，着一“忙”字，概言春风“多可”之特质，春风太随和，太亲切，太容易许诺，所以，总是忙忙碌碌，不见空闲。

及后三句，分承首句，是对春风之“忙”的具绘。最先得春风之气，感春风之和的是花与柳，风与花柳“长共”，陪其怒放、伴其成荫，无处不在，不独是忙，更以忙勾勒出了一派柳绿花红之景。

春风漾处，万物复苏，不独是植物感其和怡，动物也受其恩惠。春风解冻，燕因而有了筑巢之泥；春风催花花自放，蜜蜂也因此有了可采之蜜。凡此种种，以上两幅小影，不过其一，可见春风之忙、春风之惠。

不独如此，春风还能影响物候。吹几片阴云，下一场“润如酥”的小雨，不待雨深，又匆匆将云吹散，还清空一派晴明。末句，“才吹”“又须”的连缀，不独自然，而且传神，不着痕迹地述说风之忙，很见功底。

白梅

元·王冕

冰雪林中著[1]此身[2]，不同桃李混芳尘[3]。

忽然一夜清香发，散作乾坤万里春。

注释：

①著：放进，置入。

②此身：指白梅。

③芳尘：香尘。

赏析：

《白梅》是元代文学家、诗人王冕作的一首七言咏梅小诗。诗发清丽之音，述高洁之志，立意不俗，结构谨严，雅逸超脱，颇见不俗。

首句“冰雪林中著此身”，以“冰雪”之莹白写白梅之色，以“冰雪”之清洁不染绘白梅之“韵”，下笔新巧，尤其是一“著”字，形象且传神，实为妙笔。

次句“不同桃李混芳尘”，顺承首句，以争春桃李的世俗浓艳，反衬白梅的清雅出尘，此处“混”字下得极妙。

三句“忽然一夜清香发”，明是在摹白梅之骤然盛放，蕴惊喜之意，实则是在以梅自况，抒情言志。何志？“清香发”。桃李之类，虽也芬芳，但是其芳已与尘混同，被污浊，难衬“清”字，所以，花中独“清”者，唯梅。而诗人此处写“清香”，表的是自身不流于俗、清洁高标的志趣。

四句“散作乾坤万里春”，“乾坤万里”，为虚指，泛指四海八方，“万里春”为万里同春之意，既赞了白梅之妍美、无私，也言了人之情志，表达了对那些愿为民谋福祉、牺牲自我、成全天下的贤人高士的由衷的敬佩、赞颂与倾慕之情。

瓶梅

宋·张道洽

寒水一瓶春数枝，清香不减小溪时。

横斜烛底无人见，莫与微云澹月①知。

注释：

①澹月：幽静的月光，也指月亮。

赏析：

张道洽，字泽民，号实斋，北宋诗人，以咏梅见长，有咏梅诗三百余首，存世百首，其中，《岭梅》最著名，《访梅》最精致，但若论小巧清丽，却还要属《瓶梅》。

诗首句“寒水一瓶春数枝”，起笔清丽，着一“瓶”字，重一“春”字，颇是巧妙。“一瓶”，点应“瓶梅”，“寒水”既和了次句的“小溪”，又暗点物候为早春时节，乍暖还寒时候。“春数枝”之“春”在此用得极妙，明明是在咏梅，却不言梅字，更不用“梅数枝”，偏偏用“春”，既显婉约奇巧，又将梅之明媚鲜妍情态，及由瓶梅而引发的欢喜明媚之情表现得淋漓尽致。

次句，“清香不减小溪时”，上应前句，对瓶梅做了进一步的描摹。“不减”暗表在“小溪”时，梅就已香氛馥郁，得人怜爱，“清香”之“清”，更别有几分清傲洁净的意味流露其间。

三、四两句，顺脉拓开，再次以婉约含蓄的笔墨表达了对梅的爱怜之情。幸好，梅那“横斜”清疏的姿态被掩在了“烛底”，“无人”得“见”，于是，这种清疏美好便能一人珍藏。“莫与微云澹月知”更别有几分俏皮之意。梅花本应与微云清风、澹月冰轮这样高雅清致的事物相伴，若是它们“知”了，梅似乎便要失去了。此处，诗人以“无人见”“莫与知”两处极微妙的心绪描写，既道出了采梅为瓶的因由，又述出了自己“瓶梅自珍”的一点点小心思，虽未言爱，一片爱梅之心却溢于言表，不言可知。

幽兰

唐·崔涂

幽植众宁知[①]，芬芳只暗持。
自无君子佩，未是国香衰。
白露沾长早，春风到每迟。
不如当路草，芬馥欲何为？

注释：

①宁知：怎么知道。

赏析：

崔礼山（崔涂字礼山）半生坎坷，一世漂泊，辛苦遭逢。其诗也多飘零之态，苍凉之味，《幽兰》类同。

首联“幽植众宁知，芬芳只暗持”，以婉秀含蕴的语言，描述了兰的秉性、品质及处境。“幽”为诗眼，挈领全诗，“宁知”是疑问，怎么知道、岂会知道，应“幽”，表少有人知，且“宁知”“暗持”之间自有因果，因生于幽处，不为人知，不为人解，所以，只能暗持芬芳。此处之“暗持”，既有深藏芬芳，秉性高洁之意，亦稍有几分怀才不遇的凄怆不平之意。

颔联，是首联“暗持芬芳”的一种衍化与情感延续，不是因为“国香”衰微残败才无人纫兰而佩，而是因为“无君子”可佩。诗人以兰为“国香”，可见其对君子之洁、之义、之操的推崇。诗人度一“衰”字，远应于“幽”，写了兰“众宁知”的具体因由。

颈联，春风每每迟至，白露往往早沾，兰总在春风未暖、霜露已降的时节开放，迥异于仲春盛夏争妍斗丽的群芳，如是，纵便再如何美好芬芳又有何用?

由是，尾联，诗人情不自禁慨叹：“不如当路草，芬馥欲何为?”连当路的萧艾野草都比不上，幽兰暗持郁郁芬芳又是为何，是想做什么?

想做什么?诗人未语，但自其字里行间流溢的情感来看，约莫是要归隐吧。宁愿自赏孤芳、归隐山林，也不愿为路草、附群芳，这是兰之质、兰之性，亦是人之质、人之性，个中淡泊明远之意，细读多思，或可了悟一二。

竹

唐·李贺

入水文光动，抽空绿影春。
露华[1]生笋径，苔色拂霜根[2]。
织可承香汗，裁堪钓锦鳞。
三梁[3]曾入用，一节奉王孙。

注释：

①露华：露水。

②霜根：白色的竹须根。

③三梁：梁，古人帽中横着的冠饰，用竹制成。汉唐冠帽有两梁、三梁、五梁的制度。李贺是“王孙”，所以说自己用三梁。

赏析：

李贺有“诗鬼”之称，其诗也多光怪陆离之语，但这首托物寄兴的咏竹诗却别有深情挚意编织其中，遣词造句也多明丽灵动，可谓佳篇难得。

诗首、颔二联，以婉约流美的语言从直接、间接两个角度，对竹之形状做了具体而生动的摹写。

首联，直接摹竹，一俯一仰：“入水文光动”描摹的是低首俯瞰水中之竹，竹影摇曳、波光潋滟、水竹相映，煞是可爱，一个“动”字写尽了竹的摇曳之态；“抽空绿影春”描摹的则是仰首而望水边之竹，竹身修长、挺拔凌云、翠绿青葱，充满春之蓬勃，“抽空”二字，将竹劲节向上、不断成长的姿态写得惟妙惟肖。

颔联，诗人以“露华”“苔色”为依衬，间接摹竹。林间小径上，竹笋根根玲珑，笋上，滴滴露珠映着日华，苍青的苔藓溶溶漫漫、不断铺展，似要将那还带着粉霜的竹根遮盖埋没。此处，露是真露，霜却是假霜，“霜根”之“霜”，自然不是霜寒之霜，而是竹根处天然而生的一种白须，诗人以“霜”言之，不独形象，细细品来，还颇有几分清幽之趣。

颈、尾二联，诗人笔锋折转，借竹抒情、借竹寄慨。

颈联，细述竹可用以“承香汗”“钓锦鳞”的寻常功用，尾联则更进一步，借古时“天子、王侯加服，以竹为冠”的典故，以“奉王孙”

之语，连类比兴。李贺出身名门，有济世之材，却一生郁郁不得志，怀才难遇。此处，以竹为托，表的自是希望能如加冠之竹般被重用、被提携，一展凌云抱负之意。

送国棋王逢

唐·杜牧

玉子纹楸一路饶①，最宜檐雨竹萧萧。
赢形暗去春泉长，拔势横来野火烧。
守道还如周柱史，鏖兵不羡霍嫖姚②。
浮生七十更万日，与子期于局上销。

注释：

①饶：饶子、让子。

②霍嫖姚：指霍去病，他曾经担任嫖姚校尉，后来也指守边立功的武将。

赏析：

《送国棋王逢》是杜樊川（杜牧号樊川居士）为挚友围棋国手王逢作的一首送别诗。

诗首联以造境为胜，不言别，先言棋，寥寥数字便勾勒出了一幅檐下清荫、修竹婀娜、挚友手谈对弈的情景，笔力豪健，引人棋兴。“玉子纹楸”言棋具之精美，“饶”为饶子、让子，表挚友棋力，暗应“国棋”之言；“檐雨竹萧萧”表对弈环境之清幽雅静，“最宜”则笔落婉蓄，“最”表深情厚谊。

颔联、颈联，诗人笔锋转折，借比喻、用典尽述友人棋艺之高妙超绝。处弱势，他能如春泉般细水流长，在不断地积累中由弱转强、化险为夷；处强势，他能纵横捭阖，如横烧荒原之野火，猛悍燎原；处守势，他能若周之史官老子以静制动，防得固若金汤；处攻势，他就若汉之霍去病，首尾呼应，攻无不克，运筹千里。尤其是颈联，以兵法入棋，很得棋中三昧。

和这样的国手下棋，想来当是一件极为欢快惬意的事情。然而，友人却即将远离，这种悠然的乐趣，不知不觉，便也被发酵成了深重的别情。全诗对棋的描述，至此也戛然而止，未言胜负，未言其他，却又给出了三分不尽的别味。

尾联，诗人笔锋再转，归于正题，以余生“万日”，与子“局上销”之约定、之期盼期许，代表送别之情。由是，不仅前联之棋弈缓然落地、有所呼应，往昔之相得，今时之依依，来日之想念之情，亦借一个“期”字淋漓述出，遣词炼语之不凡，由此显而易见。

书

唐·李峤

削简龙文见，临池鸟迹舒。
河图①八卦出，洛范九畴初。
垂露春光满，崩云骨气馀。
请君看入木，一寸乃非虚。

注释：

①河图：河图洛书，关于《周易》卦形来源的传说。

赏析：

“文章四友”之一的李峤，是诗坛一位承前启后的人物，对律诗、歌行都颇有研究，尤其是律诗，别见高标。

《书》便是他作的一首五言诗，虽名声不显，但却颇具韵味。

首联，诗人起笔应题，以“龙文”应诗题“书”，且喻书法之雄健刚劲；“削简”点明描摹的是竹简上的书法；“临池”述出观书的地点，“鸟迹舒”表环境宁逸安闲，寥寥五字，为见“龙文”临出了一个舒适、易于专注的大背景、大环境。

颔联，诗人笔锋微微扬拔，从书简联想到河图洛书，极言书法的源远流长。

颈联，诗人以比喻的方法，对书简“龙文”的风格、笔意做了具体的勾勒。“垂露春光满”，以融融春光、清露垂叶，形容书法圆浑有致；“崩云骨气馀”，以云雾崩散、气骨尚存摹其锋锐暗藏、筋骨有力。

尾联，顺承颈联，以“入木”为着眼点，“非虚”加重肯定，述出了书简之书的雄健有力，正呼应了首联的“龙文”二字。首尾相衔，让整首诗显得更加自然圆朗。

画

唐・王维

远看山有色①，近听水无声。
春去花还在，人来鸟不惊。

注释：

①色：颜色，也有景色之意。

赏析：

王维，字摩诘，唐朝著名诗人，擅诗，也擅画，其诗中多含画境，画中总见诗情，这首《画》尤甚。

诗中无一字着于画，却又处处言画，炼词造语，清新朴秀，字里行间，韵味无限，自来为人称道。

诗首句，摹了静境的山景，“远看山有色”，山不动，色自呈，是何色呢？或许是翠绿之色，或许是奇峭之色，或许是斑斓之色，诗人未曾言明，也无意言明。次句，顺脉转折，拉近视角，开始摹水，水无常态，或奔腾汹涌，或潺潺淙淙，但无论如何，凑近了，总能听到水的声音，但此处，水却寂然无声，这很奇怪，就像那原本应该模糊不见色却偏偏又清晰有色的远山一般。

怎会有如此有悖常情，违反自然规律的事情发生呢？原因成谜，亟待揭示，诗人却偏偏吊着胃口，不愿阐明。三、四两句，绘景的同时，继续设谜。春日芳菲已尽，本应凋谢枝头的花儿却仍自盛放；鸟栖枝头，啁啾欢鸣，见人来，本应惊走，却仍怡然而歌。为何？

细想想，景中本无人，人来做什么？思及诗题“画”，不由恍然开悟。原来，一切不过都是画中景，画中的山自然远而有色，花自然春逝不谢，水自然近听无声，鸟自然人来不惊，而人之所有困惑，不外都源于画太逼真、太鲜活、太传神，竟能弄假成真。

纵览全诗，无赞画之语，无摹画之言，却又无一字不言画、无一字不赞画，无形之中，便将画之特点、神韵，铭记美好、保留纯然的特质及诗人对画的赞美喜爱之情描摹得淋漓尽致。所谓大家之言，大抵便是如是吧。

惠崇[1]春江晚景

宋·苏轼

竹外桃花三两枝，春江水暖鸭先知。

蒌蒿[2]满地芦芽短，正是河豚欲上时。

注释：

①惠崇：北宋著名僧人，写诗作画均颇为精通，为宋初“九诗僧”之一。《春江晚景》就是他的画作，共有两幅，分别是鸭戏图和飞雁图，苏轼分别为这两幅图作了题画诗，这首是鸭戏图的诗。

②蒌蒿：多年生草本植物，生于洼地之中，嫩时可以吃。

赏析：

《惠崇春江晚景》是北宋大文豪苏轼创作的一首七言题画诗，题的是惠崇所绘《春江晚景二幅之鸭戏图》。

诗前三句，以明快清丽的语言，对图中风物做了形象具体的描绘。

首句，摹江畔之景：“竹”立婷婷，绿意茵茵，桃花次第迎春，两三枝初放枝头，红绿相衬，色调谐和，明媚有致。

次句，摹江上之景：“春”点明物候，“鸭先知”照应题旨，未做多言，鸭戏之欢脱情景已宛然可见。

三句，是对首、次二句，尤其是次句之“春暖”的又一次生发，“满地”形容“蒌蒿”之繁、之多，“短”既言其初长，又状其蓬勃，最是传神。

好的题画诗，不仅要以画为本、紧扣画题，亦需不拘于画、跳出画外，合理联想。由是，第四句，诗人笔锋一转，不再摹画，转而浮想联翩，以“正是河豚欲上时”的虚写，添补画韵，更丰富了画中情致，摹出了南方春日最丰美的姿态。同时，末一句也颇有些抛砖引玉之效，能引发人无限宽广之遐思，画面生发至此，自然收束，不独不显突兀，还颇得回味。诗人造语之工、构思之妙、炼字之精、情感之沛，由此，亦可稍窥少许。

夏意

宋·苏舜钦

别院深深夏簟①清，石榴开遍透帘明。

树阴满地日当午，梦觉流莺时一声。

注释：

①夏簟（diàn）：夏天的竹席。

赏析：

《夏意》是苏舜钦受庆历革新之败牵累，被削籍罢官，归居苏州时所作的一首咏夏小诗。全诗遣词清隽、意境悠然、格调婉逸、可圈可点。

首句“别院深深夏簟清”，起笔婉丽，紧扣诗题，“别院深深”先赋荫凉，“夏”点明时令，“簟清”既应“深深”，又表人之心绪，且为“梦觉”之语做垫。

次句“石榴开遍透帘明”，顺承前句，继续摹夏日“别院”之景，榴花如火，红艳妖娆，直视或觉过于炽妍，“透帘”而望，则不仅不显刺目，反而平添几分明媚欢快。

三句“树阴满地日当午”，一脉顺下，以榴花红遍为背景，再次以简笔勾勒出了一幅林木蓊郁、枝繁叶茂、荫凉舒适的夏午景致。绿树应红花，花之明与荫之暗互为点缀，颇见流美。

四句“梦觉流莺时一声”，以动衬静，以流莺之声衬午睡之酣、别院之清，恍惚之间，便让整幅盛夏午荫图景变得鲜活生动起来。

以景见情知情挚，苏舜钦笔下的夏如此安闲惬意，他的心情自然也是极悠然恬静的。但那时，却正是他人生最失意的时候，如是，他的达观，他的惬意，他的闲远悠然，便愈发显得难能可贵起来。

南歌子·疏雨池塘见

宋·贺铸

疏雨池塘见，微风襟袖知[①]。阴阴夏木啭黄鹂[②]，何处飞来白鹭立移时。

易醉扶头酒[③]，难逢敌手棋。日长偏与睡相宜，睡起芭蕉叶上自题诗[④]。

注释：

①疏雨池塘见，微风襟袖知：化用了杜牧的《秋思》诗：“微雨池塘见，好风襟袖知。”

②阴阴夏木啭黄鹂：化用了王维《积雨辋川庄作》诗：“漠漠水田飞白鹭，阴阴夏木啭黄鹂。”

③扶头酒：一种烈酒。

④睡起芭蕉叶上自题诗：化用了韦应物《闲居寄诸弟》诗：“尽日

高斋无一事，芭蕉叶上独题诗。”

赏析：

北宋词坛，贺铸尤为知名，身兼百家，锤字炼句，独出心裁，别具一格，很觉佳妙。《南歌子·疏雨池塘见》是其代表作之一。

词上阕以夏日常见之“疏雨、池塘、微风”起笔，貌似无奇，却颇出奇。“疏雨”微微，波光涟涟，不是人见，而是池塘见；微风动襟袖，不言人知，而言襟袖自知，将池塘、襟袖主观化、拟人化，匠心独运，颇见情致。而后“阴阴夏木”两句则是化用王维《积雨辋川庄作》中“漠漠水田飞白鹭，阴阴夏木啭黄鹂”对夏日恬然图景做进一步补笔。其中，“何处”“移时”看似朴拙，细细品读，却颇有几分灵动之趣，将“白鹭”的物象勾勒得极是传神。

词下阕，诗人不再绘夏景，改而摹起了景中人，以婉约清丽的笔调，着意绘了四幅夏日生活的悠然小景：醉酒、弈棋、贪睡、题咏。再加上“易”“难逢敌手”“相宜”“自”等字眼，此间闲情逸趣，油然而现。虽然，想及词人平生，不难看出，这种“闲”中多少都带着几分壮志难酬的遗憾与无奈，但更多的却仍是由衷的旷达与自适，个中兴味，颇应细品。

乡村四月

宋·翁卷

绿遍山原[①]白满川，子规声里雨如烟。

乡村四月闲人少，才了[②]蚕桑又插田[③]。

注释：

①山原：山陵和原野。

②了：结束。

③插田：插秧。

赏析：

翁卷，“永嘉四灵”之一，南宋闻名遐迩的诗人，诗成锦绣，擅咏物，亦擅绘景，诗多雅淡，恬然自适、真切朴秀，《乡村四月》为其传世名篇之一。

全诗意境清丽、声色相谐、风格明丽、格调简远，隽永中氤氲着几许野趣淳然，读来，很见真味。

首句，诗人以浅白秀丽的语言起笔，从视觉的角度，以白描的手法，描绘出了江南初夏山野青葱、浓绿满眼、河渠交织、映日生白的清雅景致，绿与白，山与水，相互点染，盎然有致。

次句，承前句，从听觉着笔，再绘唯美。山水琳琅，阡陌秀清，蒙蒙细雨，袅袅如烟，淅淅沥沥，洒落人间，山间茂木、村舍路旁、蓊蓊郁郁的枝叶间隐约可闻子规轻啼。声声轻啼，瞬间便将一片静景带出了鲜活灵动的味道。

三、四句，诗人转笔摹人，语虽平简，却见情真。“乡村四月”应题点题；“闲人少”状农忙，却又不着“忙”字，别添几许欢喜恬静之意；“才了蚕桑又插田”是对“闲人少”的进一步阐述，“才了……又……”的递进，不仅摹了忙，还赋予了这种忙一种充实欢快的基调，与首二句之明媚夏景相谐，很是传神。

山亭夏日

唐·高骈

绿树阴浓[1]夏日长，楼台倒影入池塘。

水晶帘[2]动微风起，满架蔷薇一院香。

注释：

①浓：指树丛的阴影很深。

②水晶帘：比喻精美的帘子。

赏析：

高骈，字千里，出身军武世家，唐末名将，不独悍勇，更富才情。能诗擅文，其诗多婉蓄轻氤、富有生活情趣，譬如这首《山亭夏日》。

首句“绿树阴浓夏日长”，以仄韵入味，语虽浅淡，似觉平平，却又颇见别致。“夏日”应题，“阴浓”点明树木蓊郁、枝叶繁茂之状。“长”既是对盛夏昼长夜短现实的表述，也微微带些苦夏之意，应以“绿树葱茏、荫凉覆地”的小景，矛盾中见谐和，读之，隐现清凉惬意，用语极妙。

次句“楼台倒影入池塘”，笔锋微宕，应诗题“山亭”，描摹了夏日山亭之风物。“楼台”“倒影”“池塘”都是极常见之物象，殊无趣味，但着一拟人化的“入”字，却瞬间见明媚。

三句，顺扣前句，以“池塘”入笔，写了微风轻拂、池水涟涟生波、波动楼台影，清新而唯美。“水晶帘动”之比喻，更见贴切。且，水波如帘、漾荡生姿在前，而“微风起”在后，可见，是从水动而知风起，比起风动帘后动的写法，不仅更觉生动，且更富情趣。

四句，“满架蔷薇一院香”，借“微风起”摹了院中之蔷。“满架”言花繁，“一院”表香馥，寥寥几字，自显韵致。而通观全诗，花香袅袅、池影楼台、绿树荫浓、水墨淡染，山亭夏日的闲惬图景亦已跃然眼目。

竹

唐·郑谷

宜烟宜雨又宜风，拂水藏村复间松。
移得萧骚[1]从远寺，洗来疏净见前峰。
侵阶藓拆春芽迸，绕径莎微夏荫浓。
无赖杏花多意绪，数枝穿翠好相容。

注释：

①萧骚：风吹竹木的声音。

赏析：

世人咏竹，多赞其劲节顽强、宁折不屈，郑守愚（郑谷字守愚）偏从蹊处着笔，一首《竹》道尽了虚怀、包容、放达与多姿。

整首诗，重在一个“容”字，从不同角度、不同环境表现了竹的“容”，竹的随遇而安，竹的旷远谐切。品之，不见竹之孤清，却偏明了竹的洁质。遣词优美，意境景致更优美，读来，颇见恬淡。

首联首句诗人连用三个“宜”字，带起一片明媚的节奏，写了竹的包容恬适，也以“烟”“雨”“风”间接地述了竹的清雅、别致。次句，应和前句，再摹竹之物态，与松相伴、拂水动波、掩映村舍、一派静美。

颔、颈二联，诗人转笔，再述竹情。“移得”句，剪裁的是一幅风吹竹动、簌簌有声、竹映远寺、清冷疏落的风情；“洗来”句，勾勒的是雨后山前、峰峦之间、修竹千竿、明净疏美的景象；“侵阶”句，写的是绿竹新生、笋芽初迸的蓬勃姿态；“绕径”句则写了碧莎微草、竹荫郁郁的清凉，述的是竹的繁茂。四句诗，四幅小景，无须细冗，便已淋漓道出了竹之包容多姿。

尾联，诗人以拟人的手法，赋无情之“杏花”以意绪，并借“数枝穿翠”的杏花，含蓄地述出了春光融融里竹杏参差、妍绿相映的景致，为卒章之“容”字做了一次最鲜活也最形象的注解，慢慢咀嚼，倍觉传神。

通读全诗，虽然没有一句正面言竹，但字里行间述的却全是竹，诗人喜竹、爱竹之情也自然含蕴其中，挥之不去，品之难忘。

山居秋暝①

唐·王维

空山②新雨后，天气晚来秋。
明月松间照，清泉石上流。
竹喧归浣女③，莲动下渔舟。
随意春芳歇④，王孙⑤自可留。

注释：

①暝：日暮。

②空山：空旷寂静的山野。

③浣女：洗衣服的姑娘。

④歇：消失。

⑤王孙：原指贵族子弟，也用来指隐居的人。

赏析：

王维是唐时诗坛山水田园之巨匠，佳作颇多。其中，《山居秋暝》最是经典。

全诗落笔在赋，比兴寄意，立意雅逸，遣词清丽，结构工巧，韵律谐和，节奏淑隽，情味深长，很是精妙。

首联以雅意起笔，简朗蕴藉，貌似平淡，实则玲珑。“空山”之“空”尽述山之辽远开阔；“新雨”之“新”既写出了雨后山间清新明朗的色调，又暗含三分欢快明丽的心绪；“晚来”道明时间；“秋”言明季节；同时“晚来秋”三字本就应题，与诗题“秋暝”相呼应。

颔、颈二联，与首联休戚，承首联之韵，对“山居秋暝”之景致做了更细致、更生动的勾勒。

颔联绘景，皎然明月，茂茂松林，青石隐隐，流泉潺潺。“明月”“松间”“清泉”“石上”本为静景，应以“照”“流”，则流溢出一种动态的静美。颈联言人，“竹”本无情，偏着一“喧”字，见性灵的同时，也淋漓道出了“浣女归”的热闹动人情境；“莲”本静止，动的是“渔舟归晚”的人，然而，诗人不说人动，偏说“莲动”，托情于景，足见妙笔。

况青松、朗月、清泉、渔舟、莲花、修竹皆是极清雅的物象，诗人以此连缀渲染成图，其实，多多少少都含了几分显志趣、言高洁、明归隐的心意。由是，尾联，他以“随意春芳歇，王孙自可留”婉蓄抒情，表了退居山中、归寄林泉之意，语发清蕴，令人回味无穷。

暮秋独游曲江①

唐·李商隐

荷叶生时春恨生，荷叶枯时秋恨成。
深知身在情长在，怅望②江头江水声。

注释：

①曲江：即曲江池。位于现在的陕西省西安市东南。

②怅望：惆怅地看或者想。

赏析：

《暮秋独游曲江》是李义山（李商隐字义山）暮秋江游，有感漫兴之作，诗成奇古，别见悲怆，短短四句，句句见“深情”。

首二句，诗人落笔成忧，着重墨于“荷叶”，述事言情，调古绘景，很见幽怅。“荷叶生时春恨生，荷叶枯时秋恨成”，每句七字，有四字相重，既见回环之丽，又有复语之幽，明是在状曲江荷，言其春秋代序、生死枯荣，实则是表哀怅，道的是亡妻之恨的“生”和“成”，字里行间，油然而生多少悲怆。

三句“深知身在情长在”，起得苍凉，落得哀婉，只要“身在”，此“情”便长在，只要还活着，对爱妻的思恋缅怀便不会终止，情之“深”，由此可“知”。

四句“怅望江头江水声”，在情动至深之时，蓦然转笔，以“江头江水”遥应诗题，正面摹了暮秋独有曲江之所见、所闻、所觉、所感，这一笔，似乎收得极是突兀，但含情品之，却颇隽永。所谓“江水”，不过是“深情”的具象，前尘渺渺不可追，未亡人在江上，见的其实从不是水，而是那奔涌无尽、绵长翻涌的情啊！

雁门太守行①

唐·李贺

黑云压城城欲摧，甲光②向日金鳞开。

角声满天秋色里，塞上燕脂③凝夜紫。

半卷红旗临易水④，霜重鼓寒声不起。

报君黄金台上意，提携玉龙⑤为君死。

注释：

①雁门太守行：古乐府曲调名。雁门，郡名。古时候的雁门位于现在的山西省西北部，是唐王朝和突厥部族的边界。

②甲光：太阳照耀着铠甲发出的闪光。

③燕脂：胭脂。这里指塞上的泥土就像胭脂凝聚成的一样。

④易水：河名，源出今河北省易县，流入大清河。

⑤玉龙：指宝剑。

赏析：

李贺之诗，向来想象纵横、奇诡多变，但奇中又见新，诡中多见奇，读来，浑融蕴藉，别具一格。

《雁门太守行》是其代表作，全诗意境壮烈、遣词豪雄、情思真挚，颇可圈点。

诗首、颔二联绘景的同时，亦娓娓叙事。

首联首句“黑云压城城欲摧”起笔势沉，描摹的是深秋欲雨、乌云蔽天的场景，一个“压”字，尽述风雨欲来的沉郁与逼人气势，同时，“黑云压城”既是对现实秋景的直摹，也是对敌军兵临城下境况的渲染，寥寥七字，直言悲壮。次句“甲光向日金鳞开”，应首句，以神来一转，写了云破日出之象，既表现了秋日天气之变幻无常，也述出了守军披坚执锐、果敢无畏的军容与风姿。

颔联，诗人笔锋再折，裁取了两幅边塞战地的秋日小影，借此直晕金戈铁马里的怆然气氛。“满天秋色”言秋重，虽只泛言，却极肃杀；“燕脂凝夜紫”，由色彩之凝变，写塞上之秋寒，更显凄寥。此情此景，再应以连绵“角声”，可见战况之激烈，伤亡之惨重，战士之奋勇。

颈联，顺承颔联，既是对塞上秋景的一种生发与具绘，亦是对激烈战事的栩栩直摹。“半卷”表奇袭，说的是行军之出其不意，亦表秋夜湿寒、红旗沾湿、无法张扬，只得半卷；“易水”是用典，暗造一去不回之氛围；“霜重”言秋凉，“寒”从触觉着笔，不独摹鼓，也是写人；“声不起”既言战况之艰，也暗承“霜重”，句内绾合，很见其妙。

尾联，即景抒情，“报君”之语，“为死”豪言，既是在摹战士忠君报国之心，亦是在表自己忠君用世之意，含蕴悠长。

江乡故人偶集客舍

唐·戴叔伦

天秋月又满，城阙①夜千重。
还作江南会，翻疑②梦里逢。
风枝惊暗鹊，露草覆寒蛩③。
羁旅长堪醉，相留畏晓钟。

注释：

①城阙：宫城前两边的楼观，泛指城池。王勃《送杜少府之任蜀州》中有：“城阙辅三秦，风烟望五津。”

②翻疑：反而怀疑。

③寒蛩：秋天的蟋蟀。

赏析：

戴叔伦，字幼公，唐时诗人，出身耕读之家，父祖皆隐士，叔伦本人性情也颇恬淡，爱诗，擅诗，诗风清正蕴藉，虽则摹景，却望而有致，很得韵味。

《江乡故人偶集客舍》是叔伦所作的一首五言咏秋律诗，诗以景入，以情出，简单蕴藉，层次分明，佳作难得。

首联绘景，摹“秋月”。“满”述月之形容姿貌，应以“千重”之夜，既见其明，又见其圆，同时，与“又”相连，逗起无限相思。

颔联绘人，言及江南旧友在京中再度重聚，一句“翻疑梦里逢”写尽了诗人的惊喜之意。

颈联，顺承首、颔二联，对故人相逢时的景致作了生动的勾勒：夜风习习，风动枝摇，鹊鸟簌簌惊飞，草叶含羞，承珠托露，微微舒卷的叶片下，寒蛩身影隐约，虽未言其鸣，但已闻其声，动以衬静，别见幽景。且此二句，不独是实写，也是虚写，是曹孟德“月明星稀，乌鹊南飞，绕树三匝，何枝可依”之语的化用，语短情长，暗表乡愁乡思。

尾联，诗人转笔，由相聚写羁旅，由羁旅写当长醉，又以长醉写眷留，以留言“畏晓钟”，步步扣和，缓缓述之，抒情深切而沉凝，颇见精切。

浣溪沙·秋情

宋·吴文英

波面铜花[1]冷不收。玉人垂钓理纤钩。月明池阁夜来秋。
江燕话归成晓别，水花红减似春休。西风梧井叶先愁。

注释：

①铜花：铜镜。比喻水波像铜镜一样清澈。

赏析：

梦窗（吴文英号梦窗）是南宋著名词人，词多绵渺雅丽、清隽有致，颇得李商隐之味。他一生著作等身，遗世诗词颇多，《浣溪沙·秋情》为其中名篇。

词上阕，起势新奇，比喻别致，首句，以“铜镜”喻池，以“铜花”喻潋滟的“池水”，独出心裁，可堪称道。“冷”之一字，一语多情，既点出了水之冷，夜之冷，秋之冷，亦描摹了人心之清冷，下得极切；“不收”缀冷，则更添其寒。次句“玉人垂钓理纤钩”构思更见神妙，“玉人”“纤钩”不过是池畔楼阁、池上明月映入池中的倒影，但依旧摇曳生姿，婀娜有致。影已如此，那真的阁与月呢？三句“月明池阁夜来秋”点睛而叙、娓娓道来，应一“秋”字，唯美中颇见哀怅萧索，恰应了这漫漫秋夜。

下阕，顺承上阕，续哀怅，表深秋，借“江燕”“水花”“西风”“梧井叶”这样典型的秋之物象，淋漓尽述胸中之愁，“似春休”浓墨点染，“叶先愁”最见凄凉。“先愁”之“先”，很见余味，既有先愁叶，必有后愁人！至于说愁什么，词人未言，但显然不独是乡愁，还有逢秋之愁，哀飒之愁，悲好景不再之愁、叹青春已逝之愁、感夜深孤寒之愁……凡此种种，不一而足，能体味多少，因人而异，倒也无须赘述。

初秋

唐·孟浩然

不觉初秋夜渐长，清风习习重凄凉。
炎炎暑退茅斋①静，阶下丛莎②有露光。

注释：

①茅斋：用茅草盖的房子。

②莎：莎草，多年生草本植物。

赏析：

不同于摩诘之诗的雅逸清婉，襄阳（孟浩然世称“孟襄阳”）咏田园、歌山水，字里行间，常带着几分恬然与淡远，更质朴，也更超然，丝毫不着烟火之迹。

《初秋》是襄阳作的一首小诗，无托寄抒怀之意，只是为咏而咏，却也不落窠臼，别致恬然，颇得悠冶之趣。

首句，起笔平实，语言真率浅白，“不觉”写出了秋来得突然、令人猝不及防，却又有几分自然而然秋便到了的感觉；“初秋”言明时序；“夜渐长”为秋时物候的改变，昼短了夜长了，但这种长却是渐渐的、缓缓的，不太明显，不仔细感受，很难察觉，回应了“不觉”。

次句“清风习习重凄凉”是对初秋景致的描摹，秋风习习，扑面凉沁，此处，“习习”表风态风势，“重”一语双关，既有再次、重又之意，表年年秋风皆如此，又有侧重、重视之意，为“凄凉”添色加码；“凄凉”是摹秋之词，为凄语，却并不含悲凉凄怆之意，不过是对秋风寒凉的一种自然描摹，照应的是三句的“暑退”。

三、四两句，“炎炎暑退茅斋静，阶下丛莎有露光”顺承前句，“退”字不仅极富动态，还颇得拟人之效，将夏秋的转换描摹得极为形象自然；“静”是“退”的一种递推，暑气散去，鸣蝉闭口，茅斋自然静谧安宁，茅斋外，石阶下，丛丛莎草中，甚至还有几滴露珠滚动着莹洁，微光盈盈。

通观此诗，似极平淡，但却环环相扣，浑然天成。风凉夜冷有露，夜来暑退觉长，暑退风清露盈盈衬静，个中巧思妙构，可见一斑。

风

唐·李峤

解落①三秋叶，能开二月②花。

过江千尺浪，入竹万竿斜。

注释：

①解落：吹落。

②二月：农历二月，指春季。

赏析：

风，不流于形，不滞于物，无形却可感，李峤的《风》便是对这种可感的具象阐述与动态生发，品之，很见妙趣。

首句“解落三秋叶”，描摹的是秋风，风飒飒不可见，但那秋日频落的黄叶却又淋漓地展现了它的萧瑟，它的无情。

然而，风却不总是无情的，它也有有情盎然的一面，次句“能开二月花”描摹的便是有情之风，是和暖的春风。其中，“二月”点春，“花”显妩媚，“能开”有能使之开之意，略见拟人，很见主动，恰衬了风之有情。

三句，诗人转笔，描摹江风。“千尺浪”景象壮观，足见风之大、之迅、之猛，描绘出了风大气苍茫的一面。

四句，摹林风，“万竿斜”是风入竹林之景，既状了竹婷婷摇曳的修美，又写出了林风的幽清雅韵，很是绝妙。

纵览全诗，处处侧写，绘风而不见风，将风描摹得既形象又生动，既见其多情，又言其多变，“三秋”“二月”“千尺”“万竿”以三、二、千、万等数字巧妙入诗，更颇见情致。

中秋对月

唐·曹松

无云世界秋三五①，共看蟾盘②上海涯。
直到天头天尽处③，不曾私照一人家。

注释：

①三五：十五日，中秋节就在十五这日。

②蟾盘：古人对月亮的美称。还有婵娟、蟾轮、冰轮、冰魄等，都是称赞月亮的。

③天头天尽处：古人认为天和地都有尽头。

赏析：

曹松，字梦徵，晚唐诗人，有《曹梦徵诗集》三卷传世，诗风近贾岛，精练清隽，因“一将功成万骨枯”之句闻名。

比之古今咏月佳篇，曹松这首《中秋对月》或许相形见绌，但全诗立意新颖、语言明快、造境浅雅、情真而挚，却也可圈可点。

诗首句“无云世界秋三五”，起笔朴秀，别有韵致。“无云”述长空浩荡、朗朗晴明；“秋三五”意为中秋，应题。次句“共看蟾盘上海涯”，承前。“共看”显然不是一人看；“蟾盘”为月的别称，和“对月”；“盘”含蓄地表明月形浑圆，照“三五”；“上”摹写月升之态，动感十足；“海涯”为海边，有天涯海角之意。

三句，诗人转笔，从人们争相赏月的情景，写到了月的无私普济。古今四海，明月同轮，无拘是谁，赏的都是一样的月，哪怕“直到天头天尽处”，这皎皎之月，也“不曾私照一人家”，不偏不袒，普照天下，所以为人喜，为人敬，为人慕，所以，人才争相赏月，前后之意，至此浑然相合。

另，诗人写月之普济无私，实则也是在托寄，在抒情，是以月之不偏不倚，表达了自身万物平等、大世大同的襟怀与思想。这种认知，放在今日，或许无奇，但在古时，无疑是极超前、极难能可贵的。

听蜀僧濬①弹琴

唐·李白

蜀僧抱绿绮②，西下峨眉峰。
为我一挥手，如听万壑松。
客心洗流水，余响入霜钟③。
不觉碧山暮，秋云暗几重。

注释：

①蜀僧濬：蜀地名叫濬的僧人。也有人认为是李白在《赠宣州灵源寺仲濬公》中提到的仲濬公。

②绿绮：琴名，晋傅玄《琴赋序》：“楚王有琴曰绕梁，司马相如有绿绮，蔡邕有焦尾，皆名器也。”这里用来形容蜀僧濬的琴十分名贵。

③霜钟：钟声。

赏析：

《听蜀僧濬弹琴》是太白听琴后的即兴之作，洋洋洒洒，明畅不羁，一气呵成，恍若流水行云，不事雕琢，天然成雅趣。

首联，诗人着墨不多，只是以貌似简淡的语言描述了蜀僧携琴出山的情景，但一个“抱”，一个“下”，两相连缀，却将蜀僧的形象刻画得极是传神飘逸。由是，可以看出，对这位蜀僧，太白还是极倾慕的。

颔联，诗人正面摹了蜀僧之琴音。“一挥手”，描摹的是蜀僧弹琴的动作、姿态，不华丽、很疏旷的描写，却能看出几分洒脱不羁的态度；“万壑松”是对琴音的正面直述，以万壑松林簌簌随风之声，形容琴声之激荡清越。

颈联，诗人转笔，借对听琴者感受的描写，侧面烘托了琴声的不凡。“客心洗流水”，化用“伯牙子期、高山流水知音遇”的典故，写了自己与蜀僧的相知，表明自身也擅音律、能解琴。“客”表明诗人身在异乡，“洗”，洗去的是羁旅的愁绪、不遇的烦闷，另，太白故乡在蜀，客居之时，遇到一位蜀地擅琴的僧人，个中悲喜，亦糅杂在了这个“洗”字中，炼字可谓极精。

此外，颈联次句，“余响入霜钟”，落笔也极曼妙。“余响”言曲罢有余音，虽不绕梁，却也久久不去，表明其律之妙；“霜钟”借《山海经》中“丰山九钟、知霜而鸣”的典故，既点明时令节气，又写出了余音与钟声相融、相杂、相互交流的情景，就仿佛两位知音好友在共同切磋、探讨、应和，是以，诗人才用了一个“入”字来提神炼味。

尾联，顺承颈联，描摹的仍是一曲终了之后的情景，只是，从听觉转向了视觉。“碧山暮”，“秋云暗”，不知不觉，天色已晚，可见诗人听琴之专注陶醉。当然“暮”“暗”这样的描写，多多少少也包含了几分诗人的不遇之意，只是极淡罢了。

题怀素①草书屏风

唐·韩偓

何处一屏风，分明怀素踪。
虽多尘色染，犹见墨痕浓。
怪石奔秋涧，寒藤挂古松。
若教临水畔，字字恐成龙。

注释：

①怀素：唐代书法家，史称“草圣”。

赏析：

晚唐五代，诗海浩荡，百舸争流，韩偓不过其一，却有不俗之象，李商隐曾赞他“雏凤清于老凤声”，可见不凡。

韩偓之诗，多感时咏物，格调婉约，清丽纤绵，这首《题怀素草书屏风》亦不例外。

诗首联，以问起笔，极见新巧，“何处”“分明”一转一折，宕拓之间，引人入胜，字里行间，颇显喜悦推崇之意。

颔联，“虽多”“犹见”笔力顿宕，很见风致。“尘色染”既表屏风年代久远，又抒了诗人的爱惋之意。“墨痕浓”，侧墨于“浓”，生动地展现了怀素草书淋漓舒畅、笔墨酣饱的特质，初传书法之意境。

颈联，顺承颔联，以比喻的手法，对屏风上的草书做了细致的描摹。笔画“点”若怪石，奇峭有力，势奔秋涧，足见悍猛；笔画“竖”若

“寒藤”，笔画“钩”若“古松”，寒藤凄肃，倒挂于遒然古松之上，顿显苍劲。

尾联，诗人化静为动，适时展开联想，说若是把屏风置于水畔，其上字迹，必然皆化蛟龙。“龙”之形态，大多放旷矫健、奔突任意，此处，诗人以龙喻字，尽显其狂，蔚然传神。

题《秋风纨扇图》

明·唐寅

秋来纨扇合[①]收藏，何事佳人重感伤？
请把世情详细看，大都谁不逐炎凉！

注释：

①合：应该。

赏析：

唐伯虎（唐寅字伯虎）是画家，亦是诗人，其画多传神，其诗多敷彩，以诗衬画，别见幽情。

《题〈秋风纨扇图〉》是唐伯虎为自己的画作的一首小诗。诗共四句，短小精练，景中含情，托寄有致，幽怆宛然。

首句“秋来纨扇合收藏”，起笔凄婉，以“合”字道出了纨扇被“秋”见弃的事实，亦表了应收藏而未收藏的疑惑，为图中秋执纨扇的仕女补彩。

次句“何事佳人重感伤”，以扇见人，对图中仕女做了传神的描绘，她目光幽怨、怅然似有所失，是为什么？

诗及此处，其实一直都在言画，是在为画作添饰注解。然而，第三句，诗人却笔锋转折，脱出画中，思接千里，入情入境，对画中仕女之“感伤”做了联想与生发。

她为何感伤？“请把世情详细看，大都谁不逐炎凉”，此处，诗人化“汉妃班婕好色衰爱弛，为君王弃”的典故，应仕女，应自身，愤然对炎凉的世态进行抨击。联想诗人生平，不难看出，纨扇也好、仕女也罢，其实不过都是诗人本身境遇的一种映照，而这种映照，添之诗画，无形之中便赋予了诗画无上性灵，观之读之，更见感喟。

早冬

唐·白居易

十月江南天气好，可怜冬景似春华。
霜轻未杀萋萋草①，日暖初干漠漠沙。
老柘叶黄如嫩树，寒樱枝白是狂花。
此时却羡闲人醉，五马无由入酒家。

注释：

①萋萋草：小草。

赏析：

春夏秋冬，四时物候轮转，其间种种，总为人所赞、所叹、所怀、所感。

自古而今，咏冬之诗浩繁，但多肃杀冷凝，似白香山（白居易号香山居士）《早冬》这般将冬描摹得可爱鲜活、精致温暖的委实不多。

诗如其名，言的是早冬景致。首联“十月”点明时令，暗应诗题，切冬之“早”；“江南”表其地点，为之后的“冬景似春华”做垫；“好”为诗眼，概述诗人眼中的早冬，挈领全篇，照应次句之“可怜”。次句，以春华比冬景，语言明快，颇见明媚。

颔、颈二联，呼应首联，对江南早冬之“好”分幅切影，多角度做了描摹。霜寒不重，薄薄相覆，不见料峭，芳草萋萋，仍自茵碧；日光柔和，溶溶暖逸，漠漠黄沙，映着艳阳，干软舒爽；柘木苍老，叶片微黄，怡荡枝头，犹若新发之蓬勃茁壮；寒樱初绽，一片粉白，狂放随意中更带暖溶。“轻”“暖”“嫩”“狂”“未杀”“初干”等词的连缀迭用，自然而然，极见温暖熨帖。

由是，尾联，诗人才说“此时却羡闲人醉，五马无由入酒家”，一个“却羡”，一个“无由”淋漓地描绘出了“似春华”般的冬日暖景带给诗人的陶醉痴迷之感，无形之中，便抒发了诗人对冬日、对自然、对世间种种美好的憧憬热爱之情。

冬夜

唐·贾岛

羁旅复经冬，瓢空盎①亦空。
泪流寒枕上，迹绝旧山中。
凌结浮萍水，雪和衰柳风。
曙光鸡未报，嘹唳②两三鸿。

注释：

①盎：古代的一种盆，腹大口小。

②嘹唳：形容声音响亮凄清。

赏析：

贾岛，字阆仙，号碣石山人，唐朝著名诗人，与孟郊齐名，尝有“诗奴”之誉，一生焦思苦吟，创作颇多。其诗多锤炼工致，清奇雅正，意韵苍凉悲苦，《冬夜》一诗也不例外。

诗首联开篇即道“羁旅”之悲，两个“空”字的连用，将家徒四壁、薪炊粮酒断绝的凄凉境况描摹得入木三分；“经冬”应题；“复”字表重复、又，暗表羁旅异乡已非一个年头，更添愁苦之态。

颔联“泪流”“迹绝”是对首联“羁旅”的细述，“寒枕”应“冬”点“夜”，“旧山”遥应“盎亦空”，读来颇见凄凉。

颈联，诗人转而绘景，“凌结浮萍水，雪和衰柳风”，水面冻结，冰凌处处，风雪交加，杨柳衰败，一派肃杀。其中，“凌结”为冰结之意，应冬之寒肃；“浮萍水”明是写水泛青萍，已有春之物象，却被冻结，暗里也有身如浮萍、身不由己之意；“和”勾连“雪”与“风”，表此夜风雪交加；“衰柳”既是在摹柳，也有令柳衰之意，形容风雪之煞，更显了冬夜肃杀。

尾联，诗人即景收束，婉蓄抒情，雄鸡尚未报晓，鸿雁已然“嘹唳”，声响而凄，让人动容。此处，“曙光”句暗喻诗人内心凄切，一夜未眠；“鸿”不独指现实的鸿，也是诗人之自况，鸿雁之凄啼，就如诗人羁旅之哀声，两相遥应，更见悲切。

苏氏别业

唐·祖咏

别业居幽处，到来①生隐心②。
南山③当户牖④，沣水⑤映园林。
屋覆经冬雪，庭昏未夕⑥阴。
寥寥人境外，闲坐听春禽。

注释：

①到来：来到这里。

②隐心：归隐之心。

③南山：指终南山，位于今陕西西安南部。

④户牖：门和窗。此指窗户。

⑤沣水：发源于秦岭，流入渭水。

⑥未夕：尚未到黄昏。

赏析：

终唐一代，有诗名者颇多，李杜王孟皆不世之才，与之相较，祖咏稍稍见绌，但其剪刻明净、清奇脱俗的文字，却依旧令人难以忘怀。《终南望余雪》《望蓟门》《苏氏别业》均是其代表作。

《苏氏别业》是一首五言记游诗，全诗遣词晓畅、造语平明、意境优清，颇显不俗。

诗首联，起势明净简淡，以一“幽”字挈领，对别业的位置、环境和自身的归隐之心做了简单的交代，落墨不多，读来却颇练达。尤其是“居幽处”之“幽”，不仅道出了别业位置之僻远、风景之幽美、环境之幽清，还描述出了诗人游览之幽情，一字多义，最是凝练。

颔联，顺承首联，借景之笔，对别业的“幽”做了具体的摹写。“户牖”“园林”原是近景、小景，衬以“当”“映”，却能以小见大、以近见远，淋漓地描绘出南山之挺拔险峻，沣水之大气磅礴。

颈联，诗人顺笔，摹园庭之“幽”。“经冬”表时序，“覆”言雪厚，雪经冬不化，则隐见别业之清冷幽僻；“昏”言光线暗淡，“未夕”表天色尚早，未及黄昏，庭院已“阴”，想来园庭之中定然花木蓊郁、遮了光亮。此联，诗人虽未正言别业景致，但字里行间，幽景已现。

尾联，诗人转笔抒怀，以“人境外”应“隐”，生“闲”，别见逸趣；

以“春禽”应“经冬”，婉蓄有致。且全诗以“幽”情起，又以“寥寥人境外，闲坐听春禽”的“幽景”做结，回环之间，亦见无边洒乐味道。

酬梦得霜夜对月见怀

唐·白居易

凄清冬夜景，摇落长年情。
月带新霜色，砧和①远雁声。
暖怜炉火近，寒觉被衣轻。
枕上酬佳句，诗成梦不成。

注释：

①和：应和。

赏析：

乐天（白居易字乐天）性爽朗，交游遍天下，挚友之间，常有酬答，本诗便是乐天酬刘禹锡霜夜之诗而作的一首五律，全诗琅琅，朴秀情真。

诗首联起笔绘景，落墨“凄清”，长述霜夜之寥廓，以“摇落”应“情”，构思巧致，别具匠心。

颔联承首联，切题，从视觉和听觉两个角度，对霜夜对月所见、所闻做了形象的摹写。“新霜”之“霜”，既是冬夜凝霜之景的具体描绘，也是对如霜月色的一种淋漓描画，一语双关，很见功底。霜月、远雁、砧板之声，叠相聚合，更见“凄清”。

颈联，诗人笔锋一折，由景及人，借由“暖”与“寒”的强烈对照，侧面烘托了霜夜之冷；夜如是之冷，唯有近炉火才觉温暖，寒中又见新霜冷月，诗人内心难免五味杂陈，颇见凄凉，由是，在尾联顺势抒情。“酬”和题、点题。“梦不成”表无眠，为何无眠？是对月怀思，思友思亲思故乡？是对月生愁，叹坎坷，怨凄凉，平添落寞？诗人不曾说，也无意说，全诗到此，恰恰收束，个中余味，自也见仁见智，全凭读者自我体悟。

范阳驿

宋·范成大

邮亭偪①仄但宜冬，恰似披裘坐土空②。
枕上惊回丹阙③梦，屋头白塔满铃风。

注释：

①偪：同“逼”。

②土空：西部边民对土窟的称呼。

③丹阙：本意为宫庭，此处代指君王、朝廷。

赏析：

范成大，字至能，号此山居士、石湖居士，南宋著名文学家，“中兴四大诗人”之一，其诗承唐之遗风，洋溢着现实主义风情，语发平易，清新质朴，构思巧妙，别树一帜。

《范阳驿》是范成大途经范阳，路宿驿站时有感而作的一首七言小诗。

诗首句，开章切题，以“邮亭”应“驿”，点明所处之地；“偪仄”饰“邮亭”，直言其空间狭小短窄；“但”突发转折；“宜冬”，既点明物候，又含蓄地表现了诗人的不萦外物，随遇而安。

次句，顺承首句，宋时，西部边民常称土窟为“土空”，此处，诗人用“土空”，不独应景应俗应“偪仄”，而且暗切“范阳”之地，用得极妙。另，古有“披裘负薪”喻高洁之典，此处之“披裘”亦异曲同工。

三、四两句，诗人笔锋一转，顺延时间主线，从入住邮亭，写到了邮亭夜宿之后，枕上惊梦，以及梦醒之后所见所闻之景。“惊”表明是惊醒，表明做的并非美梦；“丹阙”代指君王、朝廷，梦中上朝，隐表现实不能，多少都有几分怀才坎坷之叹；“屋头白塔”表示有雪，且雪下得不小；“满铃风”明言有风，以“满”饰风，可见风颇烈；寒冬冷夜，孤宿邮亭，亭外风雪交加，亭内人徒惊梦，个中凄凉境遇，诗人虽未表，却已跃然眼前。全诗以景入，以景结，未曾直抒胸臆，胸臆自现。范公造语造境之妙，由此可见一斑。

立冬日作

明·刘基

忽见桃花出小红，因惊十月起温风。
岁功不得归颛顼①，冬令何堪付祝融②。
未有星辰能好雨，转添云气漫成虹。
虾蟆蛱蝶偏如意，旦夕蜚鸣白露丛。

注释：

①颛顼：五帝之一。

②祝融：火神。

赏析：

刘伯温（刘基字伯温）是明朝开国元勋，一代传奇人物，腹有经纬，运筹帷幄，决胜千里。

他能诗，亦工诗，但其诗存世者并不多，《立冬日作》为其中一首。诗全篇用典巧妙、遣词平明、寓意深刻，充满了讽刺意味，与其说是诗，倒不如说是一封讨元的檄文。

诗首联，以“忽”入，以“惊”出。十月初冬，原是霜寒凝冻时节，却有“温风”起，桃花绽红，时令怪异，悖逆天时，实是不祥之兆，暗喻多事之秋，大乱将起。

颔、颈二联，顺承首联，援古引今，以事以人说理，浅白易明。“颛顼”为五帝之一，为人崇敬，但今岁的收成好坏却不能归功或归责于他；祝融为火神，但立冬时节天气骤然转暖，却和他没什么关系；星辰漫天的夜晚不可能有雨，雨后初晴、云雾缭绕，彩虹自然出现。由此可见，自然的伟力无穷，非个人意志所能转移，时令的变化也与个人的意志无关。

由是，诗人在尾联，以“旦夕蜚鸣白露丛”的“虾蟆蛱蝶”比兴作喻，写了元朝统治者最后的狂欢。十月见桃红原是异象，象征不祥，难以持久，最多不过是回光返照，但“虾蟆蛱蝶”却以为冬之大势可逆，盲目狂欢，不知死之将至。此处，诗人提笔虽婉蓄，但讽刺却极辛辣，个中种种意味，细细品之，最觉悠长。

池雁

宋·王安石

羽毛摧落向人愁，当食哀鸣似有求。

万里衡阳冬欲暖，失身元[①]为稻粱谋。

注释：

①元：原来。

赏析：

王安石，字介甫，号半山，北宋著名的政治家、文学家，工诗擅词，一生创作颇丰，世人常赞他“翰林风月三千首，吏部文章二百年”。有《王临川集》传世。除《泊船瓜洲》《桂枝香·金陵怀古》《元日》《梅》《登飞来峰》等家喻户晓的名作外，王安石还写过许多或精致，或婉蓄，或平明，或率然的小诗，《池雁》便是其中一首。

诗极短小，是一首七律，遣词浅白，比兴托寄，颇有所指。

首句“羽毛摧落向人愁”，起势平白，由“向人”而生卑微之意，以“愁”多添怅然之思，未言池雁，已将池雁依人、附人之性明白表露。

次句“当食哀鸣似有求”，顺脉而下，写了池雁啼鸣求食的情景，雁本无情无识，诗人却偏赋其鸣以“哀”意，字里行间，早有不屑流溢。

三、四句“万里衡阳冬欲暖，失身元为稻粱谋”为首二句的层递。传说，秋雁南飞，至衡阳为止，不再向南，诗人此处说衡阳“冬欲暖”，又言“稻粱谋”，实则，皆是在讽刺池雁，憎其“失身”；且物语人语，自来咏物，便多托寄。诗人讽“池雁”，实则是在讽刺那些如池雁一般依人而生、哀鸣求食、“为五斗米而折腰”、失节失志的谄媚小人、无骨大夫。

辑四　风花雪月

咏风

唐·王勃

肃肃①凉风生，加②我林壑③清。
驱烟寻涧户，卷雾出山楹④。
去来固无迹，动息⑤如有情。
日落山水静，为君起松声。

注释：

①肃肃：形容速度快。

②加：给予。

③林壑：树林和沟壑，指有树林的山谷。

④山楹：山间的房屋。

⑤动息：活动和止息。

赏析：

《咏风》是初唐四杰之一王勃所作的一首五言咏物律诗，全诗流丽清美、构思新奇、节奏明快、匠心独运，很见功底。

首联，诗人以“肃肃”二字起笔，既写出了“凉风”的肃杀萧然，也道出了凉风的劲疾；风何以如是之疾？是为了让“林壑清”啊。次句，诗人这一“加”字下得极妙，不独摹出了凉风的凉，更以拟人的笔法，赋风以性灵，点破了诗眼“有情”。

颔联，诗人化被动为主动，顺脉一笔，对凉风之“有情”做了更细致、更深入的摹写。林涧山岚蒙蒙，山楹雾气深深，原是不可见、不可观，但凉风一过，烟雾顿清，涧畔人间赫然入目。山水依稀，别见静美，而这，都得归功于风。“驱”“卷”皆是主动行为，是风动态美与有深情的淋漓表达。

颈联，诗人转描绘为抒情，慨言风之有情，切题。尾联，顺承颈联，叙言了风的情之所钟：落日余晖、山水岑静时，拂动茂茂松林，为“君”送上一片松涛之声。此处，诗人明是写风，实则也是托物寄情、以风表志，风“不择贵贱高下而加”，具平和普济之德，服务于人。“我”同样有此心，想以腹中所学，为百姓谋福祉，然终不可为。其中憾然，细品可鉴，羡风之意，亦啧啧可知。

茅屋为秋风所破歌

唐·杜甫

八月秋高风怒号，卷我屋上三重茅①。茅飞渡江洒江郊，高者挂罥②长林梢，下者飘转沉塘坳。

南村群童欺我老无力，忍能对面为盗贼。公然抱茅入竹去，唇焦口燥呼不得，归来倚杖自叹息。

俄顷[3]风定云墨色，秋天漠漠向昏黑。布衾多年冷似铁，娇儿恶卧[4]踏里裂[5]。床头屋漏无干处，雨脚如麻未断绝。自经丧乱少睡眠，长夜沾湿何由彻！

安得广厦[6]千万间，大庇天下寒士俱欢颜，风雨不动安如山。呜呼！何时眼前突兀见此屋，吾庐独破受冻死亦足！

注释：

①三重（chóng）茅：几层茅草。三，泛指多。

②罥：挂。

③俄顷：不一会儿。

④恶卧：睡相不好。

⑤裂：使动用法，使……裂。

⑥广厦：宽敞的大屋。

赏析：

安史之乱未平，世人多流离，上元二年（761年）八月，狂风骤雨陡起，杜甫去岁新起的茅屋被破，思己思国，工部心中五味杂陈，遂作此诗。

诗分四节，首五句为第一节，以淋漓的笔墨摹风。“怒号”不仅写尽秋风之猛烈、劲疾，更赋风以人格，言其喜怒，道其“卷茅”之故意。“茅”被卷到哪里去了呢？“洒江郊”“挂林梢”“沉塘坳”；“飞”“渡”“洒”“挂”“飘转”一系列动作的转圜、接续不仅形象，更见焦怒，动人心弦。

及后五句，为第二节，是对“风怒号，卷茅飞”的进一步生发，写了“南村群童”的欺人，叹了自身的“老无力”，其中多少愤懑、凄凉，难以言喻，“呼不得”，便也唯有“归来倚杖自叹息”了。其中，“自”下得颇是苍凉，身逢变故，无人助、无人悯，反而被欺，可见世事凉薄。“叹息”，叹的自然也不只是屋破，而是自身的境遇、国家的境遇。

从“俄顷风定”到“长夜沾湿”八句，为第三节，写的是风后逢雨、彻夜难眠、衾冷床寒、四处漏雨、无处下脚的凄凉境遇。逢此困境，诗人胸中之愁、之哀、之愤可想而知，但他却没有困于个人之怒，而是由己及人，写到了离乱中无数相同处境的人，于是，结尾处长发“安得广厦千万间，大庇天下寒士俱欢颜”之语，其广阔的胸襟、忧国忧民的浓情、求变革的崇高理想，不着一言，却已尽显。

北风行

唐·李白

烛龙[①]栖寒门，光曜犹旦开。
日月照之何不及此[②]？惟有北风号怒天上来。
燕山[③]雪花大如席，片片吹落轩辕台[④]。
幽州思妇十二月，停歌罢笑双蛾摧。
倚门望行人，念君长城[⑤]苦寒良可哀。
别时提剑救边去，遗此虎文金鞞靫[⑥]。
中有一双白羽箭，蜘蛛结网生尘埃。
箭空在，人今战死不复回。
不忍见此物，焚之已成灰。
黄河捧土尚可塞，北风雨雪[⑦]恨难裁。

注释：

①烛龙：中国古代神话中的龙，人面龙身，没有脚，住在不见天日的极北寒门，睁开眼睛就是白天，闭上眼睛就是夜晚。

②此：指幽州，治所在如今的北京大兴。这里是指当时北方在安禄

山的统治之下，暗无天日。

③燕山：山名，在河北平原的北侧。

④轩辕台：建筑物的名字，是用来纪念黄帝的，在今河北怀来县乔山上。

⑤长城：这里指北方前线。

⑥鞞靫（bǐng chá）：当作鞴靫，意思是箭袋。

⑦北风雨雪：化用《诗经·国风·邶风·北风》中的“北风其凉，雨雪其雾”，原来是说国家面临危机，气象惨淡，这里用来衬托思妇的悲惨遭遇和内心的凄苦。

赏析：

公元752年，李白游幽州，见风雪，遇思人，有感而作此诗。

诗是长诗，以乐府“时景曲”旧题入调，信笔挥洒，语发雄健，想象瑰丽，用喻夸张，不事雕琢，委实佳作难得。

诗开首即宕拓，借神话中目可当日月的“烛龙”起兴，极言北地冬日之苦寒；及后四句，分摹风雪，“号怒”表风剧，“天上来”写风疾，“大如席”以夸张的笔法绘冬之寒，雪之大，风雪之纷扬；“燕山”“轩辕台”既是用典，也是引笔，无形之间，便将笔墨落到了燕山所处之幽州。

及后，诗人转笔摹人，绘了“幽州思妇”忧心忡忡，“倚门”“念君”盼君归的憔悴思恋之态，“停歌罢笑双蛾摧”一句三转、三个动作层递，传神的同时，逗人无限联想。

思妇心心念念的人到底是什么样呢？“提剑”一语便道出了他的飒爽英姿，他去戍守长城、为国效忠，留给她的便唯有孤守、想念，和那“遗”下，早沾“尘埃”的白羽箭。箭还在，人却“战死不复回”，如是，昔日寄情之物，便成了伤情之本，所以，她将它焚成了灰。然而，箭虽不在，愁与恨却难消。由是，结尾，诗人长叹“北风雨雪恨难裁”，极言恨之深、之重、之无穷、之广切，亦借此为战乱中境遇同思妇一般悲凉的人呐喊，表其同情关切，亦表达了对战乱制造者的由衷痛恨。

咸阳城东楼

唐·许浑

一上高城万里愁，蒹葭[①]杨柳似汀洲[②]。

溪云初起日沉阁[③]，山雨欲来风满楼。

鸟下绿芜秦苑夕，蝉鸣黄叶汉宫秋。

行人莫问当年事，故国东来渭水流。

注释：

①蒹葭：水草。

②汀洲：岸边平坦的沙洲。

③溪云初起日沉阁：这句诗下面有作者的自注："南近磻溪，西对慈福寺阁。"

赏析：

许浑，字用晦，晚唐诗坛名宿，以律诗见长。诗多怀古绘景，意境苍凉，愁绪满满，《咸阳城东楼》为其传世名篇。全诗整密深挚、立意高远、情调苍凉、情景相融、神完气足、可圈可点。

诗首联，以"愁"挈领，景动处情亦动。首句，"一上"既表登临，切题，又述出了愁思生发的短促与迅疾；"高城"应题首"东楼"，写登临之地；"万里"，以夸张的笔法，言视野之开阔，同时也摹愁思之迢远。次句，"蒹葭杨柳似汀洲"点明愁之缘起：登楼远眺，目之所及，蒹葭苍苍、杨柳萧萧、烟笼水环，竟颇肖江南风致，诗人本是江南人，客居异地，经年不归，触景伤情，自生无限愁肠。

颔、颈二联，顺承首联，诗人笔锋宕拓，从远、近两个角度分别对登临晚眺之景做了状写。

颔联写远景，“溪云初起日沉阁”语落苍茫，以简淡的笔墨勾勒出了夕阳西下、余晖漫洒、清溪罩云的壮美景致。只是，这壮美尚未发酵，便被昭示着“山雨”的“风”冲淡、湮没。东楼之上，唯风声呼啸，动了衣襟，亦动了人无边的愁思。即景之下，诗人不觉伤怀，想到了大唐境内战乱四起、风雨飘摇的情状，于是，乡愁之上，又添国忧，哀戚更甚。

颈联摹近景，虚实相生，山雨“欲来”、鸟藏绿芜、蝉匿黄叶，景象一派萧疏，“秦苑夕”“汉宫秋”更借古之兴亡，叹今之更替，将一腔愁绪转入“千古”。愁至极处，尽而抒慨。尾联，“莫问”极言沉痛，“故国”常怀哀恸，“渭水流”景以情入，含蓄中更见意味深长。

秋风引①

唐・刘禹锡

何处秋风至？萧萧②送雁群。

朝来入庭树，孤客③最先闻。

注释：

①引：乐府诗体之一。

②萧萧：风吹树木之声。晋陶潜《咏荆轲》：“萧萧哀风逝，淡淡寒波生。”

③孤客：独自在外地旅居的人。汉焦赣《易林・损》：“路多枳棘，步刺我足，不利孤客，为心作毒。”这里指诗人自己。

赏析：

《秋风引》是唐代诗人刘禹锡遭贬后羁旅难抒，异地触景而作的一首伤情小诗，咏的是风，道的是情。

首句，以问句起笔，看似突兀，却颇别致，一问破题，既领起全诗，又述了秋之倏忽来去、无形无迹、无处不在。

次句，未答而述，将不可感之风具象。“萧萧”摹风声，言秋风之凄切，含逢秋之悲；“送雁群”摹风中遥见，落墨在远、运笔空际、造境巧妙，以送雁写秋悲，道乡愁，婉而有序。

三句“朝来入庭树”，依旧在摹秋风，但视角却从远方拉到了近处。“朝来”既是“何处至”之解语，又是“萧萧”之声的续笔，同时，亦以风动庭树、叶落萧然的情景侧写，对秋风进一步做了描绘。

四句“孤客最先闻”，以“孤客”与“雁群”类比，表羁旅之愁；以“闻”应风，让风更加传神；以“最先”点睛，加深羁旅之愁，极言乡思，曲折见意，可堪寻味。毕竟，风入庭树之声，人人可闻，原无先后之别，孤客缘何最先？不过是他对物候的变化、时序的推移最是敏感。这敏感何来？羁旅为孤客，乡思不尽，却只能送雁南归。其中哀凉衰飒，正切秋风题旨，分明最可感。

竹窗闻风寄苗发司空曙①

唐・李益

微风惊暮坐，临牖思悠哉。
开门复动竹，疑是故人来。
时滴枝上露，稍沾阶下苔。
何当一入幌，为拂绿琴②埃。

注释：

①苗发、司空曙：唐代诗人，二者都是李益的诗友，跻身“大历十

才子”。

②绿琴：绿绮琴的简称，泛指琴。

赏析：

古人咏风，多见比兴，托情寄意，思故怀人，李君虞（李益字君虞）此诗亦然。

诗是“望风怀想”之作，依依情切，首联以“风”起笔，以“思”承递，“微”饰风，言风小，而如斯微风，也能令“暮坐”之人“惊”，可见其孤、其敏、其“思悠”之态。

颔联、颈联顺承首联，从侧面对忽至之微风做了具象描摹。“开门”“动竹”“滴露”“沾苔”栩栩描绘出了风之细微，也为诗人之悠思渲染了一幅宁静清寂的大背景，读来，颇是入味。

尾联，诗人笔锋微微一转，以“何当”入问，既见埋怨，又见希冀。怨风太小、太微，无法“入幌”动帘，引故人来，亦无法拂去“绿琴埃”，让诗人为友人尽情雅奏；但怨风的同时，诗人胸中又常怀无限希冀，希望能以风为媒传思恋，引得友人来。通览此诗，不难看出，风动之处，即为诗人情动之处。诗丝丝入扣，层层递进，渐次渲染，最后生发，以巧取巧，以风应情，更见匠心。

嘲春风

唐·温庭筠

春风何处好？别殿饶①芳草。
苒嫋②转鸾旗，萎蕤③吹雉葆④。
扬芳历九门，澹荡入兰荪。
争奈白团扇，时时偷主恩。

注释：

①饶：使动用法，使……丰饶茂盛。

②嫋：柔弱，缭绕。

③萎蕤：旗名，也形容草木茂盛之貌。

④葆：羽葆，古时用鸟毛装饰的车盖，即皇帝所坐的车子。

赏析：

温庭筠，名岐，字飞卿，晚唐著名诗人，其诗多秾丽精巧、婉蓄缠绵，题材不广，多闺情，多闲赋，亦多讽权刺贵之言，就如这首深含托寄之意的《嘲春风》。

诗开首，开门见山，以“春风何处好”之问切题。及后五句，皆是“何处好”之生发，是春风之“好”的生动展现。

首联次句，“饶芳草”，着一“饶”字，名词动用，言春风能令芳草丰饶茂盛，为一好。古来，芳草多为贤德君子之自况，“饶芳草”语外，流露的其实是令君子具德之意。

颔联，“转鸾旗”“吹雉葆”是在写春风吹动帝王仪仗，使之旌旗招展、扇动频频，说风流动有质感，极见大气。字里行间，自见“致君尧舜”之情。

颈联，“扬芳”写风传花香，风远香亦远；“澹荡”绘风动水波、波光潋滟；“入兰荪”状风吹兰草、摇曳生姿。字字都在摹风，却又句句因人入情，耐人寻味。

尾联，诗人转笔，以“争奈”二字，深表无奈。春风如是好，然而，君主却不喜，君主所喜为“团扇”，而团扇为何？美人红颜、奸邪小人的指代罢了。君主不近春风君子，而亲团扇小人，诗人虽恨，虽不平，却又极无奈，唯有自嘲，所以虽然尽述了春风之好，却以“嘲春风”为题。此处之嘲，嘲的是帝王无知无识，同时，也是以嘲为反语，赞春风之怡荡美好，且因喜而嘲，更备显无奈之意。

清平乐·金风[1]细细

宋·晏殊

金风细细，叶叶梧桐坠。绿酒初尝人易醉，一枕小窗浓睡。

紫薇朱槿[2]花残，斜阳却照阑干。双燕欲归时节，银屏昨夜微寒。

注释：

①金风：秋风。

②紫薇朱槿：花名。

赏析：

晏同叔（晏殊字同叔）为“北宋倚声家之初祖”，词开婉约一派，词风多流雅典丽、细密有致，《清平乐·金风细细》非其名篇，但也雅清悠闲、别有韵致。

词上阕，起笔摹风，造语清奇，“金风”指秋风，言物候；“细细”饰“金风”，不见萧索，尽述闲适；“叶叶”摹“梧桐”，两字相叠，既应“细细”，使音律谐和，又形象地描绘出桐叶一片一片渐次飘落的情景，令其有致有序，且不见孤凄。

及后，“绿酒”句为陪笔，写闻秋风叶落时，诗人略氲薄愁、自斟浅饮的情态；而“浓睡”句则状醉后之态，虽因秋而起愁，然愁却极浅，所以醉后，词人才能睡得如此香甜。

下阕，顺承上阕，摹“浓睡”醒来后之所见所感。“花残”是“金风细细”的续笔，是“梧桐坠”的添饰，隐见秋情；“斜阳”“阑干”承上启下，承“浓睡”，状日暮之景，又启“燕归”，有冲淡之妙。最后，“银屏”句，以景结语，景中却含深情，燕子成双，一同归巢，人却独在，银屏夜冷，很见清寂，言似已尽，情味尽归言外，更见高格。

秋风辞

西汉·刘彻

秋风起兮白云飞，草木黄落兮雁南归。
兰有秀兮菊有芳①，怀佳人兮不能忘。
泛楼船兮济汾河②，横中流兮扬素波。
箫鼓鸣兮发棹歌，欢乐极兮哀情多。
少壮几时兮奈老何！

注释：

①兰有秀兮菊有芳：互文见义，意为兰和菊均有秀、有芳。兰、菊：这里比拟佳人。秀：这里指佳人颜色。芳：这里指佳人香气。

②汾河：从山西宁武发源，流向西南，至河津西南入黄河。

赏析：

《诗薮·内编》有言：“秋风百代情至之宗。”言秋风，多表至情，汉武帝刘彻此篇《秋风辞》，咏风悲秋、比中有兴，笔力清健飘逸，情中有景、景中带情，很是不俗。

诗首二句，起笔绘景，状秋风形神，有声有色，自然平易，“白云”“黄草”“归雁”都是极常见的秋之物象，但被诗人以妙笔串联之后，却平中显彩，颇见俯仰流丽之态。

及后二句，因景及人，虚实相合，以秋日风中兰、菊之秀芳入笔，忆怀“佳人”，道其难忘。此处之“佳人”所指为谁，诗人并未言明，也许是那让汉武帝倾心相恋却又红颜薄命的李夫人，也许是那餐风饮露、炼道修真的神仙中人，但无论“佳人”为谁，此一“怀”亦是全诗之骨，无它，诗不立。

之后，“泛楼船”三句，诗人笔锋提振，从风中怀人之哀婉，写到了泛舟中流、君臣欢筵的畅达，“济”“横”“扬”“鸣”“发”等动词的系列连缀，淋漓状写了此中之乐，令人不由心驰神往。

然而，乐极之处，总要生悲，末二句，诗人转笔，再述“哀情”。哀什么呢？“少壮几时兮奈老何！”纵便是汉武帝这般功标千古、统御四海的雄主，依旧难逃生老病死的束缚，青春不再，垂垂将老，如之奈何？此一叹，恰应“怀佳人”之思。人之将老，总慕长生，是以要访仙人。红颜老去，生死相望，怀思之处，也更添迟暮之感。情之所杂种种，虽不可切，却足堪寻味。

题《墨葡萄图》

明·徐渭

半生落魄已成翁，独立书斋啸晚风。
笔底明珠[①]无处卖，闲抛闲掷野藤中。

注释：

①笔底明珠：指诗人自己的诗作、画作。

赏析：

本诗是明代著名画家徐渭题咏《墨葡萄图》的一首小诗，全诗共四句，落墨疏淡，不拘形韵，浑然天成，自见别致。

首二句“半生落魄已成翁，独立书斋啸晚风”，以凄清哀婉的笔调对自己一生的处境与遭逢做了概述。

毋庸置疑，徐渭是多才的。他工诗、擅画，也擅书，但在经济文章上，他终究是有所欠缺。所以，他八考八落，无奈沦为幕僚，后又因遭逢变故，误杀继妻，以致身陷囹圄。待他出狱，已过知天命之年，穷困潦倒，一无所成，而鬓发已白。所以，他才说自己“半生落魄”，而这种落魄，不曾亲历、不知其情，其实很难体会。然而，次句“独立书斋啸晚风”却以极传神、极萧索的一幕人物小影将这种落魄形象化，让人思之相之、见之观之，倍觉凄凉寥落。

三句“笔底明珠无处卖”顺情应景，将这种寥落凄凉拓宽，加深且加重。“笔底明珠”指的就是诗人本身的诗作、画作，以“明珠”喻，说明诗人对自己的作品还是极有信心、极自负的，但纵便是明珠，依旧“无处卖”亦“无人买”，明珠蒙尘，才华被掩，无人赏识，该是何等的悲凄啊！

不过，第四句，诗人却笔锋一转，以两个“闲”字表现了自己淡泊的心境，安贫的态度，归隐的情致；同时，“野藤中”也卒章归题，抒情的同时，也将笔墨应到了正题《墨葡萄图》之上。

春日偶成

宋·程颢

云淡①风轻近午天，傍花随柳过前川②。

时人不识余心乐，将谓偷闲学少年。

注释：

①云淡：云层淡薄，指天气晴朗。

②川：瀑布或河畔。

赏析：

老夫聊发少年狂，漫步红紫惹其芳，人皆如是。

《春日偶成》一诗便是程朱学派代表人物程颢偷得浮生，春日闲游后有感而作。全诗流丽明快、清欢明畅，字里行间，趣味盎然。

诗首二句绘景，遣词清浅拙秀，不华丽，却颇见几分天然之味。“云淡风轻”“傍花随柳”是诗人闲游之所见、所闻、所感，真实而明媚。“近午天”之“近”暗表时序之推移，借流连春光、不觉近午的现实情境侧面写了春景之佳好，人之爱春、喜春；“过前川”之“过”则借不知不觉间空间的转圜，着意抒发诗人醉春、恋春、眷春而不愿归之心意。

末二句，诗人即景，直抒真情，“时人不识余心乐，将谓偷闲学少年”。

怡然赏春，流连忘归，恣肆春情，原无可厚非。然而，在思想极度压抑与束缚的封建时代，这般闲逸、恣肆似乎只有懵懂无知的少年才可偶有，程颢这般长者如是，就有些不合时宜，所以，他说“时人不识”。但“时人不识”的又岂独是春？是恣肆春光的闲情，其实，还有“理”，还有程颢对真性、对理学哲思的认知与追求。末句之“将谓”似是平叙，言外也不乏对“时人”的讽嘲之意。寥寥几字，知情见性，诗人构思之心、立意之卓，由此自可略窥一二。

夏日

唐·韩偓

庭树新阴[1]叶未成，玉阶人静一蝉声。

相风不动乌龙睡，时有娇莺自唤名。

注释：

①新阴：刚刚能够遮阴。

赏析：

微雨醺阳，半夏花开，“夏”从来都是墨客文人最喜吟咏的季节。

不同的人，笔下有不同的夏，名篇不胜数，《夏日》一诗，与之相较，算不得佼佼，却也情趣天然，颇见韵致。

首句，诗人以简淡的笔墨，缓缓勾勒了一幅初夏庭院林木葱茏的景致，语不华丽，几近白描，却开篇应题，别显精致。“庭树”明述所咏为庭院夏景；“新阴”暗点时令，树叶才可遮阴，不够蓊郁，显然是方刚入夏；“叶未成”则是对“新阴”的一种具象描摹。

次句，诗人转笔，从庭树，写到了庭中其他的夏日物象，蜿蜒曲折的玉阶，葱茏茂林中的鸣蝉，“一蝉声”三字下得极妙，明是写声，却又以有声来映无声，备显其“静”，细细品之，颇有些“鸟鸣山更幽”的意趣。

三句，顺承前句，“不动”是对“静”的另一种阐释，“乌龙睡”则别见几分夏日小睡的憨然。

四句，为全诗点睛之笔，诗人以拟人的手法，赋黄莺以灵性，让它“自唤名”，画面鲜活，极富生趣。其中，“时有”表明黄莺唤了不止一声；“娇”既摹出了黄莺娇憨可爱的外貌，又摹出了黄莺啼鸣的清脆悦耳；“自”为自在、随性、自由，暗表黄莺的洒脱不羁；“唤”是拟人，落笔生动，无形之间，便摹出了诗人胸中的一派淋漓喜意。

晓出净慈寺送林子方[1]

宋·杨万里

毕竟[2]西湖六月中，风光不与四时同。
接天莲叶无穷碧，映日荷花别样红。

注释：

①林子方：作者的朋友。

②毕竟：到底。

赏析：

杨万里，字廷秀，号诚斋，南宋著名诗人，诗开一代新风，别具一格。

《晓出净慈寺送林子方》是诚斋的传世名篇，全诗清丽短小，平冶大气，诗中有画，画中入情，很是不俗。

首二句“毕竟西湖六月中，风光不与四时同”，为概写、虚写，不见具体的景致，却又以“毕竟”二字，着意渲染出一种氤于惊喜赞叹中的“不与四时同”，隐设悬念，逗人情思，令人不知不觉间便对“西湖六月风光”生出无限的联想，为后句的直摹做了最好的铺垫。

末二句“接天莲叶无穷碧，映日荷花别样红”是对“毕竟”的生动具象。“碧”“红”色彩明艳，形成强烈的对比，“无穷”“别样”以豪迈的笔触将碧与红渲染，独见壮美；“接天”“映日”更将叶之繁茂、花之绚丽以稍显夸张但又瑰丽贴切的笔墨描绘，很见气势。而这样的盛美，秋冬春三季都无法目见，哪怕是夏日，也唯独盛夏可见，恰与前句的“毕竟”“不与四时同”绾合，浑然圆融。

另，荷的意象本是极柔美、极明媚的，诗人却偏偏以“接天”“映日”这样的字眼来描摹，无形之中便赋予了它一种很少见的开阔辽远之美，细细读来，颇令人震撼。

再则，从诗题看，本诗其实是一首送别诗，是诗人为送友人而赋，但诗中却无一字言别，更无别离惆怅之意。反而在盛赞西湖荷花，写其美，写其与众不同，因何不同，为谁不同，诗人没说，其意已显。况，美景如斯，不能与君长赏，本身其实便已有眷别之意，不过是诉得较为曲婉罢了。

西江月[①]·夜行黄沙[②]道中

宋·辛弃疾

明月别枝惊鹊，清风半夜鸣蝉。稻花香里说丰年，听取蛙声一片。

七八个星天外，两三点雨山前。旧时[③]茅店社林[④]边，路转溪桥忽见[⑤]。

注释：

①西江月：词牌名。

②黄沙：黄沙岭，位于江西上饶西边。

③旧时：往日。

④社林：土地庙附近的树林。

⑤见：同“现”，出现。

赏析：

稼轩之词向来慷慨豪雄、激烈纵横，金戈之气常萦，若《西江月》这般温婉清丽、柔情小巧的委实不多见。

本词作于被谪江西时，为词人夏夜闲游之所观所见，画面清雅恬然，很得悠然之趣。

上阕起笔摹景，“明月别枝惊鹊”，为视觉描写。其中“明月”点明时间，遥应下阕之“星”；“别枝惊鹊”既描绘出了鹊惊而飞、摇曳“别枝”的生动图景，又以鹊飞表月皎月明，点出“惊”的因由，很见别致。“清风半夜鸣蝉”，侧重听觉描写，“半夜”照应明月，“清风”为蝉鸣之因，蝉鸣又以动衬静，别显清幽。及后，“稻花香里”两句，直接将镜头拉远，“香里”为嗅觉，“稻花”既是稻浪滚滚景致的直摹，又象征“丰年”，而“说丰年”之“说”，应和的其实是后句的“蛙声一片”，用的是部分倒装的句式，匠心独运。

下阕，词人笔锋微折，随脚步的转移，绘了另一组景象，隐隐暗应词的题目“夜行黄沙道中”。其中“七八个”直言星疏，“两三点”明表雨微，与上阕之月明、清风相衬，很见幽恬。而“旧时”“路转”“忽见”的连缀，不仅让“茅店社林”“溪桥”的出现变得自然而然，且含蓄地描述出了词人沉醉“稻花香里”，观景忘情，痴然入迷的欢欣情态，语中见真、见幽，颇得玩味。

鄂州[①]南楼[②]书事

宋·黄庭坚

四顾山光接水光，凭栏十里芰[③]荷香。

清风明月无人管，并作南楼一味凉。

注释：

①鄂州：在今湖北省武汉、黄石一带。

②南楼：在武昌蛇山顶。

③芰（jì）：菱角。

赏析：

《鄂州南楼书事》为黄山谷谪居鄂州，在南楼纳凉时即兴所作。

诗是七言，韵律谐和，节奏谨严，格调雅淡，遣词明朗，读之，常觉忘情。

首二句互文对照，以简淡雅逸的笔墨写了凭栏四顾之景致。山光冶逸，水光涟涟，十里芰荷，盛艳芬芳，既有所见，又有所嗅，游目骋怀之余，馥郁萦鼻，风姿袅袅，自见开怀。

末二句顺承前句，为前景悠悠补笔，清风肆意，明月挥洒，南楼之上，一派清凉。其中，“明月”应的是山光水光，因月明，山水方有晖溢；“清风”应的是“十里香”，因风动，香才远传，为南楼之客所感；“南楼”应题点题；“一味”有通感之效，表清爽当细细咀嚼品味；“凉”既状触觉，又状心绪，此处之凉，非独夏夜风动之凉，还有清风朗月、山水荷香带来的心绪上的清凉宜人。细细品之，颇觉隽永。

另外，“无人管”三字，也映射出了诗人心底几分抑郁欣羡的情绪。羡明月清风之自由自在，可随意挥洒；又囿于自身之“有人管”，不自在，处处被掣肘。个中心绪，委实有些复杂矛盾，然而，所有的一切，却都随着“一味凉”而消散，可见，诗人秉性还是极旷达的。全诗的节奏也以欢快明媚为主，几缕惆怅忧思，非但不觉突兀，反而更添几分曼妙。

初夏燕堂睡起

宋·陆游

歌凤①平生类楚狂，山城迟暮得深藏。
洗春雨过清阴合，掠水风生绿藻凉。
晨几砚凹涵墨色，午窗杯面聚茶香。
功名到手浑闲事，此兴他年未易忘。

注释：

①歌凤：“陆通歌凤”出自《论语·微子》，指避世隐居。

赏析：

放翁一生，以词著世，以诗显达，其诗多平畅婉丽，明达清癯，隽美宛然，很见逸趣。譬如，这首《初夏燕堂睡起》。

诗首联用典，借“陆通歌凤”之事，发“楚狂”之叹，含蓄地道出自身闲隐怡然的生活状态，虽也有“迟暮”的无奈，但“深藏”二字却又淋漓道出了诗人清悠闲隐、不再被功名尘俗烦扰的鲜明态度。

颔联、颈联，顺承首联，分别从景与人的角度对“深藏”后的闲逸生活做了形象的描绘。

颔联绘景，潇潇雨后，绿荫暗合，一片清凉冶逸；碧水波生，微风斜掠，绿藻层层叠叠地铺展开来，入眼便觉凉沁；其中，“洗”“清”“掠”“凉”四字，下得都极传神与精练。

颈联摹人，熹微的晨光里，逸兴思飞，磨墨洗砚，随意挥毫，或书或画；午后荫浓，静坐窗畔，看花木扶疏，看绿藻浮萍，看雨后风清，悠悠品茶，茶香远扬，自然逸趣。“涵墨色”“聚茶香”不过剪裁而出的些许片段，却将那种闲逸安然的状态刻画得入木三分。

生活如斯安闲，无拘是谁，大概都会乐在其中，眷眷难离，诗人自也不例外。由是，尾联，才会油然而生“功名到手浑闲事，此兴他年未易忘”之叹，以“未易忘”遥应“深藏”，直抒寄情山水、淡泊安闲之志。

天净沙·秋思

元·马致远

枯藤老树昏鸦①，
小桥流水人家，
古道西风瘦马②。
夕阳西下，
断肠人③在天涯。

注释：

①昏鸦：黄昏时归巢的乌鸦。

②瘦马：骨瘦如柴的马。

③断肠人：这里指在天涯漂泊的忧愁的旅人。

赏析：

终元一朝，梨园之中，能与东篱（马致远号东篱）并称者，仅白朴、郑光祖、关汉卿等寥寥数人，其所作《汉宫秋》更为绝世之章。

东篱擅曲，也擅填词，《天净沙·秋思》便是其传世名篇，千古颂之，家喻户晓。

首句“枯藤老树昏鸦”，描摹的是秋日近景，朴实浅白，近乎白描，无形之中，已营造出了一种凄冷孤寂的秋之氛围。次句“小桥流水人家”，描摹的是秋日远景，语落疏淡，清丽有致，寥寥六字，便勾勒出了一幅绿水暗合、篱落深深、溪桥古朴、隐映人家的温馨小景。二者，一近一远，一冷一暖，一悲一喜，归于同一幅图景，矛盾中见谐和，谐和里又见萧瑟，颇值玩味。

三句“古道西风瘦马”，诗人笔锋转折，视线被渐次拉伸，遥目更远处，所见所感，虽都是秋日常见之物象，但组合在一起，却别见肃杀。四句“夕阳西下”承上启下，既表时序，又衬苍莽，且为上述多组物象缔造了一个最凄美、最壮观，也最冷肃清寒的大背景。蕴在景语中的娓娓情语也随之发酵、宕开、潆洄，最后，化作一声“断肠人在天涯”的浩叹，切“秋思”之题的同时，也婉蓄地抒发了天涯羁旅、漂泊不归的愁绪，语简淡，情独幽，景中见真，最显功底。

秋日

宋·程颢

闲来无事不从容，睡觉①东窗日已红。

万物静观皆自得，四时佳兴与人同。

道通②天地有形外，思入风云变态中。

富贵不淫贫贱乐，男儿到此是豪雄。

注释：

①觉：醒。

②通：通达。

赏析：

程颢，字伯淳，北宋理学名家，擅理，擅文，也擅诗，其诗不多，却极精致含蕴、理趣俨然，《秋日》为其一。

“自古逢秋悲寂寥”，古往今来，咏秋者良多，叹怀伤感频频，程颢此诗却迥然不同，无悲、无伤、无愁、无恨，字里行间，悠容闲逸之气洋溢，宠辱皆忘、淡远歌抒，琅琅读之，颇得韵味。

诗首联，从“闲来”着墨，以“从容”落笔，挈领全篇，勃发感慨，引出无限遐思。

颔联、颈联，为首联之接续深扩，从“万物”“四时”“形”“思”四种不同的角度，对“从容”做了具象的剖析。闲暇之时，静览万物，可自得其乐；四时景致虽然千差万别，但游人之逸兴却皆相同；世间所有有形无形之物，皆与天地有道通；思接千载，念及万里，各种风云更是变幻无常。

尾联，诗人化孟子“富贵不能淫，贫贱不能移”之语，宛然收束，曲终奏雅，以“富贵不淫贫贱乐”来彰男儿“豪雄”之态，暗表自身之志，理趣天然。

纵览全诗，虽以“秋日”为题，却全无一丝摹秋之语，字字句句，言的都是秋日闲思之种种，似是无关，却又紧切，道出了秋日不可言表之逸趣。细细揣摩，很见真味。

摊破浣溪沙[1]·菡萏香销翠叶残

南唐·李璟

菡萏香销翠叶残，西风愁起绿波间。
还与韶光共憔悴，不堪看。
细雨梦回鸡塞[2]远，小楼吹彻玉笙寒。
多少泪珠何限恨，倚阑干。

注释：

①摊破浣溪沙：词牌名。又名“添字浣溪沙”“南唐浣溪沙”“山花子”。双调四十八字，前阕三平韵，后阕两平韵，一韵到底。

②鸡塞：也写作鸡禄山。这里泛指边塞。

赏析：

李璟虽是君王，却不太称职，若论起词，却绝对是一位出类拔萃的词人。

此词，是他咏秋的名篇，通篇白描，清新朴拙，不见斧凿，细细读来，更见情真。

此上阕，以婉丽之辞起笔，描绘出了一幅西风残荷、萧索凄迷、“憔悴不堪看”的深秋图景。“菡萏香销翠叶残”摹残荷，“香”“翠”明述“菡萏”之味、色，却应以“销”“残”，最见哀戚。“西风”“绿波”乍看也有几分朗然明快之意，但着一“愁”字，则倍添寥落。谁在愁？西风，绿波，残荷啊！一个“起”字，化人愁为物愁，化被动为主动，切得最妙，及后“共憔悴”之“共”亦与之异曲同工，愈是咀嚼，愈觉浑然。

下阕，词人转笔，改绘景为抒情。“细雨梦回鸡塞远，小楼吹彻玉笙寒”，虚实相应，远近错落，以梦寄哀，梦醒更哀，所谓“细雨”点点丝丝，尽是思恋，由来“玉笙”，呜呜咽咽，尽显凄寒，再衬以“何限恨”，怎不令人恸而动容。而末句“倚阑干”之结，虽质朴平实，但较之情结之语，如斯收束，更显韵味深长。

玉楼春[①]·红酥[②]肯放琼苞[③]碎

宋·李清照

红酥肯放琼苞碎，探著南枝开遍未。不知酝藉[④]几多香，但见包藏无限意。

道人[⑤]憔悴春窗底，闷损阑干愁不倚。要来小酌便来休，未必明朝风不起。

注释：

①玉楼春：词牌名，又名“木兰花”。

②红酥：色泽滋润的红梅。

③琼苞：如玉般温润的梅花花苞。

④酝藉：意思是传主宽和有涵容。

⑤道人：这里是作者自称。也有一说是“别人这样说我、议论我”的意思。

赏析：

梅是雪中仙葩，历来为人歌咏赞颂。古今咏梅者无数，平平者有之，佼佼者有之，工致者有之，传神者不少。易安此词，虽非屈指，却也难得。

上阕，词人以清丽的笔墨浅浅勾勒，着一“苞”字，写尽红梅含苞待放的可爱姿态，“红酥”着笔于色，摹梅瓣之清红娇美，点明梅为红梅；“肯放”有愿放之意，欣喜中略带惊喜；“琼苞”既摹了红梅含苞之情态，又赞其鲜妍美好；“碎”应及后之“开遍未”，写梅错落枝头的情态；及后，词人转笔摹梅韵，“南枝”句为李峤诗“南枝独早芳”句的化用，言偶有几枝红梅已放，但大多含苞；“不知”二句，对仗工巧，互文见义，“酝藉”“包藏”述尽了红梅神韵，“不知”应前，言明未放，“几多香”实中有虚，为梅盛绽之时花香馥郁的遥想；“无限意”含蓄巧妙，逗起无限情思，收束格外精巧。

下阕，词人未摹梅之盛绽，反以触处生愁的笔法，以景及人、以人忧景，遥见梅落，多有托寄。“憔悴春窗底”“闷损阑干愁不倚”所铺所叙皆是人愁。愁当如何？不外借酒。于是，词人邀梅“小酌”，还以“未必明朝风不起”来劝饮，谁说明天一定没风呢？一旦风起，再美的梅花也必凋零。此处，词人摹梅，亦是自况，忧梅之凋，亦是在忧自身之败，命运无常，难以揣度，今后如何，梅不知，人也不知，其中诸多苦辣酸甜，唯其细品，或可得三味。

戏题木兰花

唐・白居易

紫房[①]日照胭脂拆，素艳[②]风吹腻粉[③]开。
怪得[④]独饶[⑤]脂粉态，木兰曾作女郎来。

注释：

①紫房：紫色的花房。这里指含苞待放的花蕊。

②素艳：白色的花朵。

③腻粉：脂粉。

④怪得：难怪。

⑤饶：多。

赏析：

《戏题木兰花》是乐天闲时偶作的一首七言咏物小诗，诗风平明浅白，略带调侃，多用拟人、比喻，读来颇显盎然。

首句“紫房日照胭脂拆”，起笔成趣，将含苞未放的花蕾比作“紫房”，既摹其色，应“胭脂”，又见其形，为“拆”作序；“拆”有拟人之态，颇见动态之美，淋漓地描述出了木兰花开放瞬间的惊艳之姿。

次句“素艳风吹腻粉开”，顺承首句，状了木兰花盛开之后的清丽明妍形态。“素”摹其色，“艳”摹其姿，“风吹”为渲染，暗表有花香；“腻粉”拟人，写花瓣如美人肌肤般莹洁光滑；“开”是“拆”这一动作的自然递进，两者遥应，很见妙谛。

三、四两句，“怪得独饶脂粉态，木兰曾作女郎来”，借古代巾帼英雄花木兰女扮男装、替父从军的故事，以人喻花，以花比人，为木兰花传神。说它看上去女儿娇态十足，是因为如木兰一般，也曾“对镜帖花黄”，做过女儿妆，实则是含蓄地赞它外柔内刚、坚韧从容；再则，木兰花外紫内白，花容独特，诗人如是说，多多少少都有调侃它“白作紫妆”之意，恰应“戏题”二字。

蔷薇花

唐·杜牧

朵朵精神叶叶柔，雨晴香拂醉人头。

石家①锦幛②依然在，闲倚狂风夜不收。

注释：

①石家：指晋代石崇，其家财万贯。

②锦幛：据《晋书·石崇传》记载，石崇和贵戚王恺斗富，王恺做紫丝布幛步四十里，石崇做锦步幛五十里。

赏析：

唐之近晚，诗坛洋溢着靡靡奢华之风，锤字炼句，刻意求工巧、求华美，几成病态，若杜樊川一般事平浅、好恬淡、语落安闲、微带俊爽的其实不多。

《蔷薇花》是樊川所作的七言咏花小诗，真切练达、清丽有致、可圈可点。

首句“朵朵精神叶叶柔”摹蔷薇花形貌风姿。“精神”“柔”句内互文，“朵朵”着花，“叶叶”言叶，寥寥七字，述尽了花之柔美、饱满、丰润、娇妍。

次句“雨晴香拂醉人头”绘蔷薇花之泠泠香远。“雨晴”状天气，意为无论晴雨；“香”点花香；“拂”表香动、香传之态，暗表有风；“醉人头”则以近乎白描的手法勾勒出了蔷薇之香的沁人心脾。

三句“石家锦幛依然在”，是用典，以石崇锦绣步幛五十里的富贵豪奢，喻蔷薇的雍容华美，应首二句，为蔷薇再添神采。

四句“闲倚狂风夜不收”，顺承前句，明写蔷薇经风不败之姿，况其从容，实则着一“闲”字，述了蔷薇无尽的大气、坚韧。

当然，凡是物语，总关情语，诗人赞蔷薇，不独是赞花，也是赞人，赞那些虽然出身富贵、身处繁华，依旧能不浊不染、洁身自好的人。语虽短，情却长，其中托寄，须得细细品悟。

山园小梅（其一）

宋·林逋

众芳[1]摇落独暄妍[2]，占尽风情向小园。

疏影横斜[3]水清浅，暗香浮动月黄昏。

霜禽欲下先偷眼，粉蝶如知合[4]断魂。

幸有微吟可相狎[5]，不须檀板[6]共金樽[7]。

注释：

①众芳：百花。

②暄妍：景物明媚鲜丽，这里是形容梅花。

③疏影横斜：梅花疏落的枝干投射在水里的影子。

④合：应该。

⑤狎：亲近，玩赏。

⑥檀板：歌唱或演奏音乐时使用的檀木拍板。

⑦金樽：豪华的酒杯。

赏析：

林逋是宋时四海闻名之隐士，才高而旷达，闲云而落拓，终生不仕不娶，以梅为妻，以鹤为子，悠然向晚，独得人生无限逸趣。

林逋爱梅成痴，所作咏梅之篇颇繁，《山园小梅》（其一）是其中最为经典的一首，雅致清癯，独见形神，自得奇味。

首联首句，以“摇落”之“众芳”烘衬“独暄妍”之“小梅”，生动地描摹出了梅明媚娟美的姿态，为次句“占尽风情”做垫；同时，“向小园”则轻言浅语点明了地点，照应了题首的“山园”二字。

颔联顺承首联，笔落疏淡，不知不觉，便勾勒出了一幅清美的“山园小梅”图景。“疏影”言梅之错落有致，“横斜”再现梅之妩媚轻柔，“水清浅”灵动流滟，摹水之澄澈，“暗香”写梅香之清浅幽独，“浮动”一语传神，以拟人之语表香传之款款，“月黄昏”既点明时间，又为“小梅”平添了一分静谧缤纷的动人背景。佳景天然，朦胧有致，备显情趣。

颈联，诗人笔锋转折，由梅之妙丽，一脉而下，写了爱梅、赏梅之“霜禽”“粉蝶”。“霜禽”句，以“先偷眼”栩栩描绘出了白鹤爱梅之意；“粉蝶”句，由实及虚，假托“粉蝶”，用“合断魂”的夸张笔法进一步写出了爱梅、慕梅之情；同时，“霜”“粉”二字亦与梅相映，别见几分淡远高洁的趣味。

尾联，诗人化景及人，直抒胸臆，“微吟”相颂，不须“金樽”，既言了与梅相和，无须筵乐酌饮的淡泊雅致，亦写出了诗人与梅相伴、相赏，卓然尘世之外的理想与志趣。全诗脱略于梅，又不独言梅，巧思别具，情趣盎然，以经典称之，确然无愧。

兰二首

唐·唐彦谦

清风摇翠环，凉露滴苍玉。
美人胡不纫？幽香蔼空谷。

谢庭漫芳草？楚畹多绿莎。
于焉忽相见？岁晏[①]将如何。

注释：

①岁晏：这里指一年将尽的时候。

赏析：

唐彦谦，号鹿门先生，擅诗，诗多明切清峻、纤丽淳雅，近温庭筠，擅喻，最擅用事，道古雄心，为后人赞。

《兰二首》是先生早年所作咏兰组诗，皆语发典丽，纤而动人，立意别致，比兴贴切，极是巧致。

第一首，一、二两句，诗人即以淳雅清芬的笔墨，摹了一幅栩栩的美人访兰图，虽只侧写，却颇芜丽传神：美人袅袅而行，清风微微，拂动她鬓间佩戴的翠玉环饰，露水盈盈，滴落兰叶之上，一如苍玉般莹润美好。三、四两句，上承前句，部分倒装，一问一答，言明美人访兰的因由。美人为什么不在闺中刺绣缝纫，偏要在凉露微湿的清晨外出，因为“幽香蔼空谷”啊。以“幽”绘“香”，极言香之清宁雅俊，“蔼”极通神，上应“清风”，表明风送花香，香已弥散整个山谷。“空”为清空、旷寂，点明环境的幽雅偏荒，且，以“空”应“幽”，本也相得益彰。

第二首，诗人笔锋稍稍转折，承第一首之意，开首即将视线拉长，由叙转白，互文见对：富贵门庭、兰畹芳苑中绿莎处处，芳草萋萋，一片佳茂美好。言外之意，幽兰原不该生于空谷，而应生于斯、长于斯，与众芳一起沐浴谢庭繁华。及后，诗人不由以美人的口吻，叹了一句：“于焉忽相见，岁晏将如何”。一个“忽”字，表明了“美人”心中的讶异、惊奇，暗点兰草本不应绽于此等荒僻之地。之后，“美人”的语气又转忧，凉露微微已入秋，凛冬将至，待到岁末天寒、万物凋敝，兰花要怎么办呢？一讶一忧，情感顺势转折，浑然天成，且忧中带怜，因怜而忧，诗人一片惜兰、爱兰之情显而易见。另，以兰喻人，多在托志，诗人言兰应在谢庭，扶社稷，为生民，偏却生在幽谷，未尝没有自感怀才不遇之念。

咏兰

宋·杨万里

健碧缤缤叶，斑红浅浅芳。
幽香空自秘，风肯①秘幽香？

注释：

①肯：愿意。

赏析：

杨万里为一代诗宗，开南宋一朝诗风，广师百家，又卓于百家。其诗，不拘一格，极富变化，能含能露、能直能婉。他的诗，佳作颇众，如《小池》《晓出净慈寺送林子方》等。相形之下，《咏兰》一诗有些见绌，但于古今咏兰名篇里，诚斋之咏，却也颇见不俗。

诗人笔婉柔、纤美清扬，“健碧缤缤叶，斑红浅浅芳”以借代的手法对兰叶、兰花做了描摹，着意在色，“健碧”“斑红”既是借指，亦是明绘，明媚鲜亮的色彩，总予人一种疏朗开阔的感受。“缤缤”“浅浅”双字叠用，愈增情致。且，开首两句，本身都具三分倒装，主语后置，着意于“叶”“芳”却又显于“碧”“红”，语序的稍稍错落，渲染出的又是另一番别致。

摹花述叶之后，诚斋落笔微偏，顺言兰香。“幽”是“香”的特性，言其清幽宁静本质；“风”为“香”之依凭，凭风，香才四溢。句中，两个“秘”字，更独见巧思。“自秘”之“秘”，更偏名词用法，“秘幽香”之“秘”则是名词动用。两句，既是在述，亦是在问，问又无须答，可谓奇巧。尤其是末句的“肯秘”一问，既是拟人，又以疑表否，很是绝妙。风肯为兰秘幽香吗？自然是不肯的，于是，兰香自然远传。诗人未言明此点，却用了另一种巧妙而生动的方式表述，立意新颖，足堪称道。

竹石

清·郑板桥

咬定①青山不放松，
立根原在破岩②中。
千磨万击还坚劲，
任尔东西南北风。

注释：

①咬定：指根扎得结实，如同咬住了。

②破岩：裂开的山岩，即岩石的缝隙。

赏析：

《竹石》是清代著名书画家、“扬州八怪”之首郑板桥作的一首七言小诗。诗不长，既是咏物诗，也是题画诗。诗风朴秀，格调刚劲，情感炽烈，令人感喟。

首句，诗人以拟人的手法，将竹形象化，以“咬定青山”传其神韵，铮铮之态如在眼前。

次句，诗人转承前句，以“立根破岩”对“咬定青山”做了具体的、细致的描摹。同时，“立根”之“立”字，用得极妙。既表现了竹的刚直方正，又描绘出了其挺拔隽秀的姿态。

三、四两句，诗人笔锋层递，对竹的处境、品格进行了更深一步的发掘。山中石上，多雨多风，生之不易，长之亦不易，总要面对各种各样的困境磋磨，所以，诗人说是“千磨万击”，然而纵便如此，竹却怡然不惧，“任尔东西南北风”，仍自“坚劲”不拔。一个“还”，一个“任尔”虽笔落疏淡，看似平常，却又自然洋溢着一种傲视一切磨难、刚强勇毅的大无畏、大豪迈，每每读来，总觉震撼。

且，咏物之诗，多以托志，板桥咏竹，其意三分在竹，剩余七分却在人。竹能坚韧无畏，人亦可，且更甚。在此，诗人赞竹、说竹，其实赞的不外是那些秉承竹心、竹节，傲骨铮铮、不畏艰难，哪怕身处极端恶劣之境地，承受万千打击，仍坚定信念、矢志不移的仁人高士。

庭竹

唐·刘禹锡

露涤[①]铅粉节，风摇青玉枝。
依依似君子，无地不相宜。

注释：

①涤：洗涤，清除。

赏析：

刘禹锡，字梦得，唐代诗坛名宿，与柳宗元、白居易等并称，有“诗豪”之誉；其诗，无拘长短、韵律，皆简洁明快、清切精警，既赋哲思，又多粹丽，《庭竹》亦然。

诗是小诗，言清朴，意简赅，但用意却颇高，诗中情致滋味也颇醇厚。

全诗四句，明是咏竹，实则写人。

“露涤铅粉节，风摇青玉枝”，对仗工巧，遣词切切，以“露涤”“风摇”表现实环境之艰，“铅粉节”“青玉枝”赞竹之修然挺立、直节莹润。“依依似君子”，言竹颇具君子之风。由是，千村万户，纵横阡陌，“无地不相宜”。无论身处何方、身置何地，都能清高挺拔、依依自立。

而一切竹语，不过人语。涤竹之霜露，摇竹之风雨，不过人生于世所遭逢的种种不顺、坎坷、艰险。面对这些，如竹般倔强清介、傲然孤直的君子自然能以苦难为养料、拔节而高、洗尽铅华，仍风姿不改、润润如玉，不管遭逢何等艰险，身处繁华还是僻远，都能谨守本心、顽强挺立。此处，诗人言竹，言君子，其实都是在以竹自喻。因王叔文革新之败，作为附从的刘禹锡仕途失意，被一贬再贬，困顿官场，壮志难酬。然，处境再如何艰险，他都始终坚守，不移不动，不同流、不谄侍，清傲如一，就如那在庭之竹。其志、其节、其心、其韧，品之读之，动人之余，亦颇觉高远，很是砥砺。

春日

唐·韦庄

忽觉东风景渐迟，野梅山杏暗芳菲。
落星楼上吹残角，偃月[①]营中挂夕晖。
旅梦乱随蝴蝶散，离魂渐逐杜鹃飞。
红尘遮断长安陌，芳草王孙暮不归。

注释：

①偃月：横卧形的半弦月。泛称半月形。

赏析：

前人评韦庄，尝以为其诗词最胜处，无非“似直而纡，似达而郁”，《春日》一诗，正应此中三昧。

首联“忽觉东风景渐迟，野梅山杏暗芳菲”，起笔即绘景，透过那略显纤婉的笔墨，似乎一幅春风微漾、暖阳融融、梅花吐蕊、杏花芬芳的春日图卷已在眼前缓缓铺展。然而，这画卷还没展开，便被“忽”“迟”“暗”这样的字眼，化作一片黯淡，明丽不再，唯余哀怨。

颔联，从章法上来说，与首联是一脉相承；从修辞上而言，也极为类似。“落星”“偃月”原是极为清婉柔和的景致，但是配以“残角”“夕晖”，鲜明的对照，丽景哀情情更哀，别见凄凉。

颈联，诗人转笔，借“庄周梦蝶”“望帝杜鹃”之典，以“旅梦”“离魂”“随散”“逐飞”，述了凄凉哀愁的根由，又借这凄愁，将羁旅之愁绪进一步加深、发酵。

待到尾联，一腔愁绪尽郁胸中，诗人似已不吐不快。于是，破题抒情，以“遮断”“暮不归”，写出了万里关山之迢递，写了游子遥望故乡之哀怆，千万缕乡思乡愁，由此跃然，不言可见。

江畔独步寻花（其六）

唐·杜甫

黄四娘[①]家花满蹊[②]，千朵万朵压枝低。

留连[③]戏蝶时时舞，自在娇莺恰恰[④]啼。

注释：

①黄四娘：人名，杜甫住在成都草堂时，与其比邻而居。

②蹊（xī）：小路。

③留连：恋恋不舍。

④恰恰：象声词，形容鸟叫清脆悦耳。也说其为唐代的方言，意思是恰好。

赏析：

《江畔独步寻花》是杜甫悠居草堂，春日赏花时即兴即景而作的一组诗，合共七首，此为第六首。

全诗色调清新、遣词雅淡、造语轻俏，既描摹了灿烂春光，又描绘了妩媚春花，更表达了诗人爱花、惜花、钟春、爱春之情，小巧玲珑，言浅意深，很见别致。

首句，诗人起笔浅淡，以“黄四娘家”点明寻花之地，语言平实，以人名入味，颇见乡土恬然情趣；“蹊”摹花开放的具体之处；“满”则极言花之多、之繁、之密、之盛，为之后的赏花做引。

次句，顺承首句，“千朵万朵压枝低”是对“花满蹊”的生动描写。“千朵万朵”言花繁，应“满”，且成千上万，夸张中见真实，很富情趣；“压枝低”是千朵万朵同芳的自然情态展现，炼字极准，呼之欲出。

三句，诗人笔锋微微折转，由正写改为侧写，借“蝶”的“时时舞”，既赞了花的芬芳馥郁、明媚可爱，又表了蝶的流连不去，且蝶舞戏花的小景，虽是常见，却颇盎然，细细观之，油然便生几分闹春之意。再则，“留连”其实是一语双关，眷恋不去的不独是蝶，还有寻花赏花之人，由是，可见恋春惜花之意。

四句，工致清美，更富余韵。诗人兀自流连，沉醉美景难拔，突然被一阵莺啼惊醒，字里行间，多见悠然之趣。“娇”状莺之美、啼之清；“恰恰”摹声，加重语气；“自在”明绘莺之无忧无虑、自由自在，暗则含蓄地表现了诗人内心的欢愉畅达，语里藏真，俨然宗师风范。

惜栯李花

唐·白居易

树小花鲜妍，香繁条软弱。
高低二三尺，重叠千万[1]萼[2]。
朝艳蔼霏霏，夕凋纷漠漠。
辞枝朱粉细，覆地红绡薄。
由来好颜色，常苦易销铄。
不见莨荡花，狂风吹不落。

注释：

①千万：指多。

②萼：花瓣下部的一圈叶状绿色小片。

赏析：

乐天此诗，咏的是与众不同的桷李花。

首二句，开篇切题，以“鲜妍”“香繁”概言桷李花之姿容风貌、香氛神韵，挈领全诗，清新有致，炼字极精。

及后二句，是对首句的生发与具象描写。“高低二三尺”，以直白朴素的语言摹写桷李花树之姿，应“树小”；“重叠千万萼”，言花多花繁、丛密压枝之态，应“香繁”和“软弱”。此处“软弱”非贬义，而是对花繁枝不胜景致的生动描摹。

五、六句，诗人笔锋微微一折，以“朝艳”“夕凋”写了桷李花的娇芳易逝、美好难存。“蔼霏霏”“纷漠漠”对比鲜明，更见情挚。

七、八两句，应“纷漠漠”之语，摹花谢红残、落花覆地的凄美，一“细”一“薄”互文见意，别照凄凉。

尾四句，诗人借景抒情，叹桷李花“由来好颜色，常苦易销铄”，并以“狂风吹不落”的“莨荡花”与之作比，既赞“莨荡”之坚，又惋“桷李花”之弱、之落、之易逝，情由景生，颇见自然，且诗人言外还颇有若桷李能得莨荡之坚，岂不两全之慨。

当然，花语人语，总有托寄，莨荡花喻贫寒坚韧之士，桷李花则是有德有才、意志不坚之人的代言。两者各有所长，自有芬芳，无优劣之别，诗中也不见褒贬。不过，乐天出身仕宦之家，才高操清，却仕途不显，早见凋零，这里他说桷李，大概也有几分自况自惋之意在内，只是不太明显罢了。

念奴娇·闹红一舸

宋·姜夔

余客武陵。湖北宪治在焉：古城野水，乔木参天。余与二三友，日荡舟其间。薄荷花而饮，意象幽闲，不类人境。秋水且涸。荷叶出地寻丈，因列坐其下，上不见日。清风徐来，绿云自动。间于疏处，窥见游人画船，亦一乐也。揭来吴兴。数得相羊荷花中，又夜泛西湖，光景奇绝。故以此句写之。

闹红一舸，记来时，尝与鸳鸯为侣，三十六陂[①]人未到，水佩风裳无数。翠叶吹凉，玉容消酒，更洒菰蒲[②]雨。嫣然摇动，冷香飞上诗句。

日暮，青盖[③]亭亭，情人不见，争忍凌波去？只恐舞衣寒易落，愁人西风南浦[④]。高柳垂阴，老鱼吹浪，留我花间住。田田[⑤]多少，几回沙际归路。

注释：

①三十六陂：地名，位于今江苏省扬州市。在诗文中经常出现，指代湖泊多。

②菰蒲：水草。菰即茭白。

③青盖：特指荷叶。

④南浦：南面的水边，后常用来指送别之地。王勃《滕王阁序》：

“画栋朝飞南浦云，珠帘暮卷西山雨。”

⑤田田：形容莲叶十分茂盛。

赏析：

姜夔，字尧章，南宋词坛巨匠，其词多骚雅婉蓄、秀拔清空、出尘绝俗，佼佼者繁，《念奴娇·闹红一舸》为其一。

上阕，词人起笔隽秀，以“闹红”摹红荷盛放、接天映日之美；“一舸”独见清幽，且为及后之“人未到”做垫；“记来时”承上启下，引出泛舟荷塘之所闻所观；及后，以拟人的笔法，赋荷以美人之姿，“风裳”“玉容”“嫣然”“冷香”既见丰美之姿，又见清丽之韵，最是传神。

满塘秀色无边，荷香袅袅，沉醉总不知归，然，却终究要归。下阕，词人未言其他，只言归去。“日暮”之起，已见惆怅，“争忍”“只恐”更增无限愁绪，“西风南浦”皆应寒，“老鱼吹浪”兴风雨，伊却不管不顾，“留我花间住”，只是“我”终究是无法住的，所以，只能怀着满腔的眷恋归去，“几回沙际归路”。虽其中多数，皆出自想象，然虚实之间，原就相生相承，词人此笔，可谓空际传神。

另，此词虽咏荷，其中亦有托寄，荷高洁不染，词人爱荷喜荷，眷眷不愿去，实则也是在委婉地述说自身不甘同流、清高超尘之志趣。

赏牡丹

唐·王建

此花名价别[①]，开艳益皇都[②]。
香遍苓[③]菱死，红烧踯躅[④]枯。
软光笼细脉，妖色[⑤]暖鲜肤。
满蕊攒黄粉，含棱缕绛苏。

好和薰御服[6]，堪画入宫图。

晚态愁新妇，残妆望病夫。

教人知个数，留客赏斯须。

一夜轻风起，千金买亦无。

注释：

①名价别：（牡丹）声名和身价都有别于他花。北齐颜之推《颜氏家训·勉学》："有一俊士，自许史学，名价甚高。"

②皇都：国都，这里指长安。唐韩愈《早春呈张水部》诗："最是一年春好处，绝胜花柳满皇都。"

③苓：唐人认为是荷花。

④踯躅（zhí zhú）：指山踯躅，又名红踯躅、映山红、山石榴、杜鹃花。

⑤妖色：艳丽姿色。白居易《牡丹芳》诗："减却牡丹妖艳色。"

⑥御服：帝王用的衣服。

赏析：

古来咏花，春兰秋菊，各专胜场，最贵、最尊者，却唯牡丹。

牡丹真国色，花开动乾坤，历来引得无数文人雅士争相吟诵。王建的这首《赏牡丹》未言牡丹一地一时之态，而以变化的笔墨尽述其贵、美、盛、衰，语发浅近，大气情真，堪为佼佼。

诗起笔大气，开门见山，以"名价别"言牡丹之贵，以"益皇都"写牡丹花开之繁，虽略有夸张，却将其盛艳之态描摹得淋漓尽致。之后，用反衬的写法进一步说牡丹之美，苓菱是传说中的香草，却被牡丹的花香比得羞愧欲死；踯躅是颜色红艳的花，遇到牡丹的艳色却显得黯然失色几如枯萎。接着，诗人又以细致入微的笔墨，借比喻的手法，对牡丹的风姿做了生动的描摹，说它光软色妖、蕊攒黄粉，说它香可薰服、形可入画，雍容华贵，风姿天然，字里行间，皆是盛赞。

然而，就在这时，诗人却陡然转笔，掠过其凋萎的过程，由其盛直写其衰。以“晚态”“残妆”的拟人手法，尽述其凄，“愁新妇”“望病夫”极言其可怜，与前之盛艳相照，平添无尽感喟。是以，结尾处，诗人才慨言“一夜轻风起，千金买亦无”。纵花中称盛如牡丹，依旧难耐风雨，美好转瞬即逝，更遑论其他。在此，诗人既表了花需早赏、人当早器之意，又表了无尽的怜花、惜花、爱花之意，读来，很见隽永。

己亥杂诗（其五）

清·龚自珍

浩荡①离愁②白日斜，吟鞭③东指即天涯④。
落红⑤不是无情物，化作春泥更护花。

注释：

①浩荡：无限。

②离愁：离别京都的愁思。

③吟鞭：诗人的马鞭。

④天涯：指远离京都。

⑤落红：落花。

赏析：

龚自珍，字璱人，号定盦，清代著名文学家、思想家、诗人。《己亥杂诗》是其所作的一组杂诗，题材广泛、包罗万象，或叙或议、或咏或叹，述尽平生，合共315首，此诗为第5首。

诗是短诗，仅四句二十八字，描摹的不是盛放之娇花，而是零落之残红，却洗练生动、托寄遥深、入情入理、很见襟怀。

首句起笔大气，虽是言“离愁”，却以“浩荡”为饰，浑然磅礴，既状了愁之深广，又剔去愁之凄婉颓丧，别见洒脱。“白日斜”，既是夕阳西下，日暮黄昏景致的现实摹写，也是愁起之源，照应“离愁”，且白日堂皇，万千气象，也能从气度、格调上与“浩荡”相应。

次句“吟鞭东指”言策马东归、欢欣无限；“即天涯”却笔锋顿挫，言故乡仍遥遥无期：欢中见愁，虽也愁，愁中却多了两抹亮色。

西斜之日，在古诗中，常象征易逝之韶华，诗人辞官归故里，远离京师，既有离愁见诸笔端，又有脱去桎梏、闲适天然的欢情洋溢，可谓百感交杂；三、四句，诗人就是带着这种复杂的心绪，转笔应题，摹了与白日相应、自况己身的“落红”，且未言其伤、其怅，也未以其悲韶华、怨蹉跎，而是以落红成泥、春泥护花的联想抒了自身老骥扶新，愿为国、为家、为新一代再尽一份心力的拳拳之情，情真意挚，令人感喟。

赠荷花

唐·李商隐

世间花叶不相伦[①]，花入金盆叶作尘。
惟有绿荷[②]红菡萏[③]，卷舒开合任天真。
此花此叶常相映，翠减红衰[④]愁杀人。

注释：

①不相伦：不相比较。指世人都重视花，轻视叶子。

②绿荷：碧绿的荷叶。

③红菡萏：还未开放的红荷花。

④翠减红衰：翠者为叶，红者为花，翠减红衰是指花叶凋零。

赏析：

《赠荷花》是义山新婚燕尔之际题赠爱妻王晏媄的一首七言小诗，全诗造语清丽、婉约有致、天然出尘、语浅情深，虽是赞荷，实则是在摹夫妻恩爱之情。

开首二句，诗人笔锋落拓，先写了世间花叶“不相伦”的迥异命运，花入“金盆”，凭嫣红姹紫之姿被细心呵护，与之同生相伴的叶却只能零落成尘，相比之下，悬殊惊人，怎不令人感喟。

三、四两句，诗人未发怨恨叹惋之言，反而以“惟有”领起，写了“绿荷红菡萏”的与众不同。荷花荷叶，总是相映相得，“卷舒开合任天真”，风姿各具。此处，诗人赞荷，亦是赞人，荷花荷叶便若夫妻，花叶相得，喻的是夫妻之相知相许、琴瑟和谐。

五、六两句，诗人借物抒情，描述了对这段婚姻的美好希冀。花叶可共荣，夫妻当同甘；花叶能同衰，夫妻可共苦。哪怕“翠减红衰”青春不在，只要夫妻同心同德，亦无悔无憾。结句，诗人说“愁杀人”，愁的其实不是衰老，而是心离、是情变，寥寥三字，既隐述了担忧、希冀，又表了卿不离、我不弃的真心，可谓绝妙。

大林寺①桃花

唐·白居易

人间②四月芳菲尽，山寺桃花始盛开。

长恨③春归无觅处，不知转入此中来。

注释：

①大林寺：佛教圣地，在庐山大林峰。

②人间：指庐山下的平地村落。

③长恨：常常惋惜。

赏析：

《大林寺桃花》是一首七言记游诗，意境悠远、格调清新、遣词朴素、造语活泼、妙趣盎然，千百年来，常为人称颂。

首句“人间四月芳菲尽”，“人间”，原是红尘扰攘的凡俗之地，物候依稀，无甚特殊，以之应“山寺”，无形之间，便将山寺仿佛处于另一处世界的清悠超然展现出来；“四月”点明时令，“芳菲尽”述伤春惋春之情，欲扬先抑，为之后的见花而喜做铺垫。

次句“山寺桃花始盛开”，“山寺”应题，言明花开之地，“盛开”尽述桃花灼灼其华、夭夭盛放的美丽与风姿，“始”则道出了山寺见桃花的意外、惊喜与感动。四月孟夏，春芳早谢，却在山寺中见到了阳春时节才能见的桃花，那种惊喜，委实难以言喻。

绘景状花传惊喜之后，诗人语带欣然，转笔抒情，“长恨春归无觅处，不知转入此中来”，一笔提振，赋春光以灵性，立意新巧，构思精致，寥寥数语，便将以桃花为代表的山寺春景描绘得淋漓尽致，入木三分，诗人喜春、恋春、眷春的情感也随之跃然于外。细细读来，颇见妙趣。

咏槿

唐·李白

园花[1]笑芳年[2]，池草艳春色。
犹不如槿花，婵娟玉阶侧。
芬荣何夭促，零落在瞬息。
岂若琼树枝[3]，终岁长翕赩[4]。

注释：

①园花：泛指园中百花。

②芳年：美好的年岁，也指青春年少时。唐卢照邻《长安古意》诗："借问吹箫向紫烟，曾经学舞度芳年。"

③琼树枝：指名贵花木；玉树之枝。屈原《离骚》："溘吾游此春宫兮，折琼枝以继佩。"

④翕赩（xì）：光色盛貌。

赏析：

太白其人，一向诗书放诞，纵情于酒，钟情于诗，没什么吟花颂芳的逸兴，是以，他一生创作虽繁，咏花者却不多。由是，这首《咏槿》便愈显难得。

诗首联，落笔明旷，以"园花""池草"起兴，着眼"笑""艳"摹其盛荣与蓬勃。

颔联，诗人笔锋一转，直言不讳，说园花虽嫣红姹紫、池草虽萋萋芳艳丽，却"犹不如槿花"，字里行间，已见其对槿花之钟爱；而"婵娟玉阶侧”则是对槿花姿容妍态的正面摹写。“婵娟”拟人，表花容之清美；“玉阶侧”既摹花放之地，又写出了槿花的亭亭玉立，斐然传神。

颈联，顺承颔联，是对“犹不如”的具体阐述。槿花缘何胜园花、败池草？因它们“芬荣何夭促，零落在瞬息”，即便盛艳，也不过倏忽，生命太短暂，芳华太易逝，最易引怅惘。而槿花却不是。

所以，尾联，诗人以热情而炽烈的笔墨，对与众不同的槿花做了歌颂。“岂若琼树枝，终岁长翕赩”，槿花终岁长放，妍丽不逝，岂是其他花木能比呢？此处，诗人赞槿花，实则也是赞人，赞那些如槿花一般坚韧不屈、生命蓬勃、有才有德的人。

中秋月

宋·晏殊

十轮霜影转庭梧，此夕羁人①独向隅②。
未必素娥无怅恨，玉蟾③清冷桂花孤。

注释：

①羁人：旅人。

②隅：角落。

③玉蟾：月亮的别称。

赏析：

晏殊擅词，词遐天下，开婉约一派之先；也擅诗，诗风婉丽娴雅、多情韵致，常被称颂。

晏殊之诗，存世者不多，《中秋月》为其中一首。诗以咏月，却不着月，以无写有，借月抒愁，蔚然工巧。

首句“十轮霜影转庭梧”，摹了中秋月下，庭园幽处，梧桐映月，摇曳生寒之景。“霜影”绘月，既见孤清，也见冷肃，且以“十轮”相映，更见清寒；“转”，不独述出了月光月影、树姿树影之移，也摹了人的脚步变幻，为后句之“向隅”做垫。

次句“此夕羁人独向隅”，顺承前句，以月写人，更见孤凄。中秋月下，万家欢聚庆团圆，身处异乡之“羁人”，却只能孤步中庭，转而“向隅”，默默地将自己隐藏。为什么呢？大概是月下种种欢声触动了心中种种，不敢听，不敢见，也不愿听，不愿见吧。

三、四两句，诗人借“羁”着“月”，以虚笔，用喻拟人，即景抒怀。从人望月，写到了月望人。“未必素娥无怅恨，玉蟾清冷桂花孤”，看着人间欢聚种种，月中独对桂花、玉蟾，无亲朋爱侣相伴的嫦娥也难免惆怅、悔恨吧！

此处，诗人以月下人之孤，月中娥之恨，共表冀团圆之情。既冀而不得，孤意哀情自然更重，那种异乡异客之心，非自身感，委实难言难述。

立冬

唐・李白

冻笔新诗懒写，寒炉美酒时温。

醉看墨花月白，恍疑①雪满前村。

注释：

①恍疑：恍惚中怀疑。

赏析：

古时，立冬是极重要的节令，帝王会率群臣于此日设坛开祭，百姓也会以各种方式欢庆，而太白庆节，唯一的方式就是饮酒。小诗《立冬》便是他醉饮之后挥毫而成的。

首句“冻笔新诗懒写”，“冻笔”直言天寒，“懒写”则颇带几分慵懒闲逸的味道。不作新诗做何？饮酒吧。于是，次句，他说“寒炉美酒时温”。“寒炉”之“寒”，与“冻”相对，表天气，切诗题“立冬”；“美酒”既赞了酒之醇香，亦含蓄地描述出了诗人内心的欢愉；“时温”，切寒的同时，也描述出了诗人饮之酣，饮之长，频频温酒，自然不是只喝了一点、喝了一会儿。

三句“醉看墨花月白”，顺承前句之“美酒时温”，“月白”不仅是对冬宵皎月的现实描摹，亦表了时间线的不觉推移，饮酒太酣、太开怀，不知不觉，竟然已经入夜。醉眼看景，只觉墨渍如盛放的娇花，那一片泠泠月光，更恍然如雪，耀目生辉。是以，四句诗人才说“恍疑雪满前村”，“雪满”用喻，写出了月光之皎、之明，“前村”之幻，天马行空，独见大气。诗人的冬日闲情闲思、醉饮狂放之态，爱冬喜冬之情，至此，亦跃然纸上。

奉和咏风应魏王教

唐·虞世南

逐舞飘轻袖，传歌共绕梁[1]。
动枝生乱影，吹花送远香。

注释：

①绕梁：《列子·汤问》：“昔韩娥东之齐，匮粮，过雍门，鬻歌假

食。既去，而余音绕梁欐，三日不绝。”后遂以“绕梁”形容歌声高亢回旋，久久不息。

赏析：

虞伯施（虞世南字伯施）是唐代书法大家，深得羲之真传，擅书，也擅诗，其诗多婉缛密丽、工致柔和，《咏蝉》《出塞》《奉和咏风应魏王教》为其代表作。其中，《咏蝉》最清标，《出塞》最苍凉，《奉和咏风应魏王教》则最灵动温婉。

诗很简短，是一首应制小诗，唱和之作，无个人情感之外露，但琅琅读来，却也小巧玲珑、别见精致。

全诗四句，句句都在摹风，却又无一字着风，皆是侧写，又极逼真，从各个不同的角度形象地对风做了绘写。

首句“逐舞飘轻袖”是从视觉的角度摹风，写了微风怡荡、飘袖拂裳之态；次句“传歌共绕梁”则从听觉的角度摹风，写风送清歌、袅袅动人之情态，其中“传”字下得最是传神。另外，轻歌曼舞本身，也极尽欢乐之所能，联想诗作的背景，可知诗人彼时正在与魏王欢筵。

三、四句，诗人笔锋微宕，从筵上写到了筵外。

“动枝生乱影”，“动枝”言风动，“乱影”为影乱，既暗表天气晴好，又淋漓地描绘出了树影横斜、摇曳生姿的唯美，不仅使风更传神，亦让景更引人。

“吹花送远香”，落笔嗅觉，以风送花香、袅袅香传的自然情态，将无形的风具象，令其可嗅、可闻、可感，生动异常。

四句诗，四幅小影，不仅从动态的角度对风进行了描绘，而且应情和景，将欢筵的情形也写入其中。伯施之巧思，由此可见一斑。

墨梅[①]

元·王冕

吾家[②]洗砚池[③]头树，朵朵花开淡墨[④]痕。

不要人夸好颜色，只留清气满乾坤。

注释：

①墨梅：用水墨画的梅花。

②吾家：我家。王羲之和王冕都姓王，所以王冕认为王姓都是一家。

③洗砚池：化用了王羲之“临池学书，池水尽黑”的典故，指写字、画画后洗笔洗砚的池子。

④淡墨：在水墨画中，墨色分为清墨、淡墨、浓墨、焦墨四种，这里指的是盛开的梅花是淡淡的墨迹点化而成。

赏析：

《墨梅》是一首题画诗，是元代书画大家王冕题在其《墨梅图》上的诗，诗不绝艳，却独有几分生活化的冶趣。

首二句，“吾家洗砚池头树，朵朵花开淡墨痕”，落笔清浅淡雅，直言墨梅之丰姿妍态。“洗砚池”明言地点，暗则以羲之洗砚之典故，巧言池边梅树之雅，“洗砚池黑”，“梅花淡墨”，浓淡相宜相映，竟然别有一番清美姿态；“朵朵”为虚词，用以饰梅，极言梅之多与繁。

末二句，“不要人夸好颜色，只留清气满乾坤”，由表及里，盛赞墨梅之神清骨秀、高洁傲岸。“不要”与“只”形成连句，一否一肯，更突出了“留”的决心与“清”的可贵。墨梅，花开墨色，并不鲜艳明媚，没什么丽质天成，它也从未希求以色侍人、被夸奖、被赞美，而只是希望能以淡淡幽香清传天地。此处之梅，不独说的是画中梅、池边梅，亦是人中“梅”，是王冕自身处境与品格的一种写照。梅之述志，亦是人之述志，一“淡”一“满”，栩栩描绘出的不独是梅态，亦是人心。

王冕出身寒门，家境不丰，满腹经纶，才华横溢，却生不逢时，屡试不第，无缘入仕。他本人又个性孤高清洁，不愿折节谄媚权贵，生计维艰之时，唯卖画易米，以得温饱。“墨梅”于他，其实不过是一种本身情志的托寄，“清”之一语，既是摹梅、摹画，又何尝不是摹人，寥寥七字，便将人、梅、画浑然融为一体，不见斧凿，大家风采，由此可以稍窥。

梅花

南唐·李中

群木方憎雪，开花长[1]在先。
流莺与舞蝶，不见许因缘。

注释：

①长：一直。

赏析：

南唐诸子，李中之诗才，难称绝艳，但他爱诗成魔、嗜诗成痴，一生志于诗，时时吟咏，日夜推敲，字斟句酌间，自也不乏佳作。

《梅花》是李中所作名篇之一，咏物托志，小巧别样，语言清新，无缠绵之态，无妍丽之美。新颖的立意，曼妙的侧写，为全诗平添了三分妙趣。

诗虽写梅，却无一字言梅。开首二句，“群木方憎雪，开花长在先”，“方憎雪”点明物候，“长在先”摹出梅花开之早、之先，一个“长”字更画龙点睛，写出了梅花早放并非一时一地，而是经年如此，从未改变，寥寥一字，便将梅之凌寒傲霜、坚守执着之态描摹得入木三分。另，“群木憎雪”而“梅独先放”，两相对比，更将梅的不畏霜寒、傲雪凌尘之态绘得淋漓尽致。

三、四两句，“流莺与舞蝶，不见许因缘”，则顺承前两句，虽仍未写梅花之姿容香氛，却借对比与侧面烘托的方式，进一步对梅之高洁凌尘做了诠释。“流莺与舞蝶”均为“春”之物象，融融明媚、流丽轻盈，为“群木”所喜。而同样作为“木”之一员的梅却与“群木”不同，它无意“许因缘”于莺蝶，无意与“群木”共争春色，只愿在风雪凛冽的冬日，独自“先”放。此处，诗人虽未赞梅一字，但赞叹、欣赏之情却随诗句之婉转，油然而现。

另，咏梅多喻人，李中其人，年少才高，却一生仕途坎坷，为人清高，不合俗流，此处之梅，又何尝不是其自比？

幽居初夏

宋·陆游

湖山[①]胜处放翁[②]家，槐柳阴中野径斜。
水满有时观下鹭，草深无处不鸣蛙[③]。
箨龙[④]已过头番笋，木笔[⑤]犹开第一花。
叹息老来交旧尽，睡来谁共午瓯茶。

注释：

①湖山：湖水与山峦。

②放翁：作者陆游的字。

③鸣蛙：指蛙鸣，比喻喧闹的俗物。

④箨（tuò）龙：竹笋。

⑤木笔：木名，又名辛夷花。

赏析：

放翁一生，才情纵达，仕途不显，晚居山阴时，虽多闲适逸趣，心中未尝无壮志空怀之叹，《幽居初夏》便是他这番心绪在言语清幽处的自然映射。

诗首联首句以“湖山胜处”起笔，概言“幽居”之景，总领全诗，笔力张扬；次句“槐柳阴中野径斜”则隐阖微阑，以“槐柳阴”表初夏，以“槐柳”“野径”状其居、描其幽，很见工致。

颔联，从宽处、远处着笔，描摹的是湖光水景。水光潋滟、满而常盈，白鹭翩飞；芳草繁茂，深深可见，蛙鸣处处。其中，水澄澈，一望开阔，为横向之绘，鹭翔飞，为远处、纵处所见；“水满”在明，“草深”不见为暗，“下鹭”为见，“鸣蛙”为闻，鸣蛙之喧更映衬幽居之宁静。短短十余字，角度多般，参差交错，浑然如一，诗人笔力，由此显见。

颈联，从近处落墨，描绘的是山色幽情。“箨龙”“木笔”都是初夏景物，应题点题；“头番笋”“第一花”语言浅白，却引人遐想，笋张之后，定有新竹丛生；第一花放，自有无数花蕾含苞，个中种种，颇见动态蓬勃之美，言尽意未尽，也深得摹景之三味。

初夏景致如此宁静佳好，想来，幽居期间，诗人当是怡然自乐的。然而，尾联，诗人却出人意表，长发叹息，以“交旧尽”之述，“谁共茶”之问，发寂寞寥落之声，幽中见恨，读来，颇感怅然。

咏兰

南北朝·萧詧

折茎聊可佩，入室自成芳。

开花不竞节，含秀委①微霜。

注释：

①委：委身，委托。

赏析：

萧詧，字理孙，南北朝时西梁国君主，好文章，喜诗词，有诗多首传世，《咏兰》为其一。

诗是小诗，仅四句，五言成韵，未言兰之姿容妍态，却于朴拙简白的语言中自开几分风韵秀色。

首句，“折茎聊可佩”，源自屈原“纫秋兰以为佩”，既暗点兰为秋兰，又赞其嘉好，同时还含蓄地赞了兰的品格。

次句，“入室自成芳”，与首句一脉而承，盛赞其芳。言兰置室中，无须风吹，也能飘香，不仅赞了兰的香远，也赞了兰的香馥。

三、四句，“开花不竞节，含秀委微霜”，笔锋再度宕开，对首、次二句做了应和与深入阐释。花开馥郁、袅娜多姿，与群芳同，却又不愿节节拔高，与群芳相争，只愿含秀美之姿，绽于微霜的秋日，亦衰萎于秋日。此处，“委”之一字，既是谐音、通假，亦有委身、委托之意，一字多解，既歧且洽，用得极妙。

萧詧作此诗时，身处何境，已不可考，但以其生平而论，约莫应是在称臣西魏之后。此诗，既是在状物，亦是在明志，表明自身不争不竞之心，至于对谁表、为何表，前后种种，自见仁见智。以诗论诗，明其意理，亦无须穷究。

寒菊

宋·郑思肖

花开不并[①]百花丛，独立疏篱趣未穷。
宁可枝头抱香死[②]，何曾吹落北风[③]中。

注释：

①不并：不合、不靠在一起。

②抱香死：菊花凋谢后不落，在枝头枯萎，故有此言。

③北风：寒风，也指代元朝的残暴势力。

赏析：

《寒菊》是爱国诗人郑思肖在南宋沦亡后作的一首托物言志的七言咏物诗。

诗中句句写菊，亦句句摹人，将菊的形貌神韵与人的情怀品格自然绾合，字字相扣，前后相衔，结构谨严，造语铿锵。古今咏菊之诗无数，本诗堪为佼佼。

开首，诗人从菊之晚香迟放着笔，写菊迥异于“百花”之处，不在春日争妍夺芳，偏在秋日傲雪凌霜，“不并”二字，既有不和、不同、不与百花并列之意，又暗含三分睥睨“百花”之意，想来，对盛放春日之事，菊是极为不屑的。就如诗人，哪怕现实残酷、故国已经沦亡，但终其一生，哪怕境遇再如何艰难，也傲骨铮然，不愿意归顺北朝。

这种不屈与傲岸之意，在次句“独立疏篱趣未穷”中表现得更加强烈。“独立”照应了前句的“不并”，“疏篱”既描述了寒菊开放的环境，亦暗点了诗人贫寒清隐的现实处境，至于说“趣未穷”，不独指菊迎霜傲雪的自然之趣，也指诗人本身真淳自得、坚贞不渝的傲岸之趣，以无穷说趣，可见其性。

及后，诗人又借菊虽凋萎而无风不落枝头的自然特性，化用朱淑真“宁可抱香枝上老，不随黄叶舞秋风”之语，托菊言志、咏物寄情，表达了自己铮铮纯烈的爱国之志。其中，“抱香”“北风”一指凛凛爱国之忠义，一指北方蒙古之侵略，比兴明显；“宁可”“何曾”语落坚定、掷地铿然有声，读来，顿觉壮怀激烈，酌品，更见烈血真情。

赵昌寒菊

宋·苏轼

轻肌弱骨散幽葩[1]，更将金蕊泛流霞。
欲知却老延龄药，百草摧时始起花。

注释：

①葩：花。

赏析：

苏轼性豪放，趣多样，爱美食，爱山水，亦爱菊。他作过很多咏菊诗，《赵昌寒菊》虽然不是其中最绝艳的，却是其中最清雅、最韵致、最别出心裁的。

诗是短诗，仅四句，遣词柔隽、淑而清婉。首句“轻肌弱骨散幽葩”

从整体的角度，概言菊花之品貌，“轻”“弱”“幽”三字写尽了菊花和婉娟丽的情态，“肌”“骨”则有拟人之意，以人喻花，更见逼真生动。

次句“更将金蕊泛流霞”是对首句“幽葩”的顺承与进一步描绘。“金”状其色，言明菊为黄菊，以“金”耀之，炫其色彩，无形之中，便为菊平添几分明媚之态；“流霞”是形容、是比喻，也是一种对现实的描摹，饰之以菊，更见风标。

三、四两句，诗人笔锋宕开，从赞花容，改而颂花品，以“欲知却老延龄药，百草摧时始起花”，借百草与菊的对比及菊在秋霜凛冬之中依旧妍美、仿似青春永驻般的现实，对菊傲雪凌霜的品格进行了赞颂。字里行间，颇具几分“不是花中偏爱菊，此花开尽更无花”的意韵，细细咂摸，自能品出其中爱菊、惜菊之情致。

重阳后菊花二首（其一）

宋·范成大

寂寞东篱湿露华，依前金靥[①]照泥沙。
世情儿女无高韵，只看重阳一日花。

注释：

①金靥：字面意思是指金色的笑脸，其实是诗人的化用，实意是形容菊花，这一用法于宋朝尤为常见。

赏析：

公元1186年，范公致仕归乡，时逢重阳，睹节时节后赏菊之异态，深有所感，遂作此诗。

诗首句“寂寞东篱湿露华”，用拟人之法，以花比人，借“寂寞”摹写节后菊开无人赏的寥落情态；“东篱”是用典，即陶渊明爱菊赏菊之典故，以“东篱”代指菊花；“湿露华”绘的则是菊润清露、鲜妍可爱的姿容。一句之内，“寂寞”之情与“湿露华”之态的鲜明对照，倍添菊无人赏之憾惋意味。

次句，“依前”是对前句的另一重比照，“金靥”描摹的是菊蕊的明丽鲜艳，“照泥沙”则暗含伤叹之意。菊花还是以前的菊花，花开妍丽，从未改变，然而，重阳节后，这光彩照人的花却再也无人可照，唯有照泥沙，前后境遇，不异天壤。由是，诗人不由长发感慨，直言“世情儿女无高韵，只看重阳一日花”。借菊之事讥讽，言世人庸俗，没什么高雅的品位与情趣，只知附和，随波逐流，虽则在观花，其实根本就不解花、不懂赏花。对他们而言，菊花之好，只在重阳一日，是为节而观，不是因菊而赏，字里行间，流溢的其实是一种孤芳难合流、清趣无人解的叹惋无奈。读来，颇觉动容。

不第后赋菊

唐·黄巢

待到秋来九月八①，我花开后百花杀②。
冲天香阵透长安，满城尽带黄金甲。

注释：

①九月八：九月初九是重阳，人们要登高赏菊，这里为了押韵，才说“九月八”。

②杀：草木枯萎。

赏析：

英雄不独金戈里，笔下亦可赋妖娆。领导了唐末农民起义的黄巢，不仅是悍勇的，也是多才的。他粗通文墨，爱诗，也爱写诗。不过，他存世的诗并不多，仅3首。其中，咏菊者有二，最脍炙人口者，便是这首《不第后赋菊》。

全诗造语瑰丽、气势奇伟、意境磅礴、设喻独特，字里行间都盈溢着一种斗争的劲美。

首句，“待到秋来九月八”，起势不凡，极是凌厉，虽略显突兀，却以“待到”二字将赏菊的急迫之情刻画得淋漓尽致。九九重阳，赏菊赋诗，乃是旧俗，可刚刚九月八，诗人便已心痒难耐，可见何其爱菊。

次句，“我花开后百花杀”，上承首句，语虽浅淡朴拙，却颇有不俗之态，一个“后”字依时序将“我花”与“百花”相连亦相比照，既赞了菊之傲霜雪性，又表达了对“百花”的不屑与蔑视。

三句，不摹花态，改绘花香，“冲天”极言香之浓烈；“香阵”暗表菊非一朵，而是千千万，足以成阵，隐应“冲天”；“透”，为渗透，喻菊香远传、深入“长安”，形象而贴切。

末句，黄巢转笔，以设喻的方式对那带来“冲天香阵”的万千之菊做了状写与赞颂，赞它们为披甲之猛士，比起常见之篱菊、霜菊，黄巢披甲之菊，无疑更显英飒，且更增气魄。“满城尽带”言菊花之繁、之盛、之多、之无处不在；“黄金甲”则以瑰丽浪漫的语言摹花色、状花势，起意雄浑，扑面铿锵。

当然，咏菊多咏人，黄巢之菊也有象征之意，不过却脱出了菊慕清高孤隐的窠臼，以菊象征革命的民众、起义的猛士，“满城”之盛烈，不独是在言菊，其实也是黄巢对起义胜利、推翻李唐王朝、建立新秩序之景象的一种想望。

题菊花

唐·黄巢

飒飒西风满院栽，蕊寒香冷蝶难来。

他年我若为青帝①，报与桃花一处开。

注释：

①青帝：司春之神。古代传说中的五天帝之一，主要行春天时令。

赏析：

《题菊花》是唐末农民起义领袖黄巢所作的另一首咏菊抒怀诗。

全诗立意新颖，不落窠臼，格调宏大，言语隽丽，比兴寄意，抒情强烈，虽咏的是常咏之菊，却匠心巧运，别有一番见地。

首句“飒飒西风满院栽”，以“西风”点明时令为秋，“栽”直赞菊之挺拔劲节，“满院”之“满”，更另辟蹊径，一改前人咏菊必咏其迎霜傲雪、孤高清傲的窠臼，将菊化作了一种常见的、大众化的、“院”中多见、处处皆是的物象。

事实上，于诗人而言，“菊”也的确是极常见的，因为，它象征的是社会底层、遭遇了种种不平与苦难，却仍坚强不屈的劳苦大众。诗人虽出身盐商世家，但对底层大众却充满了最深切的同情，所以，才会在次句直言“蕊寒香冷蝶难来”。“寒”“冷”“难”三字连叠，激愤不平之意，虽未明言，却已显见。“蝶难来”不过是因“寒”“冷”，若菊不盛于秋，而绽于春，想来，定然也会为蜂蝶所追逐吧。

三、四两句，上承前句，借菊的生不逢春，展开了一系列浪漫、瑰丽、奇幻的想象。“他年我若为青帝，报与桃花一处开”，如果有一天，我成为执掌春日的神，一定要让菊花和桃花一样，在融融春光中尽情绽放。“他年”之语，以虚言实，虽则是想象，却暗表了诗人改天换日、推翻腐朽旧政权的宏大理想；“报与”一句，豪放而蕴藉，表现的是一种人人平等的朴素人权观念，“桃花”与“菊花”都是花卉，为何不能一同开放？细细品读，诗中托物比兴之意俨然，花与人，人与花，自然浑融，形神相合，颇见襟怀与奇趣。

野菊

宋·杨万里

未与骚人当糗①粮，况随流俗作重阳。
政缘②在野有幽色，肯为无人减妙香。
已晚相逢半山碧，便忙也折一枝黄。
花应冷笑东篱族③，犹向陶翁觅宠光。

注释：

①糗：炒熟的米、麦等谷物。

②政缘：正因为。

③东篱族：篱边人种的菊花。

赏析：

《野菊》是南宋著名诗人杨万里所作的一首七言律诗。全诗立意新颖、对仗工整、结构巧致、寓情于景、别有幽趣。放眼古今咏菊之诗，诚斋此作，新意如斯者，不过寥寥。

首联，诗人落笔显志，用“未与”“况随”先为野菊张目。野菊生在山野之间，餐霜饮露，率性自适，它不追求文人骚客的赏识，更不愿意沦为重阳节为俗人助兴的玩物，与家菊、篱菊、园菊迥然而异。

为什么会这样呢？颔联，诗人道出了缘由。“政缘在野有幽色，肯为无人减妙香。”正因为僻长山野之中，性近天然，所以，才更加清幽宁远，浅淡率然；“肯为”之间，实际上是以疑代否，表示不肯。随性脱俗的野菊，自然不会因为无人赏玩而自易其香。

颈联，诗人一脉顺下，巧用对偶、借代等多种修辞，为野菊裁出了一幅生动逼真的小影。“半山碧”“一枝黄”不独对偶，而且，从着色的角度上来说，还互相映衬，以万顷之碧衬一枝之黄，既显谐和，又能凸显黄的清幽雅淡。“相逢”“便忙”动作的衔续，更在不觉之间将诗人对野菊的喜爱之情诉诸笔下。

由是，尾联，诗人转笔抒情，“花应冷笑东篱族，犹向陶翁觅宠光”，另辟蹊径，在借用“采菊东篱下”之典故时，却反用其意，以篱菊代指献媚邀宠之辈，野菊指代率性不羁之人，从而借野言事，表了自身狂放自由、洒脱随性的性情与志趣。

当涂赵炎[①]少府[②]粉图[③]山水歌

唐·李白

峨眉高出西极[④]天，罗浮直与南溟连。
名公绎思[⑤]挥彩笔，驱山走海置眼前。
满堂空翠如可扫，赤城[⑥]霞气苍梧烟。
洞庭潇湘意渺绵，三江七泽情洄沿。
惊涛汹涌向何处，孤舟一去迷归年。
征帆不动亦不旋，飘如随风落天边。
心摇目断兴难尽，几时可到三山[⑦]巅。

西峰峥嵘喷流泉，横石蹙水波潺湲。

东崖合沓蔽轻雾，深林杂树空芊绵。

此中冥昧失昼夜，隐几寂听无鸣蝉。

长松之下列羽客，对坐不语南昌仙⑧。

南昌仙人赵夫子，妙年历落青云士。

讼庭无事罗众宾，杳然如在丹青里。

五色粉图安足珍，真仙可以全吾身。

若待功成拂衣去，武陵桃花笑杀人。

注释：

①赵炎：李白的朋友。

②少府：县尉的别称。

③粉图：在粉墙上画的图。

④西极：西方极远之处。

⑤绎思：推究思考。

⑥赤城：山名，在浙江天台县。李白在《梦游天姥吟留别》中有“势拔五岳掩赤城”一句。

⑦三山：蓬莱、瀛洲、方丈。

⑧南昌仙：西汉时南昌尉梅福。据《水经注》记载：汉成帝时，梅福为南昌县尉，后舍妻子去九江，传云得仙。这里借以美称赵炎。

赏析：

太白一支诗笔写江山，常以瑰丽震心寰。风雨数十年，所作逾千言，然，其中题画诗却极少，如《当涂赵炎少府粉图山水歌》这般寓情于景、意境阔远、大气磅礴的题画诗就更少之又少。

诗首八句，着眼全局，以广角入镜，对赵炎所绘粉图山水做了整体的描绘。“绎思”为“挥彩笔”之因，“驱山走海置眼前”为“挥彩笔”之效，余者峨眉高远、罗浮灵秀、空翠满堂、赤城烟霞、洞庭渺绵、三江情洄都是“驱山走海”、搜罗天下山水于一图的具体形象，琅琅读来，顿觉壮观磅礴、气象万千。

及后六句，诗人视角微转，由远及近，为漫漫“惊涛”中的征帆孤舟做了一组生动的特写。以“不动”见动，“向何处”之问，有放任自流之宕拓，也微微见了迷茫，景语中有人语，隐见托寄，及至“心摇目断”，此“兴”难尽，那以画为真的情态已恍惚眼前。

自“西峰”句始，又六句，视角再次被拉伸、推远，诗人笔锋转折，对画中山水做了细部描摹。“西峰”飞瀑流泉、绿水潆洄，“东崖”巉岩堆叠、云树苍苍，“听无鸣蝉”寓空山辽阔。另，以“无”表“有”，以无声显有声，亦颇见妙趣。

最后，“长松”下十句，既写了画中松下神仙客，又将画者比作人间南昌仙，以画为真，极赞画之传神及画者之技艺高妙，并从“杳然如在丹青里”生发出无限联想，慨然而抒“若待功成拂衣去，武陵桃花笑杀人”之早隐早归之情。寥寥数笔，不仅寄情，更将粉图山水的艺术渲染力烘托到了极致。

问刘十九[1]

唐·白居易

绿蚁[2]新醅[3]酒，红泥小火炉。
晚来天欲雪，能饮一杯无？

注释：

①刘十九：刘二十八指刘禹锡，刘十九指他的堂兄刘禹铜，是洛阳的富商，和白居易经常有往来。

②绿蚁：新酿的米酒还没有过滤，上面有绿色的泡沫，就是“绿蚁”。

③醅（pēi）：酿造。

赏析：

乐天之诗，大多平明，一悲吟一事，一喜道一物，浅近和谐，明白如话。《问刘十九》是乐天任职江州时，冬晚思人、邀友对饮之作，全诗节律明快、活泼怡畅、热情洋溢，温馨中萦着炽烈，颇富生活气息。

诗首二句，构思新巧，以妙笔勾勒出了一幅温馨暖融的农家冬日生活景致。酒是“新醅”，尚未过滤，微微泛着细小的酒沫，沫呈浅碧，“绿蚁”既描摹了酒色，亦暗点酒状，很是传神，引人遐想。“红泥小火炉”，以“红”渲染色彩，映前句之“绿”。“火”赋炭火以动态，读之，恍惚有熊熊烈焰跃动眼前，既觉温暖，又感豁亮，且“火炉”已生，也昭示着时为寒冬，天气冷寒。

新醅酒，小火炉，酒醇香，炉温暖，如是环境，围炉对饮自是人生乐事。于是，末二句，诗人举杯邀饮。“晚来天欲雪”，是邀的大背景，与围炉新酒的小背景应和，很见妙趣。“晚来”点明时间，言暮色苍茫，“欲雪”昭示天暗，欲雪而未雪，也隐有邀友人一同围炉赏雪、把酒言欢之意。之后，诗人顺势，以极口语化的“能饮一杯无”相邀，既见情趣，又见熟稔，同时，全诗到此戛然收束，也颇有些余韵无穷之感。友人来了吗？雪下了吗？二人可曾围炉对饮？诗人未曾言，也无意言，读者尽可自行浮想。

夜雪

唐·白居易

已讶①衾枕②冷，复见窗户明。
夜深知雪重，时闻折竹声③。

注释：

①讶：吃惊，惊讶。

②衾枕：被子和枕头。

③折竹声：竹子被雪压断的声音。

赏析：

公元816年，乐天因事被谪，远赴江州。其年，冬夜见雪，有感而作此诗。全诗意境淡雅、构架新颖、遣词朴素、造语平明，一波三折，曲屈见真，委实可圈可点。

诗首句，未摹雪色，不写雪形，却别出心裁，借“已讶衾枕冷”侧写雪落无声、雪落凝寒，同时，点出时当入夜，应诗题“夜雪”。衾枕既冷，言外之意，是已经合衾枕而卧，表明是夜晚；“讶冷”，说明冷的出其不意，说明之前是不冷的，为何如此？雪初落时，虽然温度也会有所变化，但变化很微小，只有雪下得时间长了、久了，温度降得多了，人才会有骤冷的感觉，下了这么久的雪，人却不知，可见其无声。诗人炼字之高妙，一句可见。

次句，为“讶冷”后所见，夜已深，窗外本应一片漆黑，却着一“明”字，可见积雪已厚，窗外一片莹白，乃雪的反光。

三、四句，诗人转笔，直言“雪重”。缘何而知？除了衾枕之冷、窗外之明，还有“折竹”之声“时闻”。竹之折，为大雪覆压所致，可见雪重，且折声不是偶尔，而是时闻，可见雪仍在下，且下得很大很大。

纵览全诗，无一句正面摹雪，却又从触觉、视觉、听觉三个方面将夜雪描摹得淋漓尽致，大家笔力，可见一斑。

江雪

唐·柳宗元

千山鸟飞绝①，万径②人踪灭。
孤舟蓑笠③翁，独钓寒江雪。

注释：

①绝：没有。

②万径：虚指，千万条路。

③蓑笠：蓑衣和斗笠。

赏析：

《江雪》是河东被贬永州、满心幽愤时所作的一首五言咏物小诗。全诗意象简明、意境清冷，遣词隽永、入情入味，历来为人称颂。

诗首二句“千山鸟飞绝，万径人踪灭”，起笔凄寂，寥寥10字，便勾勒出了一幅天地银装、栖鸟不飞、人踪不见、苍茫辽远的江天雪景图。其中“千山”“万径”以虚写实，淋漓地描述出四野尽雪、一派苍茫的景象；“鸟飞绝”“人踪灭”，极言环境之幽僻清寂，两者相合，为及后的孤舟垂钓做了最完美的背景铺垫。

末二句“孤舟蓑笠翁，独钓寒江雪”，着“寒江雪”三字，点睛入味。天地皆苍茫，放眼尽银装，辽阔无边，在这样的辽阔中，垂纶江上的渔翁自然是不显眼的，所以，诗人下了“孤”“独”二字，应以“千山”“万径”，使之更显渺微。然而，这样的渺微，却并没有将渔翁的形象弱化，反而更凸显了他的清冷、孤傲，让渔翁独钓的画面更生动、更丰满、更具感染力。此处，“寒江雪”三字正面破题，应诗题“江雪”，而“寒”字最妙，既摹出了雪天的清冷、酷寒，又一语双关，将诗人用以自况的“蓑笠翁”孤独、清高的内心世界写活了。诗至此处，再从头细品，方觉豁然，韵味无穷。

沁园春·雪

近现代·毛泽东

北国风光，千里冰封，万里雪飘。
望长城内外，惟余[①]莽莽[②]；
大河上下[③]，顿失滔滔。
山舞银蛇，原[④]驰蜡象[⑤]，欲与天公试比高。
须晴日，看红装[⑥]素裹，分外妖娆。

江山如此多娇，引无数英雄竞折腰。
惜秦皇汉武[⑦]，略输文采；
唐宗宋祖[⑧]，稍逊风骚。
一代天骄，成吉思汗，只识弯弓射大雕[⑨]
俱往矣，数风流人物，还看今朝。

注释：

①余：剩下。

②莽莽：无边无际。

③大河上下：整条黄河。大河，指黄河。

④原：秦晋高原。

⑤蜡象：白色的象。

⑥红装：原指女性的艳装，这里指红日给大地披上红装。

⑦秦皇汉武：秦始皇嬴政和汉武帝刘彻。

⑧唐宗宋祖：唐太宗李世民和宋太祖赵匡胤。

⑨只识弯弓射大雕：雕是一种善飞的猛禽，古代用“射雕手”来比喻射术高强的人。“只识弯弓射大雕”是说只以武功见长。

赏析：

一千人笔下有一千种雪，一千种雪中蕴含着一千个世界。古人咏雪多清傲，今人咏雪赞磅礴，毛主席的《沁园春·雪》更别见几分辽阔雄壮、豪情万丈。

词上阕以“千里冰封，万里雪飘”概写“北国风光”，挈领全篇。“千里”“万里”非实指，但虚中应实，气魄宏伟；“冰封”摹静态，“雪飘”为动态，动静相成，很见韵味；及后，词人以“望”字为引，对北国壮丽雪景做了有条不紊、生动形象的描绘，裁取了“长城”“大河”“山”“原”四组极具代表性的物象，磅礴大气，见情见真；且“惟余莽莽”应“雪飘”，“顿失滔滔”照“冰封”，“舞”“驰”赋“山”“原”以性灵，盎然浪漫、雄浑奇伟，令人迷醉；“比高”“天公”之言，更显豪情万丈；阕尾“须晴日”“分外妖娆”，更以拟人之姿，摹红日白雪之辉，溢美之意明显。

下阕，词人以“江山如此多娇”承上，“引无数英雄竞折腰”自然启下，即景抒情，浑然不见斧凿。及后，词人着一“惜”字，对古来“英雄”做了极中肯的评价。“秦皇汉武”“唐宗宋祖”“成吉思汗”皆是一代雄主，但词人评之点之，却不言赞叹，只言惋惜，足见其胸中凌云，且，“惜”中多少都有些睥睨之态。是以，最后，词人才以“俱往矣”点睛，慨言“数风流人物，还看今朝”，字里行间，大气纵横，其昂扬的自信，凌云的抱负，超越历史、改变世界的豪情，自此油然而现，其情其志，壮哉，伟哉，令人赞叹！

白雪歌送武判官[1]归京

唐·岑参

北风卷地白草[2]折，胡天八月即飞雪。
忽如一夜春风来，千树万树梨花开。
散入珠帘湿罗幕[3]，狐裘不暖锦衾薄。
将军角弓[4]不得控[5]，都护[6]铁衣冷难着。
瀚海阑干百丈冰，愁云惨淡万里凝。
中军[7]置酒饮归客，胡琴琵琶与羌笛。
纷纷暮雪下辕门，风掣红旗冻不翻。
轮台[8]东门送君去，去时雪满天山路。
山回路转不见君，雪上空留马行处。

注释：

①判官：官职名。唐代节度使等由朝廷派出的持节大使，可以委任幕僚协助自己处理公事，称为判官。

②白草：西域的一种牧草，秋天变成白色。

③罗幕：用丝织品做成的帐幕。这里用来形容帐幕十分华美。

④角弓：两端装饰着兽角的硬弓。

⑤控：拉开。

⑥都护：镇守边镇的长官，这里是泛指，与前一句的“将军”是互文。

⑦中军：称主将或指挥部。

⑧轮台：唐轮台在今新疆维吾尔自治区米泉县境内，与汉轮台不同。

赏析：

岑参，闻名一时，为唐朝最著名的边塞诗人，其诗多瑰丽奇伟、壮丽豪迈、浪漫奔放，《白雪歌送武判官归京》为其脍炙人口的经典之作。

全诗意境疏阔、遣词明朗、音律谐和、缓急有致、意象错综、跌宕生姿、矫健之中见温情，读来，颇觉奇丽。

诗开首二句起势奇崛，笔未落，已见磅礴，以风见雪，以“白草”之“折”摹风猛，以“八月即飞雪”道奇，很是不凡。

及后，诗人转笔，以浪漫优美的笔调，对“胡地”雪景做了具体的描绘。三、四两句，以“忽如”写雪之突降，既状了边塞气候之无常，又述了见雪的惊喜；“一夜春风”应“梨花”，以春景来状冬景，以梨花来喻雪花，匠心独运；“千树万树”语，琳琅有致，貌似重叠，却将雪覆冬林、如梨花盛绽的繁丽场景描摹得入木三分。

妙笔绘雪后，诗人笔锋微折，以“散入”错墨，从感觉的角度，借帘幕湿、裘冷衾薄、角弓难控、铁衣寒彻，形象地描绘出了边塞之寒及将士生活的苦、内心的坚。

如是之后，诗人以瑰丽磅礴的笔墨，又状了一幅“阑干百丈”“愁云万里”的沙塞雪景，虽极夸张，却为之后的送别营造了最辽远壮阔的背景。之后，自然而然，诗便转入了送别的环节。从中军置酒、欢歌筵舞的饯别，到暮雪纷纷中、轮台相送的依依，落墨虽不多，图景却鲜明。尤其是朔风中红旗因冻而不翻的细节，让整个画面变得愈发生动，待写到最后峰回路转，人去蹄空留，那般未尽之语，如此奇丽之结，既见深情，又见留白，更令人油然动容。千古名篇，果非虚传。

逢①雪宿②芙蓉山③主人

唐·刘长卿

日暮苍山远④，天寒白屋⑤贫。
柴门闻犬吠，风雪夜归人。

注释：

①逢：遇上。

②宿：投宿；借宿。

③芙蓉山：此处可能指湖南桂阳或宁乡的芙蓉山。

④苍山远：在暮色中，青色影影绰绰，似乎很远。苍，青色。

⑤白屋：没有修饰的茅草房，这里形容主人家境不富裕。

赏析：

刘长卿，字文房，因官终随州刺史，世人皆称其为刘随州，唐代遐迩闻名的诗人之一。《逢雪宿芙蓉山主人》是其传世名篇，为长卿受诬被贬之后所作。

全诗共四句，短小精悍，用语凝练，意境幽远，颇是不俗。

诗首句“日暮苍山远”为途中遇雪、投宿芙蓉山后遥望所见。“日暮”言明时间的同时亦勾勒出一派苍茫渺远的背景，“远”为辽远，“苍山”为所见，以“苍”应“白”，很见逸趣，另外也暗表一路风雪跋涉的艰难。在借宿之前，诗人或许便在那已望之渺远的苍山之中艰难前行了许久也说不定。

次句“天寒白屋贫”，“寒”“白”既照应了诗题“逢雪”，又遥应末句“风雪”，同时，还有几分寄意清白之意，下笔极为锤炼。“贫”既表屋舍简陋，与“柴门”相衬，又暗含山中茫茫、茅舍人家稀少之语，婉蓄地写了得以借宿的不易、欢欣及对主人家的感激。

三、四两句，诗人转笔，从自身之宿，写到了风雪人归。“柴门闻犬吠”着笔于听觉，犬吠之声，衬了白屋之静，亦引出了归人。“风雪夜归人”非诗人目见，而是由闻而思，柴犬吠叫，大约是有人披风戴雪归来了，至于这人是谁，诗人没说，人归之后的种种，诗人也没说，全诗到此戛然而止，所留余白、所托情感，任由后人揣度评说。

对 雪

唐・杜甫

战哭[1]多新鬼[2]，愁吟独老翁。
乱云低薄暮，急雪舞回风。
瓢弃尊[3]无绿[4]，炉存火似红。
数州消息断，愁坐正书空[5]。

注释：

①战哭：在战场上哭泣的士兵。

②新鬼：刚死的士兵的鬼魂。

③尊：即“樽”，盛酒的器具。

④绿：用酒的绿色来代替酒。

⑤书空：用手在空中写字。唐李公佐《谢小娥传》：“余遂请齐公书于纸。乃凭槛书空，凝思默虑。”

赏析：

《对雪》是杜工部身陷长安、困居愁城、凄然对雪、泪落沾巾时所作的一首五言律诗。

诗首联落墨极是苍凉沉郁，“战”写的是安史之乱时官军与叛军的陈陶之战；“哭”述死别之哀凉悲痛；“多”言官军伤亡格外惨重；“新鬼”点明局势，官军败亡，长安沦陷，包括诗人在内的无数人被叛军羁押，坐困城中，不知命运，怎能不愁？是以，次句诗人表了“老翁”之“愁吟”，但却为这“愁”添了“独”的注脚，是其他人不愁吗？显然不是，由此，可见当时局势之险恶，反添愁绪。

颔联，诗人转笔，不再写愁，改而摹雪。首句写天欲雪，“乱云”

“薄暮”皆是极凄况的物象，“低”字更见云覆天暗之态，无须多言，已觉沉重；次句，写落雪，“急”道出了雪之漫漫纷扬、倏忽而至，“回风”则写出了当时的风雪交加，可见环境之恶劣。

颈联，诗人之笔，脱出雪形雪态，绘了雪中“人”的处境。瓢已弃，樽无酒，炉内有火，不过余烬，“似红”，实则不红，极言炉火之微，侧写风雪带来的酷寒。初读似与雪无关，细品却句句关雪，只是对雪唯愁，难见雅逸。

尾联，结束得戛然，亦结束得愁苦。“消息”已断，国土沦丧，亲朋故旧不知怎样，国家社稷正着风雨，自身亦命运不定，如是这般，又逢风雪，诗人积郁的愁绪之深，可以想见。然，所有的愁，不过都是空愁，于国于家、于人于己，全无意义。末句一个“空”字，下得悲郁，无须舒展开来，诗人之无奈寥落、悲愁忧苦便早赫然于目、真切可感。

终南[1]望余雪[2]

唐·祖咏

终南阴岭[3]秀，积雪浮云端。
林表[4]明霁[5]色，城中增暮寒。

注释：

①终南：山名，在今陕西西安南部。

②余雪：还没有融化的雪。《全唐诗》此诗题下有小字注：“有司试此题，咏赋四句即纳，或诘之，曰‘意尽’。”

③阴岭：北面的山岭，背着太阳，所以说“阴”。

④林表：林梢。

⑤霁：雨雪后天气转晴。

赏析：

祖咏世出寒门，少年才高，颇富文名，与摩诘交厚，可惜，一生落拓，仕途失意，唯寄意山林、以求旷达。他擅诗，诗多隐逸清隽，格丽工致，《终南望余雪》为其咏雪名篇。

首句“终南阴岭秀”，开篇破题，“终南”点出遥望之地，应诗题；“秀”为终南之望的总体印象；“阴”最切“岭”，也最切雪，下得精准。终南山在长安之南，此诗是诗人于长安应试时所作，由长安望终南，所见自是其北岭，而山北为阴，是以切一“阴”字。

次句“积雪浮云端”，是终南之望的具体景象：“积雪”既应题，又应阴；“云端”不独摹出了雪与云的交辉，也写出了终南的山高凌云；“浮”之一字，更将整幅画面带得盎然而生动。

三句“林表明霁色”，“林表”承首句之“阴岭”，“明”应“暮”，虽未见夕阳，却写出了夕阳徐落、山林洒金的壮美；“霁”表雪后初晴，为终南余雪再添亮色。

四句，诗人转笔，不再摹“终南望”之所见，改绘其感，视线也从终南回归长安城中。下雪不冷化雪冷，时为雪后，更值日暮，寒上加寒，自是极寒了。

当然，诗人诗中所言之“寒”，所见之“余雪”，凌云之山岭，多半都有托寄之意。所托何意，解诗者莫衷一是，不过见仁见智。

春雪

唐·韩愈

新年[①]都未有芳华[②]，二月初惊见草芽。

白雪却嫌[③]春色晚，故穿庭树作飞花。

注释：

①新年：指农历正月初一。

②芳华：芳香的花朵。

③嫌：嫌怨；怨恨。

赏析：

《春雪》是唐代文学家、诗人韩愈任职京都时闲赋的一首咏雪小诗，全诗立意新巧，匠心独运，工丽奇景，颇见风采。

首二句起笔扬抑，“新年都未有芳华”为抑，抒的是对春迟的不满，是盼春来的焦急迫切；“二月初惊见草芽”为扬，“初”应前句之“未”，隐有遗憾，“惊”是“见草芽”后的情感抒泄，表惊喜。两句相辅相成，跌宕起伏，很是佳妙。

末二句，诗人笔下再现波澜，从人之盼春写到了雪之盼春，人能容春晚，雪却不能，急盼而不得，于是，性急的雪便自己营造了一派盎然春色、绽了无数芳华。在此，诗人以拟人的笔法，赋雪以性灵，将雪落琼枝、穿庭作花、飞扬飘洒的姿态描摹得形神兼备、惟妙惟肖，“飞花”之“飞”更以静为动，将初春落雪的冷寂渲染成了一派“白花盛绽”的仲春喧闹，可谓妙笔生花。

另外，新年不绽花，二月草露芽，春迟如是，最主要的原因，还是春日这一场浩荡大雪。然而，诗人却不这么看，反而以因为果，用“却嫌”“故穿”为雪张目，读来，既见巧思，又觉妙趣。

除夜雪

宋·陆游

北风吹雪四更初，嘉①瑞②天教③及岁除。

半盏屠苏④犹未举，灯前小草写桃符⑤。

注释：

①嘉：好。

②瑞：指瑞雪。

③天教：天赐。

④屠苏：古代的一种酒，通常在农历的正月初一喝。

⑤桃符：古代人在辞旧迎新的时候，会在两块桃木板上分别写上“神荼”“郁垒”两位神仙的名字，或者在纸上把这两位神仙的图像画出来，挂在大门上，用于辟邪。

赏析：

印象中的雪，从来都是清冷的，孤独的，莹洁的，飞扬的，似乎，它天生就该与冰寒肃杀配对，与松柏梅竹成伍，但其实，雪也可以是温暖的、欢快的、多情的、洋溢的，就像放翁笔下的《除夜雪》。

诗以《除夜雪》为题，但着于雪上的笔墨其实很少，诗人也没具体对雪的姿容、形态、神韵做描摹。首句“北风吹雪四更初”起的更极平淡，看不出什么出彩之处，但与次句“嘉瑞天教及岁除”一照，就像发生了化学反应一般，瞬间变平凡为惊艳，将除夕之夜、瑞雪天降的惊喜、温暖、欣然描绘了个淋漓尽致。

及后“半盏屠苏犹未举，灯前小草写桃符”，貌似与雪无关，却皆是在雪的纷扬与映衬中展开，“半盏屠苏”虽未饮，但畅饮之意跃然，为何畅饮？不独是因习俗，更因象征着吉祥、和瑞的白雪啊。迫不及待地“写桃符”，是为迎新，是应年俗，同样，也是为了沾那瑞雪的福气啊。

诗至此而结，对新年的红火热闹未着一字，对雪中雪后的情景未做一言，然而，借诗句，我们却不难想象出那瑞雪映红灯、爆竹歌飞雪的温暖欢快情形。所谓语尽情不尽，留韵总无穷，想来，便是如此吧。

山中雪后

清·郑板桥

晨起开门雪满山，雪晴云淡日光寒。

檐[1]流未滴梅花冻，一种清孤[2]不等闲[3]。

注释：

①檐：屋檐。

②清孤：凄清孤独。

③等闲：平常，一般。

赏析：

郑板桥在名显之前，生活极是贫寒落拓，一生遭际坎坷、多逢艰难，即便他性再放达，胸中也难免凄凉感愤，《山中雪后》一诗便是他山居见雪、触景生情后所作。

诗首句挈领，“晨起”表明时间；“雪满山”为所见，言雪之大，为概写；“开门”既是见雪的前序，又隐约道明雪到之倏忽、诗人之错愕。

二、三两句，为首句的生发具绘。

二句“雪晴云淡日光寒”，摹远景。“晴”含蕴地表明雪已停，“云淡”“日寒”摹出了雪后日光之醺、流云之淡，无形之中便营造了一种凄冷肃杀的氛围，且“淡”“寒”与后句之“清孤”也有相应之意。

三句“檐流未滴梅花冻”，摹近景。檐下水滴成冰、冰溜高挂；院中，最凌寒的梅也被冻住，尚未绽放。可见，雪后初晨，虽是晴日，却依旧天寒地冻、酷寒难耐。

四句“一种清孤不等闲”，承前景，以抒怀为结。“清孤”一语，不独是说雪，说雪中之梅，实则也是在说自己，是自身品性、境遇、志趣的一种折射，入情不显，也失之平浅，但读来却极有味道。

雪望

清·洪昇

寒色孤村暮，悲风四野闻。
溪深难受雪，山冻不流云。
鸥鹭①飞难辨，沙汀望莫分。
野桥梅几树，并是白纷纷。

注释：

①鸥鹭：沙鸥和鹭鸶。

赏析：

洪昇，字昉思，号稗畦，清代戏剧家、诗人，既擅曲，也工诗。其诗多纪游吟咏、绘景状物之作，少忧思，乏凌云，格调虽不高，却胜在真淳质朴、清丽无瑕、不事斧凿。《雪望》为其代表作。

首联，诗人落墨于“寒”，以颇凄凉的笔法摹了一幅山村深雪图。“寒色”既是暮色，又是雪色、村色，为概言，挈领；“孤村”点明雪望之地；“悲”应“寒”，极绘凄凉萧疏；“四野闻”说明风势极大，同时，从侧面也写出了雪急、雪大。

颔联，应首联，切题，摹雪望之远景，虚实相合，语言生动。溪水潺潺深杳，雪落即融，“难受”形象地描绘出了雪融的韵味；“山冻”应“寒”，“不流云”化动为静，构思奇巧，既写出了风雪之夜山与云的姿态，又逗起了几分清新逸趣，别具匠心。

颈联，视角微微拉伸转圜，诗人从雪中溪、山上云，写到了溪上被大雪覆盖、一片茫茫的汀洲，写到了飞翔在一片素色中的白鸥与白鹭，虽是常景，却颇显几分鲜活灵动之趣。

尾联，诗人笔锋再折，从溪上写到了岸边，写到了野桥边那盎然而绽的梅。梅本有傲雪之姿，在诗人笔下，却换了形态。“并是白纷纷”一句，似将梅与雪浑然融在了一起，分不清，也道不明，梅不曾傲雪，而是点雪、映雪，雪梅互衬、白雪白梅，不独新颖，还格外地相得益彰。

另，昉思虽世出名门，但却命途坎坷，半生潦倒，孤村野桥畔这与雪同芬又为雪所没的白梅俨然便是其自况。

冬日归旧山[1]

唐·李白

未洗染尘缨，归来芳草平。一条藤径绿，万点雪峰晴。
地冷叶先尽，谷寒云不行。嫩篁侵舍密，古树倒江横。
白犬离村吠，苍苔壁上生。穿厨孤雉过，临屋旧猿鸣。
木落禽巢在，篱疏兽路成。拂床苍鼠走，倒箧素鱼[2]惊。
洗砚修良策，敲松拟素贞。此时重一去，去合到三清[3]。

注释：

①旧山：指江油境内的大匡山，李白曾隐居于此。

②素鱼：白色蛀虫。

③三清：最高的神仙境界，指代朝廷。

赏析：

公元721年，李白游历归来，时值冬天，见大匡山风景依稀、旧居染尘，有感而作此诗。

首二句开篇应题，以“未洗”表归之迫切、欣喜，“染尘缨”述风尘仆仆归来之态，“归来”为直陈，挈领全篇。及后六句，应和“归来”句，是对旧山山景风物的具体摹写，诗人饶有情致地剪裁出了三个生动悠美的镜头：晴日日暖，碧空如洗，万点山峰染雪，一条小路蜿蜒，路上青藤依依、茵茵蓬勃；谷壑幽深，万木叶落，仰头而望，万里无云，一片澄明；江畔古树苍虬，斜倾江面，横亘可爱，旧居茅舍旁，新竹破笋而出，密密丛丛，嫩黄可爱。虽则是冬日，“地冷”“谷寒”，但在诗人眼中，这冬并不肃杀，反而盎然可喜，由此可知，他对旧山的喜爱、眷恋、思念。

及后八句，诗人移步换景，从摹旧山之景，改而摹山中旧居之景。因为久无人居，旧居一片荒芜破败，壁生苍苔、厨中雉飞、屋畔猿鸣、木筑禽巢、篱破兽奔、床有苍鼠、箧里藏虫。随着视角的一步步拉近，从居外到居内，各种荒芜，步步叠陈，诗人胸中的叹惋亦随之步步加深。

然而，叹惋之余，他心中却不见颓唐，也无让旧居重焕之意，而是笔锋一转，表发奋之志、言青松之操，并以之自喻自励，重新整装，“重一去”“合三清”，以求闻达于世、一展抱负。铮铮之语、奋发昂扬之志、积极向上之态，读来，颇令人振奋感喟。

别董大[①]二首（其一）

唐·高适

千里黄云白日曛[②]，北风吹雁雪纷纷。

莫愁前路无知己，天下谁人不识君？

注释：

①董大：指董庭兰，当时的音乐家。

②曛：即曛黄，指日落西山时的昏黄景色。

赏析：

高适，字达夫，唐时著名边塞诗人，诗多雄健壮阔、奔放昂扬，哪怕是送别，也能送得豪迈慷慨，一如这首脍炙人口的《别董大》。

诗开首以白描入笔，先摹了送别时的朔烈冬景。“千里黄云白日曛”，“千里”略有夸张意，状黄沙漫天之象，暗表北风呼啸之态；云本为白，偏以黄衬，是被黄沙遮蔽晕染了，“黄云”之“黄”在此写得极是真实贴切；“白日”表时序为昼，有日，日却微“曛”，黯淡无光，灰蒙蒙的，本是晴昼，却若黄昏，虽是摹景，景中多多少少也蕴了送别的怅然之意。

“北风吹雁雪纷纷”，应和首句，是前句的递进与推移。“北风”承上启下；“吹雁”既是大雁南归景致的真实状写，亦是诗人依依难舍别意的托寄；“雪纷纷”，落笔虽平简，却勾勒出了一幅风雪交加、雪落纷扬的冬景；且，前方有日，现又飘雪，可见时间之变幻，由是，也侧面写出了送别时间之长、之久，描述出了诗人与友人的情深谊厚、难舍难分。

然而，筵席终散，别离在前，送得再久，终究是要别的。于是，三、四两句，诗人收拾心情，落笔爽朗，大气慰友人“莫愁前路无知己，天下谁人不识君”，情真意切，自信昂扬，不怅然，多奋发，抛去伤感，劝人向上，可谓佳妙。

冬晚对雪忆胡居士[1]家

唐·王维

寒更传晓箭[2]，清镜览衰颜。
隔牖风惊竹，开门雪满山。
洒空深巷静，积素[3]广庭闲。
借问袁安[4]舍，翛然[5]尚闭关。

注释：

①居士：古代对信佛而不出家的人的称呼。

②晓箭：拂晓时漏壶中指示时刻的箭，通常用来指代凌晨。

③积素：积雪。

④袁安：东汉大臣。有一年下大雪，足有一丈多深，穷人们都清扫了雪出来要饭，袁安家却依然被雪堵着。洛阳令以为他早已被冻死，就派人进去看，发现他在床上睡觉，问他为何不出去，他答："大雪天大家都饿着肚子，不该去求人。"这里指代胡居士。

⑤翛然：自然，毫无约束。

赏析：

世人咏冬多咏雪，世人咏雪多絮琼，摩诘独不然，他笔下的雪是性灵的、跳脱的、飞舞的、清旷的，一如那贤达守节、高标清逸的人。不信？且看这首《冬晚对雪忆胡居士家》。

诗首联起笔幽然、对仗工致，未摹雪，未摹冬，先写人。"寒更"应冬晚，表天气时令；"传晓箭"为比喻，生动传神，言天将晓，暗指时为凌晨；"寒更"与"清镜"对仗，写夜也写寒；"览衰颜"则隐有青春不复之感，蕴迟暮之叹。

叹息连连人辗转，夜无眠，再加上“隔牖风惊竹”，窗外不时有风动竹叶的簌簌之声传来，让心绪不宁的诗人更难以成眠，于是，便有了“开门”之举，引出“雪满山”之绘。寥寥10字，跌宕中见自然，妙趣横生。

颈联，诗人顺笔摹雪，述尽了雪的淋漓姿态。“洒空”为动，状雪花之纷纷扬扬，是从空中、从高处着笔；“积素”为静，写的是雪积琼装之态，是从地上、从低处落墨；“深巷静”摹寂静少人；“广庭闲”写寥落清寒。一静一闲，可见素雪银装、天宽地阔、琼林碎玉，尚且茫茫纯净，未被点染，既富生气，又显无瑕。

寒夜对雪，诗人的思绪一如雪花纷扬，不知不觉，便忆起了胡居士。于是，尾联，他转笔怀人，借袁安卧雪的典故，展开联想，以“翛然”之虚写，不黏不滞，表达了对友人的关切、仰慕、思念之情，情真意挚。

冬日田园杂兴（其六）

宋·范成大

放船[1]开看雪山晴，风定奇寒晚更凝[2]。
坐听一篙珠玉碎[3]，不知湖面已成冰！

注释：

①放船：任由船在水上漂行。这里是在水面上划船。

②凝：结冰。

③珠玉碎：指竹篙碰到冰凌，发出如同击碎珠玉一样的声响。

赏析：

范成大，字至能，号石湖居士，文名素著，为南宋中兴四大诗人之一，诗多清浅，格调别治，自成一派，有《石湖诗集》《吴船录》等作品传世。

《冬日田园杂兴》是范公冬日随性吟咏之作，合共十二首，此为第六首，是一首咏冬小品。

首句“放船开看雪山晴”，起笔淑丽，绘了冬日雪后初晴、湖山明媚的景致。“放船”之“放”表随意、闲适；“船”既界定“开看”之视角，又遥应后文之“湖”；“雪山”为覆雪之山；“晴”摹天气，烘衬湖山雪景，更见妖娆。

次句“风定奇寒晚更凝”，“定”饰风，与首句之“晴”，相映成趣；“奇寒”为酷寒，暗点时令为深冬；“晚更凝”既是现实触感的摹写，亦是时序推移的自然转圜；“晚”有赏景流连不知时间流逝的意味在内。

三、四两句，应首句之“放船”。“坐听”句摹声，应“晚”与“凝”，已然入夜，天气奇寒，无法赏景，唯以声衬景，描绘出另一番风致。“一篙”写划船之态，“珠玉碎”描摹的是竹篙破冰、与冰凌相撞的清越之声，比喻形象而贴切，尤其是“碎”字，传景传声，颇见曼妙。“不知湖面已成冰”，以“不知”表“才知”，更富情趣。

卜算子·雪月最相宜

宋·张孝祥

雪月最相宜，梅雪都清绝。去岁江南见雪时，月底①梅花发。

今岁早梅开，依旧年时月。冷艳孤光照眼明，只欠些儿②雪。

注释：

①月底：月下。

②些儿：一点儿。

赏析：

每一个文人，心中都有一座高山，既仰慕之，又希冀超越之，对宋代词人张孝祥而言，这座山，是东坡。

他的词与东坡的词有许多地方都十分肖似，同样的豪放，同样的爽朗，同样的疏狂，但和东坡不同的是，他的词更潇散、更婉丽、更出尘，也更清逸，就如这首《卜算子·雪月最相宜》。

词很精致，上下两阕，昔今相对，即景抒怀，乍看冲淡，细品，总觉憾然。

词上阕，着“相宜”二字，以“清绝”相和，以虚笔，写了昔年“江南见雪”时，素雪映清月，清月照梅花的幽美景致；雪、梅、月三者皆素淡、莹洁、清冷而孤高，三者同框，自见清绝。

下阕，词人转笔，摹“今岁”，今岁月还是那轮不变的清月，梅早盛绽枝头，孤光冷艳，出尘绝俗，然而，与月最“相宜”的雪始终未见。阕尾，词人说“只欠些儿雪”，很口语化的表达，字里行间却充满了遗憾惋惜之意。

雪是冬的魂，是月的伴，为什么就未见呢？江南之地，冬日较之北方要晴暖不少，下雪其实是极罕见的事情，不下雪才是常态，诗人却黯然生憾，可见，对雪是何其喜爱。

另外，咏景之作，无论诗词，大多有所托寄，词人先说雪月最相宜，又以憾雪作结，其实，未尝没有叹高洁者孤、志同道合者寥、知音者少之意，只是，叹的较为婉蓄、含蕴罢了。

初冬夜饮

唐·杜牧

淮阳多病①偶求欢②，客袖侵霜与烛盘。

砌下梨花一堆雪，明年谁此凭阑干。

注释：

①淮阳多病：这里是用汉代汲黯自喻。汲黯因为屡次进谏，被贬为东海太守，“多病，卧阁内不出”。后来调任淮阳太守，“黯付谢不受印绶，诏数强予，然后奉诏。召上殿，黯泣曰：‘臣常有狗马之心，今病，力不能任郡事。’”

②求欢：饮酒。

赏析：

《初冬夜饮》是杜樊川被贬黄州时即景伤情作的一首咏怀小诗。全诗遣词婉丽、格调悲戚、节律谐和、含蓄蕴藉、颇值品鉴。

首句“淮阳多病偶求欢”，笔落蕴藉，借西汉谏臣汲黯直谏被谪之事自况，抒发被贬谪的愁郁苦闷，愁思暗结无解，诗人唯借酒消愁。“偶求欢”的“偶”字，表偶然、暂时，暗指欢仅暂时，愁苦才是常态，以求欢言愁，更添愁绪，而“欢”此处不独指欢乐慰藉，也指酒，既应诗题之“饮”，亦为下句之独酌做垫。

次句“客袖侵霜与烛盘”，描摹的是诗人雪夜秉烛独酌之态。“客”表处境，言身在异乡，自带乡思之意。“侵霜”是冬夜现实之景的状绘，应“初冬”，同时，“霜”也有风霜之意，含蓄地述出了诗人内心之凄凉孤寂；“烛盘”应题首“夜饮”，切而有致。

三句“砌下梨花一堆雪”，诗人笔锋跌宕，蓦然摹景，似极唐突，实则隽永。诗人雪夜独酌、借酒浇愁，然而，愁却浇不灭，略饮之后，愁上更添愁绪，于是，诗人放下酒杯，移步凭栏，一人远望，只见北风朔烈、夜雪纷扬、阶下积雪已深，仿佛是一簇簇梨花堆叠在此，清寒中带着寥落，诗人本就孤凄的心为此更添几分苍凉悲郁，风雪独立，思绪交杂，顿觉茫茫，于是，油然而生“明年谁此凭阑干”之问。这一问，不需答，也不必答，字里行间，满凝的却是诗人的羁旅之愁、流徙之恨、乡思之深、不遇之愤、难酬之恸，细细读来，甚觉隽永。

暮江吟

唐·白居易

一道残阳①铺水中，半江瑟瑟②半江红。

可怜③九月初三夜，露似真珠月似弓。

注释：

①残阳：太阳快落山时发出的光。

②瑟瑟：这里指碧绿色。

③可怜：可爱。

赏析：

《暮江吟》是唐代闻名天下的诗人，新乐府运动的倡导者，与元稹并称“元白”的白居易赴任杭州时，即景而作的一首七言小诗。

首句“一道残阳铺水中”描绘的是落日映江的瑰丽秋景。“残阳”之“残”用语极切，颇显落日婉约之美，且暗点时令；“铺水中”之“铺”，乍看平实，实则恰贴，既描绘出了秋日之柔婉清丽，又将落日与地平线渐渐平齐的物态精准地描摹出来，很见锤炼之功。

次句“半江瑟瑟半江红”，绾合前句，从视觉、色彩的角度对落日映江的画面做了形象具体的描摹。“瑟瑟”是江色，是水色，是江畔草木之色；“红”是落日之色，是晚霞之色。两相叠染，既见层次分明，又写了色彩之推进渐变，光影瑰美，变幻绮丽，自令人流连忘返。

三句“可怜九月初三夜”，承上启下，既写出了因夕阳江水之美而流连不去的情态，又为后句眷然之下见新月做垫，且“九月初三”，日期具体，明确地点出了时序为秋。

四句“露似真珠月似弓”，是对“九月初三夜”景致的描摹。青空之上，皎月弯弯，月光漫洒而下，照在江边，草叶上有露珠初凝，颗颗莹润，观之，自见清美逸趣、幽趣清思，应以前句之“可怜”，诗人悠然闲适、钟爱自然的情致自溢于言表。

霜月

唐·李商隐

初闻征雁[①]已无蝉[②]，百尺楼高水接天[③]。

青女[④]素娥[⑤]俱耐冷，月中霜里斗婵娟[⑥]。

注释：

①征雁：大雁在春天到北方，秋天到南方，不畏路途遥远，所以称为“征雁”，这里指南飞的雁。

②无蝉：听不到蝉鸣。

③水接天：水天一色，形容月亮、霜和夜空如同水一般明亮。

④青女：主管霜雪的女神。《淮南子·天文训》："青女乃出，以降霜雪。"

⑤素娥：嫦娥。

⑥婵娟：美好，这里指月亮，古代也用来形容女子。苏轼《水调歌头·明月几时有》中有："但愿人长久，千里共婵娟。"

赏析：

李商隐，出身仕宦名门，才高性清，为晚唐著名诗人，诗名远播；其诗多情思深婉、造语绵渺、意境高标，咏景常抒怀，咏物多寄兴，巧中见深，读之唯美，譬如，这首《霜月》。

首句"初闻征雁已无蝉"，"初闻征雁"点季节之变换，表秋令；"已无蝉"既点出了秋夜之静，亦暗表冷肃，暗言已不是初秋，而是深秋。毕竟，初秋尚暖，西风不寒，蝉声仍噪噪。

次句"百尺楼高水接天"，一脉顺下："百尺"极言楼高；"楼"为赏月观月之地；"水接天"用喻，是说月光如水，缓缓流泻铺展，光芒漫洒，与天相接，由此，可见月之澈、之远、之皎、之洁。

三、四句，诗人笔锋跌宕，未言高楼之上人之不胜寒，而是以浪漫的笔触，借神话传说，写了"青女素娥"之"俱耐冷"，不独耐冷，还能在深秋时节、一片清寒的时候，"月中霜里斗婵娟"，尽展绰约之姿、风华之态。与之相较，那些不耐霜寒的"庸脂俗粉"，自然愈加庸俗。

通览全诗，不难看出，诗人对霜月是饱含着浓情的，向往、憧憬、赞叹、知许之情皆有之；或许这霜月并非诗人之自况，但必然是代表着某种清高孤许、耐寒凌霄的气质的。所谓"冷"在现实中必然也是有所托寄的，不过，年深日久，往昔种种终不可考，诗中未言之神、未尽之意也唯各自体悟，难得专擅。

月夜忆舍弟[1]

唐·杜甫

戍鼓[2]断人行[3]，边秋[4]一雁声。
露从今夜白，月是故乡明。
有弟皆分散，无家问死生。
寄书长不达，况乃[5]未休兵[6]。

注释：

①舍弟：对弟弟的谦称。

②戍鼓：戍楼上的更鼓。戍，驻防。

③断人行：鼓声响起后，开始宵禁。

④边秋：边塞的秋天。

⑤况乃：何况是。

⑥未休兵：战争还未结束。

赏析：

所谓大家，不是摹风吟月皆精致、慷慨悲歌总畅达，而是能以平凡寻不凡，譬如杜甫。

古来咏怀之诗无数，杜甫却能以《月夜忆舍弟》从漫漫沙砾中独得一片亮彩，思宏远，语奇巧，别出心裁，细处显真。

首联，起笔凄凉壮阔，着一“断”字，先摹了一幅行人路断、孤雁悲啼的边塞秋景，为月的出现做前序。“戍鼓”为战乱的代指，“断人行”言道路不同、有家难回之处境。“边”言地点，指边塞，“秋”点物候，“一雁声”表雁已失群，唯有一鸟孤鸣，极尽哀戚。

颔联，紧承首联，在一片凄凉哀戚的氛围中转笔，正面切题，写夜，摹月。“露从今夜白，月是故乡明”，露之白侧衬了月之皎，可见其明。然而，在诗人眼中，如是明亮的月光依旧及不上故乡的月光。这种感受，自然不是事实，而是诗人自身主观情感生发而造成的错觉，而这，却恰恰又显了其乡思之深、怀人之切。

及后二联，诗人借月怀远，切“忆舍弟”，开始抒情。“有弟皆分散，无家问死生”述尽胸中焦切担忧。“寄书长不达，况乃未休兵”，似陈实忧，似叙实抒，字里行间，颇有“家书抵万金”之意。“长不达”可见寄的“家书”定然不止一封，“未休兵”明是在说“不达”的原因，暗里则含蕴了几分忧国之思，至情至真、至诚至深。

把酒问月·故人贾淳令予问之①

唐·李白

青天有月来几时？我今停杯一问之。
人攀明月不可得，月行却与人相随。
皎②如飞镜临丹阙③，绿烟④灭尽清辉发。
但见宵从海上来，宁知晓向云间没⑤。
白兔捣药秋复春，嫦娥孤栖与谁邻？
今人不见古时月，今月曾经照古人。
古人今人若流水，共看明月皆如此。
唯愿当歌对酒时，月光长照金樽里。

注释：

①故人贾淳令予问之：这是作者自己在题目下加的注。

②皎：皎洁。

③丹阙：朱红色的宫殿。

④绿烟：指将月光遮住的浓厚的云雾。

⑤没（mò）：隐没。

赏析：

古来绘月、咏月者颇多，月之风情亦因人之不同而迥然而异，然，能将月描摹得如此丰美、恣肆、多情、形象的，却唯太白一人。

《把酒问月·故人贾淳令予问之》既是咏月抒怀之诗，亦是太白最绝妙的自我造像，全诗语发豪迈、浪漫瑰丽、回环错综、跌宕成韵，以月照人，以人映月，情理并重，蔚然独到。

诗开首以问起势，气度浑然，逗起悠悠神往之思绪；"停杯"之语，更摹尽神往之韵，兴味难得。

三、四句，诗人笔锋微阑，以拟人的手法，借人难攀月写月之高冷神秘，又以人行月随写月之温暖亲切，无情有情融于一炉，回环长叹，颇见奇巧。

五、六句，应前，诗人顺笔将月色描摹，"飞镜"一语成譬，"丹阙"烘衬有致，"绿烟灭尽"极言云开月露、皎皎清发之美。

清辉漫洒，自逗起问月之人无限思绪，于是，及后四句，诗人从月的宵升碧海，写到了它的晓归云间，以"但见""宁知"发讶异惊奇之叹，又借白兔捣药、嫦娥无邻的神话传说，共述孤独，长发感慨。"今人古人"四句，便是诗人的感慨之言，不独语序回环、颇见其美，且哲思悠长、情理并茂、磅礴大气。另，今古月同人不同，月长存，人匆匆，如斯"残酷"的事实，自然而然也诱发了诗人无尽的思索，所以，最后才有"流水"之喻，"共看"之言，"当歌对酒"，及时行乐之思。细细品之，顿觉浪漫恣肆、隽永飞扬。

水调歌头·明月几时有

宋·苏轼

丙辰[①]中秋，欢饮达旦，大醉，作此篇，兼怀子由[②]。

明月几时有？把酒问青天。不知天上宫阙[③]，今夕是何年。我欲乘风归去，又恐琼楼玉宇[④]，高处不胜[⑤]寒。起舞弄清影，何似在人间？

转朱阁，低绮户，照无眠。不应有恨，何事长向别时圆？人有悲欢离合，月有阴晴圆缺，此事古难全。但愿人长久，千里共婵娟。

注释：

①丙辰：宋神宗熙宁九年，即公元1076年，当时苏轼在密州，也就是如今的山东诸城担任太守。

②子由：苏轼的弟弟苏辙的字。

③阙：古代城墙后的石台。

④琼楼玉宇：美玉建成的楼宇，指幻想中的仙宫。

⑤胜：承担、承受。

赏析：

苏轼的词，一向是清雄放旷、豪迈超逸的，此词被尊为“咏月之最”，自也不例外。

词上阕高屋建瓴，以劈头一问起笔，溯月怀古，逗人遐思，引出望月时种种思感。“不知天上宫阙，今夕是何年”摹月之悠远神秘，蕴神话色彩，挈领后篇，引“乘风”之言，诉尽词人对月的向往。“归去”之“归”更有以月为家之意，暗表“人间”生活之种种不如意。然而，意虽起，人却未动，“又恐”一句，波澜平生，且叙且议，且议且抒。月上虽好，却也高不胜寒，怎比得上在人间、伴月对影而舞。此处，“起舞弄清影”，乃李白“我歌月徘徊，我舞影凌乱”句的化用，蕴藉含蓄，很见旷达。

下阕，峰回路转，词人之笔触亦从浪漫瑰丽、虚幻不真的幻想回归现实，开始即景怀人。“转”“低”“照”三词连缀，形象地描绘出了月的移动轨迹，暗表夜已极深。“无眠”启下，虽未言怀，却道尽了对亲人的思念。欢聚时望月，自欢欣鼓舞；别离时望月，便难免怨愤。于是，词人不无埋怨地问月“不应有恨，何事长向别时圆”。你对人们不该有怨恨之情吧？为什么你总在别人分别两地、凄伤难耐的日子圆？怨过之后，词人笔锋却一念顿挫，以“人有悲欢离合，月有阴晴圆缺”代月立言、为月开解，“此事古难全”，现在也依旧。怅恨也无趣，所以，阕尾，诗人以“但愿人长久，千里共婵娟”跨越时间与空间的维度，旷达寄语，发出祝福，词之意境、格调，人之器量、襟怀亦随着这祝福被生发、被升华，动情亦动人。

中夜[①]起望西园值[②]月上

唐·柳宗元

觉[③]闻繁露[④]坠，开户临[⑤]西园[⑥]。
寒月上东岭，泠泠疏竹根。
石泉远逾响，山鸟时一喧[⑦]。
倚楹[⑧]遂至旦，寂寞将何言。

注释：

①中夜：半夜。

②值：正赶上……的时候。

③觉（jué）：睡醒。

④繁露：浓重的露水。

⑤临：面对着。

⑥西园：指位于住所以西的菜圃。

⑦时一喧：偶尔叫一声。喧，叫。

⑧楹：房屋的柱子。

赏析：

《中夜起望西园值月上》是一首遣词精微、意境清丽、即事挥就的咏月五言，在柳河东所作诗词中，虽非经典，却也佳妙。

首联，诗人落笔清冷，“觉”指睡，有睡醒之意，应“闻”，为“开户”做铺叙；“闻”从听觉，和“坠”；“繁露”表露多，暗述天寒夜冷，因寒冷，水汽凝成露珠，纷纷坠下，形象生动；另外，露坠之声细微，几不可闻，诗人却被吵醒，可见，园中何等岑寂，诗人之眠又是何等之浅。

颔联，承首联之“临西园”，摹了东岭月上、漫漫洒落、月照疏竹、泠泠如水的清寒图景，其中，“泠泠”二字，摹声绘形，似摹月、似喻水，引人遐思，下得极妙。

颈联，诗人笔锋微折，视线延伸，写到了远处的石泉山鸟，“远逾响”可见夜之清孤，万籁无声；“时一喧”以动衬静，与“远逾响”异曲同工。

尾联，诗人以“倚楹至旦”写长夜对月，心思烦乱，以致通宵未眠，转景即人，为抒情衬笔；“寂寞将何言”则即景抒情，长述心中孤独凄凉，“将何言”是“无以言”，无声代有声，更添蕴藉。

望月怀远[1]

唐·张九龄

海上生明月，天涯共此时。
情人[2]怨遥夜[3]，竟夕[4]起相思。
灭烛怜光满，披衣觉露滋。
不堪盈手[5]赠，还寝梦佳期。

注释：

①怀远：怀念远方的亲人。

②情人：多情之人，指代作者自己，一说是情人。

③遥夜：漫漫长夜。

④竟夕：通宵，整夜。

⑤盈手：双手捧满。

赏析：

张九龄，字子寿，号博物，唐时名相，精政论，好诗词。此诗为其罢相被贬时触景而作。

诗是五律，咏物兼抒怀。首联起笔雄阔、入情入景、统摄全篇。“海上生明月”，语似平淡，却颇浑融，一个“生”字，道尽了月出海上的妙趣，应“望月”；“天涯共此时”即景入情，以天涯共月暗抒思亲念故之情，应“怀远”。

颔联，顺承首联，以清婉幽净的笔墨，直述相思。“情人”一语双关，既指情侣，也指世间多情之人，同时，也是诗人之自况。人在异地，怀远思亲，原本度日如年，而今，长夜漫漫，似无尽头，不见天明，所以诗人才“怨遥夜”；因怨进而彻夜不眠、“竟夕起相思”，转折浑然，不着痕迹。

颈联，应“竟夕”，既然无眠，总要做些什么。“灭烛怜光满”，独在室内，见月光皎洁，不由平生爱怜之意，“光满”既绘了月明之状，呼应首联的“明月”，又形象地写出了月光流泻漫洒的情态，用得极妙；“披衣觉露滋”，写独自漫步庭院之中，衣被露湿的情景，虽未摹月，却早见月，别蕴孤清。

尾联，“不堪盈手赠”，用意奇巧，将满腹怀思都赋月光，却又言月光无形无质、无法相赠，意曲情挚，自见机杼。“还寝梦佳期”戛然收束，不尽情思尽托“梦”中，“佳期”之念，回应“明月”，首尾绾合，余韵不绝，耐人寻味。

月下独酌①四首（其一）

唐·李白

花间一壶酒，独酌无相亲②。
举杯邀明月，对影成三人③。
月既④不解⑤饮，影徒随我身。
暂伴月将影，行乐须及春⑥。
我歌月徘徊，我舞影零乱。
醒时同交欢，醉后各分散。
永结无情游，相期邈⑦云汉⑧。

注释：

①独酌：一个人喝酒。

②无相亲：没有亲近的人。

③对影成三人：明月、我和我的影子恰恰合成三人，也有人说月下人影、酒中人影和我为三人。

④既：已经。

⑤不解：不懂，无法理解。

⑥及春：趁着春光明媚的时候。

⑦邈：遥远。

⑧云汉：银河。

赏析：

《月下独酌》是李白即兴所作的咏月组诗，合共四首，此为第一首，遣词瑰丽、造语超迈、意境幽清、想象丰富、情感跌宕、韵致天成，蔚然大家之作。

诗开首四句，以“花间”“一壶酒”“明月”“人”等极平浅的意象勾勒出了一幅貌似欢快、实则凄孤的月下独酌影像。“一壶酒”表清寂孤独，对饮无人，应“无相亲”，语见落寞。然，这有什么呢，无对酌之人，不是还有月吗？于是，有了“举杯邀明月”之举，况月光皎皎照人，人延其影，于是，可同酌的便有了“三人”。正观，旷达自得，怡然而乐，反观形影相吊，更见孤独。

中四句，诗人笔锋微微宕开，写了月的“不解饮”，影的“徒随身”，表了酒不逢知己的郁郁之态，但即便如此，当饮还是要饮的，于是，诗人有感而发“行乐须及春”的感慨，以明题旨。

末六句中，人、月、影似乎终于找到了和乐共处、同欢同饮的正确模式，人歌月照、人舞影凌、醒便同欢、醉则自散，无拘无束，放浪不羁，期结“无情”之游，相约“云汉”。此处，“结”“期”“无情”之语，看似豪迈尽兴，实则内蕴孤独凄凉。若得有情游，谁会期无情？诗人下笔之妙、含情之深，由此可见一斑。

秋宵月下有怀

唐·孟浩然

秋空明月悬，光彩露沾湿。
惊鹊栖未定，飞萤卷帘[1]入。
庭槐寒影疏，邻杵[2]夜声急。
佳期[3]旷何许，望望空伫立。

注释：

①卷帘：可以卷起的竹帘。

②杵（chǔ）：捣衣、舂米用的棒槌。这里是动词，捣衣。

③佳期：原指跟佳人相会的日子，后来指代欢聚的日子。

赏析：

孟浩然，名浩，字浩然，号孟山人，盛唐山水田园诗派耆宿，与王维并称“王孟”，其诗多清芬，雅逸恬淡，《秋宵月下有怀》为其代表作之一。

全诗结构谨秀，立意别致，造语妙丽，融情于景，情景交融，述尽了孤人独对月的清冷落寞之态。

首联，落墨平淡，毫无惊艳，以白描之笔，勾勒了深秋夜月、皎皎独明、月映寒露、别蕴光彩的景致，虽也清冷，但清冷中却多了几许柔和，清空月下，人月相望，千载思接，似有无尽未尽之意。

颔、颈二联，承首联笔墨，对深秋月下的景致分层次、分角度、以不同物象做了深切、生动的描绘。颔联为动景，从视觉，借“鹊鸟惊飞”

"飞萤入帘"的动作，衬出月的皎洁孤清。颈联为静景，首句着"寒"，次句从声，以"庭槐影疏、邻杵声急"从侧面、反面衬托了诗人形影相吊的孤独。叙述虽婉，情却最炽，以至于诗人忍不住长发"佳期旷何许"之问，并以"望望之空"遥应"月悬"之下的"秋空"，彻底将目中、耳中、心中的孤独凄寒定格。

万里[①]瞿塘[②]月

唐·杜甫

万里瞿塘月，春来六上弦[③]。
时时开[④]暗室，故故满青天。
爽合[⑤]风襟[⑥]静，高当泪脸悬。
南飞有乌鹊，夜久落江边。

注释：

①万里：是说月亮运行万里来到这里，也暗喻万里漂泊的自己。

②瞿塘：瞿塘峡，位于长江三峡奉节至巫山段，杜甫曾在安史之乱爆发后被困在这里。

③上弦：上弦月，农历每月初七、初八的月亮，呈弓形。

④开：照亮。

⑤合：环绕，充满。

⑥风襟：衣襟。

赏析：

瞿塘为三峡之一，峭拔秀险，景致独特。大历三年春，杜甫出白帝城，经瞿塘峡，到夔州寓居，暂得安定。此诗，便是行经瞿塘时，对月有怀所作。

首联，首句“万里瞿塘月”，开篇点题，“万里”不独是以夸张的笔法绘瞿塘，亦是在以浪漫的笔调摹夜月，起得极有气势，然而，“万里”之内，月仅一轮，却又别蕴了几许孤独凄清的味道。次句“春来六上弦”，“春”言物候，“上弦”，即上弦月，也就是古人所说“娥眉月”，自西而出，夜半即没，每月大概有六日为上弦，所以说“六上弦”。

颔联，诗人笔锋阑合，从纯以景摹月，改以人之感摹月，室内幽暗，时时开户而望，每次相望，见的都是漫天的清辉。朗月清辉，本是极美好的景致，颈联，诗人也说“爽合风襟静”，然而，羁旅异乡的诗人，心中自然是没那么多“爽”的，很多时候，见月不过是“高当泪脸悬”，切情切景。

尾联，诗人以虚实相生的笔墨，化曹孟德“月明星稀，乌鹊南飞，绕树三匝，何枝可依”之典，言说羁旅无依之苦。不过，苦中又见变，蕴了几许淡淡的欣慰，最起码，南飞之鹊，累了，倦了，飞久了，还能“夜久落江边”，暂寻休憩之地。此处，乌鹊显然是诗人之自况，江边既是实景，也是其暂得安闲境遇的写照，景中见人，人心含情，浓浓乡思，浅浅慰藉，重重孤独，轻轻欣然，尽相糅杂，愈品愈觉回味。

静夜思①

唐·李白

床前明月光，疑②是地上霜。

举头望明月，低头思故乡。

注释：

①静夜思：寂静的夜里产生的思绪。

②疑：好像。

赏析：

世人赞太白，均言其诗脱口成吟、清水芙蓉，貌似不工，却处处皆工，这首《静夜思》尤其如此。

诗首句“床前明月光”，遣词清新朴稚，看似平平无奇，却颇隽永。“明”述了“月光”之明亮皎洁，“床前”暗表夜已深，人已卧，月光想来是辗转反侧难眠、短睡而醒后所见，为后句之“疑”做垫。

次句“疑是地上霜”，不以霜来映月，反而疑月为霜，既写出了诗人视觉上的恍惚，也写出了诗人心理上的凄冷，同时，逗起下文，以诠乡思，架构可谓极妙。

三句“举头望明月”，以“望”续“疑”，由恍惚而转清醒，仰头望明月，月依旧皎皎如玉，和在故乡时所望没什么不同。然而，月还是那轮月，人却已经羁旅异乡、天涯漂泊，于是，思绪瞬间翩然。

四句“低头思故乡”是望月怀乡情绪的进一步生发，也是全诗的题旨所在。“思”字在此用得极是蕴藉，看似平淡，韵味却极丰。思什么呢？思故乡的一草一木，思乡里的故旧亲朋，思如水年华，思隽隽往事，思……说不清，道不明，包罗万千，也因此更见诗人落笔之精妙从容。

西湖梅

元·冯子振

苏老堤边玉一林，六桥风月是知音。

任他桃李争欢赏，不为繁华易素心[①]。

注释：

①素心：本心。

赏析：

冯公是元代散曲名家，博洽经史，著作等身，擅曲，擅赋，亦擅诗，惜存世诗篇不多，《西湖梅》是其中较为经典的一首。

诗首、次二句，着一“玉”字，笔落淋漓，对西湖梅之形、韵从正、侧两面做了摹写。“苏老堤边玉一林”，为正写，“一林”明说梅繁、成簇、成林，“玉”既摹出了梅的纯白无瑕，又描绘出了它莹润清洁的姿容；“六桥风月是知音”为侧写，诗人未曾直言梅之神韵，却以“六桥风月”为比，“六桥风月”皆婉雅清贵，作为“知音”，梅又岂能不雅、不华、不清、不贵？

三、四两句，诗人笔锋略折，借景抒慨，“任他桃李争欢赏”，任，有任由之意，此处，明写桃李之争，暗表梅之不争，不愿争，亦不屑争，由是，梅之傲岸出尘、不合俗流之态，便已宛然而现。待“不为繁华易素心”句出，一气浑成，自然递进，梅之风骨俨然便早跃然纸上。

诗人用笔之老、之健、之精，借此可见一二。

另，无论古今，托物大多言志，借景大多说人，冯公此篇自也不例外。“素心”坚守，品性高洁，不愿同“桃李”争春，愿与“六桥风月”时时相伴、日日唱和的又岂止是西湖之梅，还有那如梅般傲骨铮铮、不屑欢赏、只愿清洁于世、如玉般濯濯流芳的高人隐者、名师清流啊！

咏竹

明·李日华

逗烟堆雨意萧森，峭石摩挲足散襟。
记却[1]酒瓢深草里，醉醒月出又来寻。

注释：

①记却：记得。

赏析：

梅兰竹菊四君子，日华最爱竹，非独以“竹懒”为号，更赋诗数十篇以歌之，《咏竹》为其一。

全诗无一字言竹，无一字写竹，却又句句说竹、语语含竹，巧妙蕴藉，佳篇难得。

首句“逗烟堆雨意萧森”描摹的是雨景，暗写雨中之竹，“逗”字俏皮，写尽烟云流动活泼之态；“堆”字精练，点明雨势雨情，暗示雨为阵雨；“萧森”言的不独是雨，也是竹，竹沐雨而立，挺拔中带着孤清，雨打之声、苍苍之色，难免沉郁，而这沉郁之中，偏又透出了几分执拗与顽强。

次句“峭石摩挲足散襟”描摹的是雨后之景，雨后，漫步竹林，摩挲着竹生之地峭峻的岩石，赏玩着那自石中而生、石中而长、身处恶劣却仍蓬勃的竹，自然畅怀不已，是以，诗人才说“足散襟”。

三句“记却酒瓢深草里”紧承前句之“散襟”，既然散襟开怀，自然需对竹酌酒以为乐，只是，这清幽雅淡的景致实在是迷人，不知不觉，人便醉了，为竹醉，为景醉，也为酒醉。此处，诗人没有写酌酒赏竹的过程，反而以“记却”为引，直言酒醉，既表了沉醉之态，又含了时序之移，且述了惜爱之情，若不惜爱，怎会久久不去，以至醉卧？抒情独特含蓄，令人赞叹。

四句“醉醒月出又来寻”，明是在寻“深草里”的酒瓢，实则还是在寻竹、寻意、寻景、寻幽，抒的是更强烈、更深挚的喜爱、怜惜及放达情怀。寥寥七字，意似尽而未尽，用心读之，自颇觉回味。

观弈棋

明·解缙

鸡鸭乌鹭[①]玉楸枰，君臣黑白竞输赢。
烂柯岁月刀兵见，方圆世界泪皆凝。
河洛千条待整治，吴图万里需修容。
何必手谈国家事，忘忧坐隐到天明。

注释：

①乌鹭：和玉楸枰、黑白、烂柯、方圆、河洛、吴图、手谈、忘忧、坐隐都是围棋的别称。

赏析：

《观弈棋》是一首围棋嵌名诗，亦是一首讽谏诗，为明代著名才子、文学家解缙所作，格调丰赡、遣词豪宕、意境深幽、颇见耿介。

诗作于永乐五年，当时成祖于宫中与近臣对弈玩乐至深夜，兴致不减，诏解缙赋诗助兴，解缙对成祖耽于对弈、沉迷棋事、荒疏朝政的行为早有不满，于是趁机作诗谏劝。

诗是七言律诗，寥寥五十六字，却嵌进了乌鹭、玉楸枰、黑白、烂柯、方圆、河洛、吴图、手谈、忘忧、坐隐十种围棋的别称，心思巧致，用语精练，浑然天成，难得妙趣，且讽谏颇多。

首联，诗人明是在摹君臣对弈的情景，实则是以颇具歧义的词句来表不满。“乌鹭”表面是说围棋，暗里却是在说下棋的人就像是乌鸦；同理，“黑白竞输赢”明是写下棋到深夜，实则写耽于对弈、不分昼夜。

颔联，诗人以“刀兵见”“泪皆凝”一语双关，既写棋局厮杀之激烈，又直陈国内处处兵戈的事实，不满规谏之意已流溢于外。

颈联，诗人笔锋微微宕开，顺承颔联，借对“河洛”“吴图”的巧妙“曲解”，言辞耿耿而恳切，规劝成祖不要耽于玩乐，要关心国家社稷、黎民疾苦。其中“河洛”“吴图”都是围棋的别称，但诗人却曲解为黄河洛水，喻水患，治国蓝图，喻社稷。

尾联，诗人以反语做结，切切抒情，“何必手谈国家事，忘忧坐隐到天明”，国家事真的不用谈吗？忧虑隐患真的能忘吗？显然是不能的！

纵览全诗，虽是咏棋之作，却非游戏笔墨，字里行间，见忠心，见国家，见君臣道，洋洋大义，不言自显。

辑五　山海云天

出塞二首（其一）

唐·王昌龄

秦时明月汉时关，万里长征人未还。
但使龙城飞将①在，不教②胡马③度阴山。

注释：

①龙城飞将：指卫青奇袭龙城的事情，也有人认为飞将是飞将军李广。

②不教：不让。

③胡马：侵扰内地的少数民族骑兵。

赏析：

王昌龄是盛唐著名边塞诗人，以七绝著称，一生创作浩繁，名作颇多。《出塞》是他创作的一组诗，共二首，此为第一首，名闻遐迩，被世人誉为“七绝压卷之作”。

全诗精巧玲珑，遣词虽不华丽，造语却颇工致，字里行间，情景兼胜，昂扬凝练，明快自信，读来颇令人动容。

首句“秦时明月汉时关”，句内互文见义，起笔即勾勒了一幅寒月照边关的苍凉图景，气势雄浑，千古遥接，景中蕴情，逗起无穷思绪。

次句“万里长征人未还”，紧承首句，触景抒慨。“万里”虽是虚指，但虚中蕴实；“人未还”极言战争的沉痛，饱含对戍边将士的同情、悲悯，对烽火离乱的痛恨，婉约言情，语中含悲。

战不停，人未还，怎么办？三、四两句，诗人笔锋一转，情感从沉郁悲凉转向振奋，以自信昂扬的语言，表了己身之希冀，为万民张目。“但使龙城飞将在”，只要如奇袭龙城的卫青和飞将军李广那般的良将还在，就不允许胡马踏过阴山。此处，“但使”二字体现了诗人语气之急切，既表达了希望朝廷任用良将的愿望，又隐含对朝廷不选贤良的不满；“不教”，意为不允许，语极铿锵，自信昂扬，可见诗人对国家、对军力的自信；“胡马”不独指胡地战马，也代指入侵的胡人；“阴山”是汉时北方的天然防御屏障，地理位置险要，此处象征国界，用之此处，含蓄中见浓情，诗人爱国信国、渴望安定的思绪，油然而显。

钱塘湖春行

唐·白居易

孤山寺①北贾亭②西，水面初平云脚低③。
几处早莺争暖树④，谁家新燕啄春泥。
乱花渐欲迷人眼⑤，浅草才能⑥没⑦马蹄。
最爱湖东行不足⑧，绿杨阴里白沙堤⑨。

注释：

①孤山寺：建于南北朝时期，原名承福，宋时改名广华。孤山，在

西湖的里、外湖之间，不与其他山相连，故名孤山。

②贾亭：又叫贾公亭，唐代贾全筑，西湖名胜之一。

③云脚低：层层叠叠的白云和湖面上的波澜连成一片，如同浮云很低一样，所以说“云脚低”。

④暖树：向阳的树。

⑤迷人眼：使人眼花缭乱。

⑥才能：刚够上。

⑦没：盖没。

⑧足：满足。

⑨白沙堤：即今白堤，位于西湖东畔。

赏析：

《钱塘湖春行》是唐代现实主义诗人白居易任杭州刺史时作的一首吟咏西湖早春胜景的七律。

全诗浅近朴素，清新柔美，借眼前景发见得语，即景抒情，情感真挚，悠悠品之，最觉沁人。

首联起笔清婉，从大处落墨，寥寥两笔，便勾勒出了一幅春水初涨、潮与岸平、白云轻垂、水天相接的西湖早春图景，湖光山色恍惚眼前，蔚然明媚。

颔颈二联，顺承首联，从仰俯两个角度，以工笔细描的手法对西湖春景做了形象而生动的描绘。颔联，状仰观之莺燕：“早”“新”暗点时为早春；“几处”描述莺啼的此起彼伏，暗含诗人寻声之态；“谁家”活泼一问，细腻中见情思，逗起无数趣味。颈联，写俯看之花草：“乱”摹花放之错落不繁；“浅”写青草的蓬勃浅短；“渐欲”“才能”绘花草的欣欣向荣之态，栩栩传神。

细读这两联，意象鲜明，有动有静，有俯有仰，有植物有动物，见色见声，相映相衬，淋漓地道出了西湖湖光山色的美好，典型而不泛泛，极见剪裁之功。

尾联，诗人继续移步，行至白堤，“最爱”畅心绪，“湖东”表位置，“行不足”写尽流连忘返、余兴未阑之意，“绿杨阴里”似有未尽之景，暗述西湖秀色之唯美，以景结情，抒发对西湖盛景的喜爱、赞美之情。

早发①白帝城②

唐·李白

朝辞白帝彩云间③，千里江陵④一日还。
两岸猿声啼不住，轻舟已过万重山⑤。

注释：

①发：出发，启程。

②白帝城：故址位于今重庆市奉节县白帝山上。

③彩云间：白帝城位于白帝山上，从山下仰望，白帝城仿佛高耸入云。

④江陵：今湖北省荆州市。

⑤万重山：层层叠叠的山，形容山很多。

赏析：

太白一生，著作等身，脍炙人口的佳篇无数，本诗为其一。

诗是诗人被贬夜郎途中遇赦所作，全诗短小流丽，浪漫飘逸，节奏欢快，意境明媚，缓急有序，读来颇可圈点。

首句“朝辞白帝彩云间”，“朝”点明时间，“辞”应次句之“还”，

“白帝”述出辞别之地，“彩云间”既摹出了白帝城初晨绚美亮丽的景致，又含蕴地述出了白帝城地势之高，为及后的船下行极速做动态蓄势。

次句“千里江陵一日还”，顺承首句。“千里”从空间的角度写白帝与江陵相距之遥；“一日”从时间的角度写两地往返用时之短：两相结合，自然而然便显出了船行之疾。江陵不是太白的故乡，只是其行经之地，在此，太白却出人意表地下了一个“还”字，既见亲切，又显明媚，可见遇赦之后他内心是何等的欢欣鼓舞。

三句“两岸猿声啼不住”，着笔视觉与听觉，摹“还”时所见景致，为四句“轻舟已过万重山”设色布景，一缓一疾，相映相衬，可谓相得益彰。“啼不住”写出了猿啼之繁，“不住”显然不是一猿啼鸣，而是多猿；“轻舟”之“轻”，一语双关，既表舟船之轻、之速，亦表达了诗人内心之轻快、释然、兴奋。比兴适当，因物兴感，殊为绝妙。

纵览全诗，无一字着情，却比兴寄情，落笔惊风雨，锋棱中见飞动，大气俨然。细细读之，更觉一股历经艰险后的激越昂扬之气扑面，大家笔墨，委实不凡。

凉州词（其一）

唐·王之涣

黄河远上①白云间，一片孤城万仞②山。
羌笛何须怨杨柳③，春风不度玉门关④。

注释：

①远上：远远向西看去。

②仞：古代的长度单位，一仞相当于七尺或八尺。

③杨柳：《折杨柳》曲。古诗词中常用杨柳指代送别。

④玉门关：汉武帝置，西域的玉石从这里进入中原，因而得名。

赏析：

王之涣，字季凌，盛唐著名边塞诗人，与高适、王昌龄交厚，诗风豪迈、拓跋不羁，《凉州词》为其传世经典之一，共二首，此为第一首。

诗开首二句，落墨雄浑，淋漓地勾勒出了西北边塞壮美广漠的自然风光。首句“黄河远上白云间”，描摹的是远景，既写出了黄河源远流长的娴静姿态，又铺展出了边塞的辽远壮阔，精妙传神，炼字极切。次句“一片孤城万仞山”，由河及山，由山映城，将视觉渐次拉近，“孤城”原便已含苍凉之感，诗人又以“一片”而非“一座”饰之，愈显其单薄凄凉。另外，由“孤”字可见，此城非民居之处，而是边卒戍守之地，由此，便委婉地将笔墨引到了戍边将士的身上。

三句，“羌笛何须怨杨柳”，顺势转笔，写了戍边将士闻《折杨柳》之曲而思亲怀远的心绪，此处，诗人不曾浓墨重彩地将这种离愁别思渲染，而是以“何须怨”开慰设问。为何吹奏笛曲一定要吹奏这幽怨的杨柳曲呢？“何须”，暗含不须之意，不须则有须也无用的意蕴，曲迂之间，自见真情。

四句，“春风不度玉门关”，春风催柳，无春风，何来杨柳？玉门无柳，又何须怨柳？寥寥几字，明是对“何须怨”的进一步解释，实则多有托寄。“春风”实喻“君恩”，“春风不度”是说君王的恩泽不到，隐含对君王不关心戍边将士生死喜怒的不满。

游山西村

宋·陆游

莫笑农家腊酒[①]浑，丰年留客足鸡豚。
山重水复疑无路，柳暗花明[②]又一村。
箫鼓追随春社[③]近，衣冠简朴古风存。
从今若许[④]闲乘月，拄杖无时[⑤]夜叩门[⑥]。

注释：

①腊酒：腊月里酿造的酒。

②柳暗花明：柳色深绿，花色红艳。

③春社：古代将立春后第五个戊日作为春社日，拜祭土地神和五谷神，希望有好收成。

④若许：如果这样。

⑤无时：随时。

⑥叩门：敲门。

赏析：

《游山西村》是陆游罢官归里、闲居山阴时所作的一首抒情记游诗，全诗层次分明、节奏明快、色彩谐和、意真情真、情理兼胜，虽未言游，却句句切游，构思巧妙，用语精练，余味不尽，不愧为千古名篇。

诗首联，以平叙起笔，看似浅淡，却蕴真情，寥寥数语，便勾勒出了一派祥和、宁静、热情好客的山村悠然图景。“莫笑”淋漓述出农人之淳朴，“腊酒”暗点时为腊月，为后之“春社近”做垫；“足”尽表农家待客之盛情，“鸡豚”应“丰年”，谨严有致。

颔联，顺承首联，写村中山水悠游之所见，情中蕴理，为千古名句。

漫步山峦，青峰碧翠，有潺潺流水相伴，景色醉人，不觉渐行渐深，山路依稀难辨，前行似已无路，却陡然见杨柳荫浓暗日光，花开繁饶绽明媚，一村又现，顿觉豁然开朗。入境入情，惊喜之意跃然。且此“绝处逢生”之景与人生穷途困顿时矢志前行终见希望光明的境遇十分相契，引而申之，备觉理韵深长。

颈联转笔，由山村自然风物言及其风俗民情，写了村人“春社”祭灶的欢喜热闹，冠带俭朴的古风流韵，字里行间，极见深爱。

尾联，诗人笔锋再转，“闲”写出生活的安闲、内心的闲逸；“乘月”表时已入夜，暗示已悠游一日；“拄杖”既应“游”，也有几分青春不复之意；“夜叩门”写与村人当夜对月把酒的欢乐情态。

全诗至此而结，留白无数，意犹未尽，深情饱蕴而不显，结得可谓恰到好处。

简卢陟

唐·韦应物

可怜白雪曲，未遇知音人。
恓惶戎旅下，蹉跎淮海滨。
涧树含朝雨，山鸟哢馀春①。
我有一瓢酒，可以慰风尘。

注释：

①馀春：暮春。

赏析：

韦苏州（韦应物曾任苏州刺史，世称韦苏州）出身优渥，少年敏慧，一生落拓不羁、闲逸自适。他喜诗，亦工诗，其诗多清新雅淡、含蓄蕴藉，《简卢陟》一诗为其代表作。诗极短，仅四联，但遣词清隽，意境淡远，字里行间，谆谆之情洋溢，自见机杼。

诗首联，起笔清切，谆然诚恳，明写“白雪”曲雅却知音难遇之悲，实则是托物比兴，以“白雪曲”比况卢陟，言其虽才华横溢却难遇伯乐、无人赏识，为颔联做垫。

颔联，诗人转笔，顺承首联，对卢陟的现实处境做了简赅的摹写。“恓惶”表其忐忑忧凄，“蹉跎”见其不遇，虽未言悲，却已见悲。

怀才不遇，内心惶恐难安的青年人，自是需要多关怀、常慰藉的，由是，诗人笔锋再次一折，开始劝慰卢陟。

颈联，诗人以简笔勾勒出了一幅天光初晨，山涧潺潺，林木蓊郁，露珠犹挂，青山翠碧，鸟声啁啾的盎然图景。“馀春”指暮春，暮春原是春归之时，景致却依旧明媚美好，春在归时，犹自自强不息、绚烂美好，况乎人也？此处，诗人实则是借景抒情，含蓄地劝卢陟：你虽羁旅淮海，一时困顿，但还需奋发图强，未来终归是美好的。

尾联，诗人笔锋层递，以“酒”慰“风尘”，结语表期盼，希望卢陟能走出戎马困顿、不遇无识的悲伤，以积极乐观的态度去欣赏自然美景、感受生活的美妙。语浅情深，含而不露，颇见工致。

嫦娥

唐·李商隐

云母屏风①烛影深，长河渐落晓星沉。
嫦娥应悔偷灵药，碧海青天夜夜心。

注释：

①云母屏风：嵌着云母石的屏风。这里指嫦娥独自在月宫居室中，夜里只有烛影和屏风与她做伴。

赏析：

《嫦娥》是唐代著名诗人李商隐怀“邦无道，则可卷而怀之”之心，所作的一首寄兴小诗。

全诗朦胧典丽，清婉流美，格调淡雅，意境深幽，寓情于景，借神话抒情，品之，颇见三味。

诗首句起笔清峭，一语入境，以简淡雅丽的笔墨，先描摹了永夜不寐的主人公孤坐室内所见之景。“深”状烛光之暗淡，烛光暗淡残零，映在屏风上的烛影随之愈发深暗，独坐屏风畔，看影对烛，主人公的心情自格外凄凉。

次句，承首句，移目换景，笔锋折转，写了孤坐仰观之所见。“渐”极写时间之推移，“沉”淋漓地描述出了“晓星”将落未落的情景，天之将晓、银河欲沉，可见主人公是一夜未眠的。

不眠而望夜，见星见月，自然就想到了那月中幽居的嫦娥，想到了嫦娥因偷吃灵药而得道升仙，孤栖广寒，再不能与爱人团圆的境遇。于是，主人公感同身受，油然而发“嫦娥应悔偷灵药，碧海青天夜夜心”之叹。“应悔”为揣度之语，语中却蕴同病相怜之伤，可见，主人公之境遇其实与“嫦娥”颇类似。

至于主人公是谁，托寄何情何意，诗人始终未言，是以后世猜测颇多。有人说是在讽刺女冠；有人说是在悼亡；也有人说是诗人自伤身世，叹错婚王氏，以致深陷党争，终生郁郁。孰是孰非，终难定论。不过，诗非纪实之笔，何必耿耿于其实指，无论怎么说，嫦娥之寂寞与诗人生平之寂寥凄悲总是能相契的，另，情为共相，朦胧蕴藉，亦能自得奇妙，强自求同，却也不必。

观沧海

汉 · 曹操

东临碣石①，以观沧②海③。
水何澹澹④，山岛竦峙。
树木丛生，百草丰茂。
秋风萧瑟，洪波⑤涌起。
日月之行，若出其中；
星汉灿烂，若出其里。
幸甚至哉，歌以咏志。

注释：

①碣石：山名。碣石山，位于河北昌黎。公元 207 年秋天，曹操出征乌桓，大获全胜，回途中经过此地。

②沧：同“苍”，青绿色。

③海：渤海。

④澹澹：水波摇动。

⑤洪波：汹涌的波浪。

赏析：

公元 207 年，曹孟德北征乌桓、得胜归来，途经碣石山，兴至而登临，即兴作此诗。

诗为乐府古体歌行，不算太长，但遣词质朴、清新朴秀、气韵沉雄、意境阔大，读来颇见磅礴。

“东临碣石，以观沧海”以简朴平淡的语言对观沧海之地、之因做了简要的概括。

“水何澹澹，山岛竦峙”，总写观沧海之所见，海面平阔，水波摇动，远山高耸，雄浑壮美可见。

“树木丛生，百草丰茂”，从静处着笔，对“竦峙”的“山岛”做了形象描绘。“丛生”“丰茂”言简意赅，写尽了岛上植被青葱、树木蓊郁的盎然情态。

“秋风萧瑟，洪波涌起”，从动处落墨，为“水何澹澹”张目。“秋风”点明时令，“萧瑟”摹秋风，略见苍凉；“洪波涌起”为风动海面之态，水波汤汤流涌，可见其不息之态。

“日月之行，若出其中；星汉灿烂，若出其里”则是诗人碣石观海，眼见浩瀚，逗起的无限想象。无垠沧海，似能吞吐日月，包蕴星汉，气象阔大而壮丽。此处，“海”不独是实见之沧海，也是诗人之自喻，字里行间，显露的是其广阔的胸襟器量及统一山河的雄心壮志。

“幸甚至哉，歌以咏志”与行文基本无关，不过是乐府合乐的套语，可忽略不计。

行路难三首（其一）

唐・李白

金樽清酒斗十千，玉盘珍羞直①万钱。
停杯投箸②不能食，拔剑四顾心茫然。
欲渡黄河冰塞川，将登太行雪满山。
闲来垂钓碧溪上，忽复乘舟梦日边。
行路难！行路难！多歧路，今安在？
长风破浪会有时，直挂云帆济沧海。

注释：

①直：同“值”，价值。

②箸：筷子。

赏析：

一切景语皆情语，不一样的景致流露的总是不一样的情致。这首《行路难》作于太白被赐金放还之时，字里行间自然充满了愤懑不甘之意。只是，相比于其他人的因不甘而消沉，生性放浪的李白则表现得极是豁达向上。

诗开首，起笔流丽，以“金樽清酒”“玉盘珍羞”直接摹写盛筵情形。

李白将离长安，好友为其饯行，佳肴无数，美酒琼浆，对嗜好美酒的李白而言，这本该是一场极欢愉的宴会，然而，他却“停杯投箸”，无心饮食，可见内心之愁苦怅惘，由是便有了“心茫然”之叹。

及后“冰塞川”“雪满山”两句，应“茫然”之语，正面描写“行路难”，寥寥几字，已道出前路万千的崎岖艰险。不过，太白生性豁达，虽然前途渺茫艰险，他心中却并不绝望，而是化姜尚白首垂钓遇文王，伊尹梦日逢商汤的典故，为自己张目，振奋己心。

然而，心中虽常怀希望，但回首现实，仍不免再叹艰险，是以，诗人在此再度转笔，叠用“行路难”以唱叹，发“今安在”之探问，直抒茫然之心绪。回旋之间，可见其内心之矛盾。

不过，最后，诗人终究还是一力破开了胸中所有的茫然、苦闷、凄惶、不甘，发出倔强的向上之音：“长风破浪会有时，直挂云帆济沧海。”其自信，其洒脱，其胸怀，由此，赫然而现。

秋夜将晓出篱门迎凉有感二首（其二）

宋·陆游

三万里[①]河[②]东入海，五千仞岳[③]上摩天。

遗民[④]泪尽胡尘里，南望王师又一年。

注释：

①三万里：长度，虚指，形容其长。

②河：指黄河。

③岳：指西岳华山。一说指北方的泰山、嵩山、恒山、华山等。

④遗民：在金占领区生活却认同南宋王朝统治的汉人。

赏析：

陆游是南宋著名的爱国诗人，一生矢志复国，写下了无数忧国念家、思振怀远的诗篇，本诗仅是其一，虽非脍炙，却也意境雄浑、格调清健、情真意挚、令人动容。

诗首句“三万里河东入海”，起笔大气磅礴，从横向的角度，借滔滔黄河水书写了北国江河之锦绣壮阔；次句“五千仞岳上摩天”，应和首句，从纵向的角度，借华山的高可摩天，写了中原山峰之峻拔奇秀。二句连缀，相成相辅，不知不觉便将中原大好河山的壮美可爱概然勾勒。

然而，山河虽好，却已沦落金贼之手，回首望断，河山已失六十年，由是，河山愈好，诗人触景而生之情便愈悲。

三句“遗民泪尽胡尘里”，不独是诗人的嗟悼之叹，亦是遗民的血泪之声。“胡尘”明是指金人走马溅起的尘埃，实则是指金人对北宋中原遗民的压迫残害，是“泪尽”之因，也是“泪尽”的大背景。

既受尽压迫，遗民自然渴盼王师北上、收复中原，所以年年岁岁含泪期盼，只是岁岁年年泪尽，终归失望。结句，诗人说“南望王师又一年”，虽言“望”，却以“又”饰，字里行间既见祈望，又见失望，情思迂回绵折，余味不尽，足见奇妙。

纵览全诗，首二句貌似明媚，明媚中却常含血泪，末二句直中见曲、婉蓄抒情，既见复国之志，又含苟安之悲，显然，诗人作此诗，还是抱着能警醒南宋偷安之君臣，激起向上之志的侥幸的。可惜，以结果看，终归徒然。

寻隐者不遇①

唐·贾岛

松下问童子，言师采药去。
只在此山中，云深②不知处。

注释：

①不遇：没有见到。

②云深：山上缭绕着云雾。

赏析：

贾岛，字阆仙，自号碣石山人，唐代著名诗人，其诗多事雕琢，焦思苦吟成性，锤炼尤为工致，与孟郊并称于世。

《寻隐者不遇》是贾岛的传世名篇，全诗虽语发平淡，看似浅显，但字斟句酌，锤炼精准，构思奇巧，独树一帜，以问答的形式咏景寄情，读来，更颇见逸趣。

诗极短小，却很精悍，四句，寓问于答，融情于景，返璞归真，自见妙韵。

首句“松下问童子”，开篇切题，一“问”既挈领全篇，引出其后之“答”，又暗点隐者不在。“松下”是诗人与童子问答之处，亦是隐者悠居之所，应“云深”，暗表隐者之清高卓然、出尘绝俗。

及后三句，皆是童子之“答”，但答的显然不是一个问题，可见，诗人是数问，童子是数答，不过诗人下语精练，将其略去了。

二句“言师采药去”，是第一问第一答，诗人寻隐者不遇，自然要问童子，隐者去哪了。童子说，师父采药去了。由此可知，这位隐者约莫还是位医者。

三、四两句，是二答，隐蕴的是第二问：何处采药去？就在此山中，只是山中云雾深渺，究竟在何处，就不得而知了。

既然不知采药何处，自然也便无可寻觅，由是，乘兴而来的诗人只得放弃山中寻遇的侥幸败兴而归，个中无奈与怅惘，虽未语，却已油然而现。

观猎

唐・王维

风劲①角弓鸣，将军猎渭城。
草枯鹰眼疾②，雪尽马蹄轻。
忽过新丰市③，还归细柳营④。
回看射雕处，千里暮云平。

注释：

①劲：强劲。

②疾：目光敏锐。

③新丰市：古时盛产美酒，位于今陕西省临潼县东北。

④细柳营：汉代周亚夫在此屯兵，位于今陕西省长安县。

赏析：

摩诘是盛唐著名山水田园诗人，尝有“诗佛”之誉。其诗或悠闲雅逸，如《山居秋暝》；或深具禅理，如《鸟鸣涧》；或豪放慷慨，如《观猎》。

《观猎》是一首五律，为摩诘早年所作。时，摩诘初入仕路，意气风发，其诗文自也带有昂扬激越之意。

诗首、颔二联写猎中之景。

首联首句，起笔豪迈，先声夺人，先绘了一幅北风朔烈、弓鸣弦惊、紧张刺激的冬猎图景。其中“风劲”写风之烈，隐见风啸，增益“弓鸣”；“弓鸣”显风之劲，应和风声，挈引“猎”意，声中见势，先声夺人。次句再写行猎之人、地、时间，绾合前句，更添声势。

颔联，应首联，描绘行猎的情景。“草枯”“雪尽”表时为冬末；“疾”既写出了鹰眼之锐利，亦暗言其发现猎物之快；既发现猎物，自然要纵马追寻，于是，次句“雪尽马蹄轻”之语便愈显水到渠成，且，“马蹄轻”之“轻”也写出了围猎之迅捷轻盈。

颈、尾二联，掠过猎获之景，直写猎归。

颈联，“忽过”“还归”，动词连缀，似乎瞬息千里，极言归之迅速，而这种迅速，也自然而然地带出了几许欣喜愉悦的心境。

尾联，诗人转笔，以景结情，以归后遥望之风平云定，遥应猎时之风起云涌，化用北朝名将斛律光射雕之典，含蓄地赞扬“将军”，语中含情，表豪雄之志，寥寥数语，摇曳中见余味，蔚为精妙。

送友人

唐·李白

青山横北郭①，白水绕东城。
此地一为别，孤蓬②万里征。
浮云游子意，落日故人情。
挥手自兹去，萧萧班马③鸣。

注释：

①郭：古时修筑在城外的一种外墙。

②蓬：古书上的一种植物，干枯之后根株断开，随风飞舞，也叫“飞蓬”，这里指即将远去的友人。

③班马：离群的马，这里指带着人远去的马。

赏析：

《送友人》是太白作的一首五律送别诗，意境宕阔，遣词浪漫，虽是言别，却无哀婉之意，反极见大气磅礴。

首联切题工对，状别时景致。以“青”摹“山”，以“白”绘“水”，“横”为静，“绕”为动，青白成趣，动静相宜，和以“北郭”“东城”，既见巧致，又别有几分明媚天然扑面。

颔联，顺承首联，以景及人，用淡雅关切的笔墨，写了友人远行之孤寂落寞。“此地一为别”点题，言送别之意，“孤蓬”喻友人，言其独行之悲寥，“万里”略见夸张，写友人一去之远，未言别愁，字里行间，却见不舍。

颈联，紧切颔联，从时间和情感双重角度，对送别之情景做了递进描摹。首句“浮云游子意”，化用曹丕“西北有浮云，亭亭如车盖。惜哉时不遇，适与飘风会”之语，喻游子之四方漂泊、羁旅无定；“落日故人情”以余晖斜洒、普照万里之“落日”来喻友情之天涯不忘、彼此常随，更诉别离之殇。

尾联，诗人借“萧萧马鸣”的典故，婉蓄之间，再写别情。“挥手”是离别的动作，“马鸣”是眷恋之有声，马如是，人更如是。个中深情，尽容其中，一鸣而结，更回味无穷，掷地有声。

黄鹤楼

唐・崔颢

昔人①已乘黄鹤去，此地空余黄鹤楼。
黄鹤一去不复返②，白云千载空悠悠。
晴川历历汉阳③树，芳草萋萋鹦鹉洲④。
日暮乡关何处是？烟波江上使人愁。

注释：

①昔人：传说古代有一位名叫费祎的仙人，在此乘鹤登仙。

②返：返回。

③汉阳：即今湖北省武汉市汉阳区，与黄鹤楼隔江相望。

④鹦鹉洲：在湖北省武汉市武昌区西南。《后汉书》记载，汉黄祖在江夏担任太守时，曾经在此宴请宾客，有人献上鹦鹉，故而得名鹦鹉洲。

赏析：

盛唐千年，诗坛百花争艳，崔颢不是诗中名家，却以一首令太白搁笔的《黄鹤楼》而闻名遐迩。

诗是七律，唯美含蕴，意中有象，虚实相生，境界恢弘，朗朗大气。

首联，以虚入笔，借仙人驾鹤而去的古老传说，引一片悠悠憧憬，又以鹤去楼空，写目见之怅然若失，为全篇设色铺笔。

颔联，承首联，以“不复返”写“黄鹤”，感美好不常、岁不待人；以“空悠悠”摹“白云”，暗应白云之变幻莫测，婉述世事之变幻无常。情中生景，景中含情，情中蕴理，以理说情，情、景、理交融，发人神思，最堪回味。

颈联，诗人转笔，由虚写实，不再吊古，改描摹登临黄鹤楼之所见。“晴”写天气明媚，“川”言所见风物，“历历”言遥见之清晰，写尽江树之葱茏繁茂；“萋萋”叠字，述草之芳美丰茂，“鹦鹉洲”既写实，又用典，隐约可见明媚。

如斯丽景，本应令人欣然，然而，尾联，诗人却笔锋再折，直抒乡愁，由是，丽景哀情，更见其哀。“日暮”表时间推移，可见登眺时久，“乡关何处”虽是在问，却无须答，一语之间，诉尽游子之辛酸；思乡而不见乡，唯日暮时分，独对江上烟波，此情此景，自令人油然生愁，是以，最后，诗人以一“愁”字应乡思，从容点题，情传话外，余音袅袅，令人动容。

花非花

唐・白居易

花非花，雾非雾。
夜半来，天明去。
来如春梦几多时？
去似朝云[①]无觅处。

注释：

①朝云：这里借用了楚襄王梦巫山神女的典故。

赏析：

白居易是唐代伟大的现实主义诗人，其诗常以浅白情真、通俗易懂闻名于世，流觞淡雅，平明如话。然，《花非花》一诗，却一反其平明风格，朦胧婉丽、欲语还休、所吟莫名、所颂模糊，意表千般，耐人寻味。

诗是一首小诗，以三七轮换、类民谣的句式入诗，别出心裁，错综之间，隐见整饬之美。灵活婉约、生动机巧的言语，通篇的博喻，更独具几分空灵优美的意趣。

首句“花非花，雾非雾”，落笔朦胧，以否代叙，虽是喻，却无喻本，引人无限遐思。诗人明说它“非花非雾”，又暗表其“似花似雾”，究竟是什么？耐人揣度。

次句“夜半来，天明去”，言简意赅，极言其来去之匆匆，往还之倏忽，字里行间，已蕴易逝之叹。

三、四两句，以“来如”“去似”相映相成，既显工致，又见别趣；“春梦”“朝云”皆是极美好的物象，“几多时”“无觅处”常叹其易逝无踪，留不住，寻不到，流水行云间，自与前句扣连，氤氲三分真趣。

至于诗人所述之“它”究竟为何，自来见仁见智，莫衷一是。

或许是对世事无常的叹惋，或许是在含蓄地吟咏官妓，或许是白文公的自惋自叹，或许是其他，诗人自己并未言明，不同的人亦有不同的体悟。但他所咏所叹的，总归还是那些曾经美好却倏忽易逝的人、物、记忆等等，或是一种，或是几种，似真似幻，自见空明，细细读来，自觉余味不尽。

黄鹤楼送孟浩然之广陵[1]

唐·李白

故人西辞黄鹤楼，烟花[2]三月下扬州。
孤帆远影碧空尽，唯见长江天际流。

注释：

①广陵：扬州。

②烟花：形容柳絮如烟、花团锦簇的春日景物。

赏析：

太白初出蜀时，正值年少英发。一次偶然，他结识了孟浩然，虽然二者年龄相差十二岁，但却志趣相投，性格相近，很快成为挚友。本诗就是孟浩然赴扬州时，太白即兴所作的一首送别诗。全诗明丽大气、意境雄浑、格调雅淡，虽述离情，却不见凄婉，大气浑然，令人叹惋。

首句开宗明义：“故人”暗点二人友情深厚；“西辞”切题点题；“黄鹤楼”点送别之地，笔墨简淡而明晰，且“黄鹤楼”为天下名胜，历来为文人骚客所喜所重，更有仙人乘鹤自此归的传说流传，于此地送别，不觉之间，便已为整篇点染出诗意且浪漫的氛围。

次句紧续首句，“烟花”明摹烟笼雾迷、百花争艳的阳春之景，暗点花团锦簇、绣户珠帘的扬州繁华，一语双关，既透彻且精妙；“三月”言时令，逗起思绪，寥寥两字，似已可见阳春芳菲烂漫的景致；烟花三月是“下扬州”最好的时节，诗人心驰神往，觉得“故人”此行当是极愉快的。是以，虽是送别，字里行间却充满欢快。

三、四两句，诗人转笔，摹送别的情景。“孤帆”之“孤”非指江上无余船，而是诗人的目光只专注一船；“远影”写舟船愈行愈远之景；“碧空尽”写水天相接、舟影隐没之景。“唯见长江天际流”，寓情于景，一片别绪尽付江水，以景结情，自然收束，景近情遥、含而不露，最见高妙。

己亥杂诗（其二百二十）

清·龚自珍

九州[①]生气[②]恃风雷，万马齐喑[③]究可哀。

我劝天公[④]重抖擞，不拘一格降人才。

注释：

①九州：中国的别称之一。分别是：冀州、兖州、青州、徐州、扬州、荆州、梁州、雍州和豫州。

②生气：生气勃勃。

③喑：沉默。

④天公：造物主。

赏析：

本诗是政治讽谏诗，七言，全诗短而精悍，比喻形象，用典妥帖，遣词昂扬，充满斗争的热情。

首句，以喻托起，从“九州”入墨，以“风雷”喻改革，以“恃”表唯一，言除借“风雷”之力求变革外，再无别法可图“生气”，让整个国家生机重焕，设喻妥帖，磅礴大气。

次句，是对首句的补笔，借苏轼《三马图赞引》中“时（宋元祐初）西域贡马，首高八尺，龙颅而凤膺，虎脊而豹章。出东华门，入天驷监。振鬣长鸣，万马皆喑”的典故，譬喻清廷之软弱腐败，闭目塞听，压迫人才，句尾落一“哀”字，可见诗人内心是何等的悲凉沉痛。

三、四两句，诗人不曾顺脉言“哀”，痛斥淋漓，而是笔锋一转，借想象之笔，发憧憬之语，呼唤未来，呼唤改革，谆谆情真。“我劝天公重抖擞”，“天公”明指苍天、玉皇，实指君王；言“劝”而不言“求”，可见诗人之激昂自信。“降人才”，尽述人才之重要，表明己心之希冀，“不拘一格”则显胸襟、见器量，道出了诗人与众不同的人才观，细细品之，倒有几分李白“天生我材必有用”的韵味。同时，结句一语，也卒章显志，述出了诗人希望统治者广纳天下贤才、革新图强的讽谏之意。

枫桥[1]夜泊

唐・张继

月落乌啼霜满天，江枫渔火对愁眠。
姑苏[2]城外寒山寺[3]，夜半钟声到客船。

注释：

①枫桥：在今苏州市阊门外。

②姑苏：苏州的别称。

③寒山寺：位于枫桥附近，据传唐代僧人寒山、拾得曾经在此居住，因而得名。

赏析：

《枫桥夜泊》是唐代诗人张继所作传世名篇之一，全诗秉承了张诗爽朗清美、蕴藉多情、含蓄雅逸的一贯诗风，字字珠玑，不事雕琢，浑然流丽，读之，令人忘情。

首句“月落乌啼霜满天”，起笔即勾勒出了一幅夜寒霜冷、月没乌啼的凄旷图景，逗起悲凉。“月落”，见月残，既间语孤清，亦暗点时为夜半，月为上弦；“乌啼”凄切，委婉道不祥；“霜满天”既是夜景直摹，亦点时令，且是诗人孤寒心境的一种折射。

次句“江枫渔火对愁眠”，以“愁”统摄，丽景含哀。枫叶如火、渔舟灯火映着繁星，本是一幅极雅丽的深秋画卷，加之如玉屑的飞霜，情景更见曼丽，然而，面对如斯景致，诗人却全然无心赏玩，反而是一腔愁绪，辗转难眠。愁什么呢？为何愁呢？或许是因为羁旅异乡，或许是因为不遇难仕，诗人没说，后人也无从得知。

三、四句“姑苏城外寒山寺，夜半钟声到客船”，诗人一改前之层层铺陈、意象密丽，笔锋陡然变得疏阔，唯淡墨写山寺，悠悠卧听钟，以动衬静，以有声衬无声，以夜半钟声烘托江天之寂寥，内心之凄寒；钟声遥彻，人心漾动，胸中愁绪似乎也因之生发、传远，虚中有实，含蓄蕴藉，遗味无穷，尤堪细品。

宿建德江[①]

唐·孟浩然

移舟泊烟渚[②]，日暮客愁新。

野旷天低树，江清月近人。

注释：

①建德江：指新安江流经建德（今属浙江）西部的一段江水。

②烟渚：弥漫着雾气的小沙洲。

赏析：

刘勰在《文心雕龙》中言："人禀七情，应物斯感，感物吟志，莫非自然。"古往今来，诗之一道，最崇自然，而真正能做到淡而有味、含而不露、自然流出的却寥寥难得，孟襄阳的《宿建德江》恰是其中一首。

诗很短，仅四句二十字，却道尽千愁，婉蓄有致。

首句，落墨流美清柔，描绘羁旅夜泊之事，挈领全篇。"移""泊"动作连缀，描绘出泊舟缓景；"渚"本极平常之意象，但饰之以"烟"，却颇见水烟朦胧之静美；且"移舟"之语，也正应诗题之"宿建德江"。

次句，承转前句，言日暮添愁，情景交融。"日暮"点明时间，承首句之"泊""烟"，因时值黄昏，所以泊船而宿，因日暮转冷，所以江面生烟、水雾迷蒙；同时，日暮黄昏，夕阳西下，其情其景，更极易逗起无限愁绪，所以，诗人言"客愁新"。既言"新"，则必然有"旧"，旧愁未去，新愁又添，愁上添愁，可谓愁煞。

三、四句，以景合愁，摹愁中所见。四野茫茫，一片空旷，江天辽远，夜色低垂，似矮于树；江水汤汤，油然清澈，水映月影，恍惚近人；江天之远，明月孤舟，景之旷，愈衬人之孤，虽未言愁，其愁已显，却显而不露，结情景中，含韵悠长。孟襄阳大家笔墨，由此可窥万一。

水调歌头·文采汉机轴

宋·刘过

文采汉机轴，人物晋风流。
丈夫有此，便可谈笑觅封侯。
试问湘南水石，今古阅人多矣，曾见此公不①。
名姓出天上，声誉塞南州。

斩楼兰，擒颉利，志须酬。
青衫何事，犹在楚尾与吴头。
闻道长安灞水，尽是三槐风月，好奉板舆游。
此曲为君寿，为我唤歌喉。

注释：

①不：同“否”。

赏析：

刘过，字改之，号龙洲道人，南宋爱国词人，与刘克庄、刘辰翁并称“辛派三刘”。词承豪放一派，词多狂逸，豪雄俊爽、激越恣肆、清朗疏隽，《水调歌头·文采汉机轴》为其代表作。

词是为贺寿而作。上阕，开首铺叙，以“文采汉机轴，人物晋风流”借汉晋之鼎盛气象，赞寿星文采风流、人物出众，对“丈夫”做了一番速写，从容笑谈“封侯”事。及后词人笔锋顺下，以“试问湘南水石”起，问答之间，既见工致，又见盛赞，构思巧致，别树一帜，令人赞叹。“湘南”，暗点寿星身世，“名姓”二句则直述了寿星的德高望重，钦佩赞美之意，溢于言表。

下阕，词人用典，以曾“斩楼兰，擒颉利”的盛唐名将李靖比况寿星，言其功勋彪炳，更以“志须酬”言其重整山河、收复故土的雄心壮志。之后，词人自然转笔，由人写己，不再盛赞寿星，而写贺寿之人，即词人自己。“青衫”言自己一介布衣，身无功名；“何事”表无事，说自己终日闲暇，无所事事，引出“犹在楚尾与吴头”的浪迹之语。词人浪迹吴楚之地，一是因屡试不第、出仕无门，二是因性情洒脱、自喜山水，三是因金兵南下、战乱频仍，只得流离避祸。是以，“闻道长安灞水，尽是三槐风月”，时势安定之时，才欣然而往，作曲祝寿，既表己心之钦敬，又求立身之安稳，同时，也希望“为我唤歌喉”，此词能多为传唱。此处，唱的是何？不独是歌，还有“志”，综合时代背景来看，此志指的显然是抗金复土的爱国之志。

辑六　星草树鸟

题武夷

明 · 戚继光

一剑横空星斗寒，甫①随平北复征蛮。
他年觅得封侯印，愿学幽人住此山。

注释：

①甫：刚。

赏析：

戚继光是明朝抗倭名将，出于寒门，敏而实干，喜诗，其诗“近燕赵之音”，格律颇壮，常有佳作，《题武夷》为其一。

诗是题咏诗，工谨中见豪放。首句“一剑横空星斗寒”，起笔大气，势见磅礴。以“横空”摹“剑”，以“剑”喻武夷，写尽武夷山之形神；“寒”既是状剑，亦是摹山，兼且摹人，一字多意，见形见深，下得极妙。另，此处之“剑”，不独是比喻，亦是实指，一剑横空之态，亦写尽了英雄沙场征伐之悍勇威武。

次句“甫随平北复征蛮”，顺承前句，以“剑”入，引征平之语，淋漓地描绘出名将之志、复国安图之雄，飞扬恣肆。

三句“他年觅得封侯印”，悠然转笔，从四处征战，复土开疆，写到了“他年”功成之景，由实及虚，虚实相合，承上启下。

四句“愿学幽人住此山”，结句切题、应题，正面抒情达志，传“功成身退、解甲归隐、悠然山林”之意。“幽”字应“寒”，“住此山”直言归隐，亦有以此山为解剑之地之意，与首句自然绾合呼应，颇见其妙。

七夕

唐·杜牧

银烛[1]秋光冷画屏，轻罗小扇扑流萤[2]。
天阶夜色凉如水，卧看牵牛织女星。

注释：

①银烛：精美的银色蜡烛。

②流萤：飞动的萤火虫。

赏析：

杜牧，字牧之，晚唐诗坛巨擘，与李商隐并称“小李杜”，擅诗，最擅绝句，其绝句隽永趣长，有明月孤映之象。《七夕》为其七绝名篇，向来为人脍炙。

诗首句“银烛秋光冷画屏”，着一“冷”字，以清浅纤细的笔墨缓缓铺展出一幅深宫秋夜图景。“银”摹烛光，写烛光之白、之清、之暗；

“秋”点时令；“光”既写烛光，又隐渲月光，见清冷；“冷”为句旨，亦为诗旨，明是在写“画屏”的清冷，实则是在写夜的清冷、环境的清冷、人的清冷、心的清冷。

次句“轻罗小扇扑流萤”，诗人笔锋一折，由景及人，写到了以扇扑流萤、聊聊无事、排遣时光的人，看似浅白情浅，实则含蕴情深。“轻罗小扇”原是盛夏纳凉扇风之物，秋即弃置不用，“流萤”白日风姿不显，唯映以夜色，最见其美，但长夜孤清，人多高卧，无人赏流萤之美，反而以之为扰；诗人写小扇扑萤之景，实则是在以景况情、以物托寄，侧写芳华流逝、深宫寂寞、君恩不再的宫中人，虽未言宫怨，未表凄，其怨其凄自现。

三、四句，是一、二句的生发与延续。“凉”映“冷”，“夜色”映“银烛秋光”，“夜凉如水”暗表君心如冰，常发怨叹。“卧看”写孤枕难眠，“牵牛织女”喻爱情，表悲苦，进一步加深了宫人内心的冷与凄，映以夜色之凉，层层深递，更见工致。

过零丁洋①

宋·文天祥

辛苦遭逢起一经②，干戈③寥落四周星④。
山河破碎风飘絮，身世浮沉雨打萍。
惶恐滩⑤头说惶恐，零丁洋里叹零丁。
人生自古谁无死？留取丹心照汗青⑥。

注释：

①零丁洋：即“伶丁洋”，位于今广东省珠江口外。1278 年底，文

天祥在与元军对抗时兵败被俘，被押解途中路过零丁洋。

②起一经：指因为精通一种经书而通过科考得以当官。

③干戈：抗元战争。

④四周星：四周年，即1275—1278年。

⑤惶恐滩：赣江中的险滩，在今江西省万安县。

⑥汗青：借指史书。古人用竹简写字，先用火将其中的水分烤干再写，既方便写作，也防止虫蛀，称为汗青。

赏析：

公元1275年，时任赣州知州的文天祥奉诏勤王，苦战东南三年，1278年兵败被俘，次年被押解进京，此诗便是途经零丁洋时，诗人触景明志之作。

诗首联，从纵处着笔渲染，截取两大片段，概述平生。首句“起一经”表以明经科举入仕，“辛苦遭逢”写仕途浮沉多年的际遇；次句“四周星”表四年，“干戈寥落”言烽火战事已歇，暗表勤王之败。

颔联，顺承首联，进一步铺叙直陈。“风飘絮”“雨打萍”皆是实见之景，但实中又蕴虚，多有托寄之意。首句，从国入笔，写山河之破碎、南宋之沦亡；次句从自身落墨，写亡国孤臣境遇之凄苦艰难。

颈联，紧续颔联，以说为叹，自伤自感，常惋今昔。“惶恐滩头”是昔日为将时战败之地，欲勤王而无力，内心自惶恐难安；“零丁洋里”是今日被俘途经之地，一身孤苦，国破家亡，自然叹恨伶仃。

以上三联，层层铺叙，步步托衬，俨然营造出了一股悲郁凄伤、哀痛沉闷的氛围，但尾联，诗人却不曾将这种悲郁生发到底，反而改抑为扬，一笔提振，发“人生自古谁无死？留取丹心照汗青”之言，慷慨豪迈，抒情明志，其昂然的民族气节、舍生取义的铮铮情怀由此跃然纸上，情挚激烈，感召万端，影响了后世无数仁人志士，诗传千古，自是名不虚负。

上元[1]侍宴

宋·苏轼

淡月疏星绕建章[2]，仙风吹下御炉香。

侍臣鹄立通明殿，一朵红云捧玉皇。

注释：

①上元：上元节，农历正月十五。

②建章：皇家宫阙。

赏析：

本诗是一首应制诗，作于元祐八年。全诗设色明朗，晓畅流丽，意境庄严，情感真挚，虽字里行间皆是颂扬之辞，却无阿谀谄媚之态，恰而得体，品之颇见逸味。

首句，起势淡雅，以“淡”言“月”，描摹月之寒淡清雅，暗应冬末春初之时令；以“疏”饰“星”，写星之稀疏隐约，应“上元”之期，十五月圆，朗月之下，自不见繁星；“建章”是皇家宫阙，本就富丽堂皇，诗人偏又下以“绕”字，表明星月不过是建章的陪衬，既突出了建章的主位，又实中见虚，令建章自然而然蒙上了几分仙阙瑶境的色彩。

次句，顺应首句，“仙风”坐实了之前仙阙仙宫的联想，且以风为媒，吹送炉香，自然而然，便将视角从宫外拉到了宫内。

三句，诗人顺笔，写建章宫内，群臣引颈直立、静待君王的肃穆情景；“通明殿”明写殿堂之灯火通明，暗喻玉皇大帝所居之通明宝殿，隐有以玉帝比君王，歌颂君王之意。

四句，诗人笔锋叠进，写了君王驾临时的盛大煊赫情景，红云灿烂，瑞霭金霞，同衬玉皇，虽是虚写，但虚景中又处处有实，“红云”原是身穿红袍的内侍的指代，“玉皇”指的就是哲宗赵煦。

通读全诗，不难看出，诗中虚实之笔转圜独到，酣畅淋漓，句句之间，铺垫叠叙、层层拔高，更见精妙。虽是应制之辞，自身情语难彰，但大家之笔，溢彩之辞，亦颇见精致疏朗趣味。

十五夜观灯

唐·卢照邻

锦里开芳宴，兰缸[①]艳早年。
缛彩[②]遥分地，繁光远缀天。
接汉疑星落，依楼似月悬。
别有千金笑，来映九枝前。

注释：

①兰缸：指花灯。

②缛彩：绚丽的色彩。

赏析：

《十五夜观灯》是唐代著名诗人、“初唐四杰”之一卢照邻元宵夜即兴所赋的一首五律小诗。全诗工致天然、遣词流丽、堂皇绮美、情韵天成、别见欢欣，在历代咏元宵节的诗词中，亦当佼佼。

诗首联，落笔隽美，堂皇见势，淋漓地描绘出了元宵月夜、人流如织、花灯璀璨的繁华图景。首句之“锦”，次句之“兰缸”皆代指花灯。“开芳宴”是唐时旧俗，既写出了宴饮游赏之乐，又暗表夫妻伉俪情深，隐喻爱情之美好。“早年”指年轻人，“艳早年”既点了元宵观灯之盛况，又写了灯火绮丽之盛景，妙语天然。

颔联，诗人笔走龙蛇，以“缛彩”摹元宵灯火之多姿炫美，以“繁光”写灯火之多之广，以“分地”“缀天”极写花灯满城，摇曳生姿的壮美，诉尽灯火辉煌之情状。

颈联，“接汉”为遥望之语，言灯火之绵延盛大，“疑星落”是具象之辞，以花灯喻繁星，立见绮美；且“汉”原是天上银河的借指，诗人写灯接霄汉、星子垂落，其实，多少都有以其彰爱情之意。

尾联“别有千金笑，来映九枝前”，既是对现实观灯景致的描摹，也是对爱情之调的进一步生发，同时，“千金”与“早年”首尾相应，情韵相合，少年男女，相约灯前，亦引人遐思无限。

全诗至此收束，貌似戛然，朦朦胧胧中却又暗含无限美好与浪漫。结似未结，语尽情翩，自见巧致。

赋得①古原草送别

唐·白居易

离离②原上草，一岁一枯荣。
野火烧不尽，春风吹又生。
远芳侵③古道，晴翠接荒城。
又送王孙④去，萋萋满别情。

注释：

①赋得：借古人诗句或成语命题作诗。

②离离：形容青草茂盛。

③侵：侵占，长满。

④王孙：这里指友人。

赏析：

本诗是一首应考咏物诗，全诗清新朴素，以草取喻，兼言送别，结构工致，韵律天成，为乐天成名之作。

诗首联首句，开章切旨，以“原上草”应题，借“离离”书草之繁茂丰美，入情入境；次句递进，写草“枯荣”之特性，暗赞其岁岁春生、生生不息。

颔联，应首联之枯荣，笔锋一宕，以之生发，“野火烧不尽”写草之“枯”，寓其顽强；“春风吹又生”述草之“荣”，两句应和，唱叹有味。

颈联，顺承颔联，点应“古原”，写了原上草“春又生”的芳菲盛景。“芳”为芳香，摹写草香，以“远”饰“芳”，立见草香之远传，暗表草繁、草广；“侵”略带拟人，写尽春草蔓延之情态；“晴”表天气，“翠”摹草色，以“晴”饰“翠”，别见几分草色明媚；“接”则形象地描绘出了翠色连绵、原野广阔的情景；“古道”“荒城”既是远目所见，亦是友人将经之处，暗应送别。

尾联，诗人笔锋一转，正面点“送别”，切题，变用《楚辞》中“王孙游兮不归，春草生兮萋萋”之语，以草取喻，含蕴抒别情，情蕴景中，情景交融，颇见其妙。

春望

唐·杜甫

国①破②山河在，城春草木深。
感时③花溅泪，恨别鸟惊心。
烽火连三月，家书抵万金。
白头搔更短，浑欲不胜簪。

注释：

①国：国都，指长安。

②破：陷落。

③感时：感伤国家时局。

赏析：

杜甫生逢乱世，一生流离漂泊，诗语人语，其诗自常见家国之忧、兴亡之叹、羁旅之凄凉，譬如这首《春望》。

全诗情融景中，意境深幽，炼词工谨，造语传神，情凄情挚，景真景切，最是脍炙人口。

诗首颔二联绘景，以沉郁苍凉的笔墨绘了“春望”长安之所见。

首联摹远景、全景，状的是草木遥深、荒疏破败之景。“国破”起笔悲怆，“山河在”暗表凄凉，“城春”述春之物候，“草木深”是荒败之景的具象；“破”“深”落笔极是用力；“国”“城”两相对照，更见家国沦亡、物是人非之悲郁。

颔联摹近景，精心裁取了“花”“鸟”这样常见却又经典的春之物象，春花本妖娆，春鸟啼啁啾，但在悲人眼中却成了“溅泪”“惊心”的景致，丽景哀情倍言哀，自见其情。另外，“感时”应首联之“国破”，饱含忧国之思，“恨别”显思亲之念，为颈联“家书”句做铺叙，回环相映，既见谨严，又显工巧。

颈联，顺承首、颔二联，平叙烽火连天之时局，尽言亲朋离散、生死不知、家书难达之忧怨，不见凄凉之语，已现凄凉之情，可谓字字哀凉。

尾联，诗人笔锋承递，摹了自身忧思之态。因忧而“搔”，因“搔”而白发愈稀、不胜簪缨。寥寥几语，貌似朴拙，却将一个忧时思亲、愁添白发的老翁形象绘得入木三分。“更短”“不胜”之语亦将家国之思、之忧生发到了极致。

游子[1]吟

唐·孟郊

慈母手中线，游子身上衣。
临行密密缝，意恐迟迟归。
谁言寸草[2]心[3]，报得三春[4]晖。

注释：

①游子：古时对远游旅居的人的称呼，这里指诗人自己和各个游子。

②寸草：小草。这里比喻子女。

③心：既指草木的茎干，也指子女的心意。

④三春：旧称农历正月为孟春，二月为仲春，三月为季春，合称三春。

赏析：

孟郊，字东野，唐代诗人，向具文名，擅诗，尤擅五言，有《孟东野诗集》十卷传世，其诗多精工细琢、锤炼万端，《游子吟》为其代表作。

诗虽不长，意境深远，颂母情深，千百年来，不知引得多少漂泊游子共鸣。

首二句“慈母手中线，游子身上衣”，纯用白描，不加点饰，以“慈”突显母亲的形象，以“游”写出子之将行，又借“手中线”“身上衣”将母与子自然连缀，淋漓述出了母子之间骨肉相依的浓浓亲情。

中二句“临行密密缝，意恐迟迟归”，顺承前句，对“儿将行，慈母为其赶制衣衫”的情景刻画得入木三分。“密密”既写出了针脚之细密，亦暗表了一腔慈母情怀，“意恐”更自然而然地写出了母亲的忧心与关切。所谓“儿行千里母担忧”，不外如是。

末二句“谁言寸草心，报得三春晖”，由景入情，直抒胸臆，以比兴融味，以一问结情，以“寸草”比儿女，用“春晖”比母爱，比喻贴切，妥而传神，道尽游子对慈母之深爱，既见工致，又觉巧妙，细细读来，最可圈点。

塞下曲六首（其二）

唐·卢纶

林暗草惊风，将军夜引弓。
平明寻白羽，没①在石棱中。

注释：

①没：没入。

赏析：

《塞下曲》是唐代著名诗人卢纶作的组诗，合共六首，此为第二首，也是最脍炙人口的一首。全诗遣词浅近、结构巧妙、意境疏朗、跌宕中有大气，品之，极见飒爽。

首句起笔奇崛，语发紧切，寥寥几笔，便勾勒出了一幅密林深暗、草劲风急、叶叶飒沓、疑林有虎的紧张氛围。“林”表地点；“暗”饰林，既写出了密林幽暗的环境，也暗点时间，应“夜”；“草惊风”写疾风吹过、林草摇曳不定的情形，却切一“惊”字，既传神，又别有蕴意。

边塞密林多虎，虎喜昼伏夜出，密林深夜，有疾风掠草，也许是自然风，也许是虎扑带起的劲风，用“惊”，不独写出了这种种可能，还表现了将军的警惕，为后句之“引弓”做垫。

次句，承首句，写了“草惊风”之后，将军从容不迫“引弓”而射的反应，看似平淡，却颇朴素，而“引弓”之后如何，诗人未言。第三句，直接转到了“平明”，当夜不寻猎物，反而天亮了才去寻，不仅是因为夜间林暗、阻碍视线，亦是因为将军自信，箭无虚发，必定百发百中。诗人虽未直言，但字里行间，已见对将军的赞颂。

四句，一笔贯下，写了“寻白羽”的结果，将军夜猎，没有射到虎，箭反而“没入石棱中”，这样的结果，委实让人意外，这意外却又逗起人无限的遐思与想象。箭入石棱，射箭人的力气该有多大？将军的形象该有多英武不凡？这些，诗中没有明写，一切尽在言外。也正因为此，这样朴素的一首小诗才瞬间化腐朽为神奇，多了几分浪漫神奇的味道，入情入味，令人赞叹。

归园田居五首（其三）

晋·陶渊明

种豆南山下，草盛豆苗稀。
晨兴理荒秽，带月荷锄归。
道狭草木长[①]，夕露沾我衣。
衣沾不足惜，但使愿无违。

注释：

①草木长：草木丛生。

赏析：

陶渊明的骨子里总有一种纯然的天真与放达，他太清洁了，所以受不得尘世的污浊，挂冠归隐后，他在南山园田之间，为自己寻了一处“桃花源”。

《归园田居》五首便是渊明归隐“桃源”之后所作，本诗为第三首，平中见趣，淡里含真，很见逸味。

诗前四句，以简淡平实的笔墨对诗人归隐后的躬耕生活做了具体的摹写。

首二句“种豆南山下，草盛豆苗稀”，明白如话，语发亲切，与其说是在吟诗，倒不如说是在娓娓话家常。“种豆”点明农事，“南山”言明地点，“草盛”写尽野草之繁盛，“苗稀”与之相对，写了豆苗的稀疏、豆田的荒芜，为后文的“理荒秽”做垫。读来，颇显淳朴。

三、四句，紧承前文，写了诗人“早出晚归，辛勤劳作”的情形，为了不让豆田荒芜、秋无所获，诗人是极勤劳的。“晨兴”即去，“带月”方归，其中劳苦艰辛，可想而知。然而，诗人却不以为意，反而乐在其中，若不然，也写不出“带月荷锄归”这样幽默清逸、怡然相得的诗句。

五、六句，是三、四句“荷锄归”的具象，田间道路狭长，草木茂盛，沐着月色，扛着锄头，穿行草中，悠然归家，露水微微沾湿了衣服，此情此景，既真实，又幽美，非亲历，很难细笔白描至此。

露水沾衣，躬耕劳苦，哪里比得上做官清闲，诗人后悔吗？当然不！末二句，他笔锋一转，以“不足惜”表态度，以“愿无违”明志趣，可见其归隐之心之坚决。由此，也可侧面看出他对现实政治的不满。

青玉案·元夕①

宋·辛弃疾

东风夜放花千树，更吹落、星②如雨。宝马雕车香满路。凤箫声动，玉壶光转，一夜鱼龙舞。

蛾儿雪柳黄金缕，笑语盈盈暗香③去。众里寻他千百度，蓦然回首，那人却在，灯火阑珊处。

注释：

①元夕：夏历正月十五日为上元节，这一夜称为元夜或元夕。

②星：指焰火。

③暗香：本指花香，这里指女性散发出的香气。

赏析：

稼轩是南宋豪放派之大家，其词多大气包举、清健豪雄，《青玉案·元夕》却独不然。

此词，婉约精致，雅丽天然，断叠排句，摇曳生姿，景中人中，情蕴浑然，颇见巧妙。

上阕，词人开首即以瑰美绚丽的笔墨拉开了一幅花灯灿烂、焰火辉煌、游人如织、欢腾热闹的元夕图景。“夜”应“夕”，“花千树”化用“忽如一夜春风来，千树万树梨花开”之句，写静态的灯火，极见璀璨；“更吹落”则以“东风”为媒介，绘焰火，以“星如雨”写尽焰火的流动之美。“满路”言行人如织；“声动”写笙箫处处；“鱼龙舞”写社火百戏，暗喻载歌载舞之景，极见繁华热闹。

下阕，词人笔锋微折，从元夕的灯火繁华，写到了观灯的人，“蛾儿雪柳黄金缕”，华装丽服，更见升平，“笑语盈盈”写尽欢愉，然而，这些人虽丽、虽美好，却并非词人寻而欲得的那一位。于是，便有了“众里寻他千百度”之语，“千百”是虚指，却写出了“寻”的真诚迫切。他在最璀璨的灯火中寻她，始终寻而不得，蓦然回首，却发现，她其实一直都立在灯火阑珊之处。此处，“蓦然”一语，既含惊喜，又见意外。“灯火阑珊处”勾勒出一种超然物外的清高出尘，遥有托寄，比兴显然。琅琅读之，一位不慕名利繁华、孤芳自赏、甘守寂寞的“佳人”形象已赫然在目。

酬[1]乐天[2]扬州初逢席上见赠

唐·刘禹锡

巴山楚水[3]凄凉地，二十三年[4]弃置身。
怀旧空吟闻笛赋[5]，到乡翻似烂柯人[6]。
沉舟侧畔千帆过，病树前头万木春。
今日听君歌一曲[7]，暂凭杯酒长精神。

注释：

①酬：答谢，以诗相答。

②乐天：指白居易，字乐天。

③巴山楚水：指四川、湖南、湖北一带。

④二十三年：刘禹锡于唐顺宗永贞元年（805 年）被贬为连州刺史，至宝历二年（826 年）冬应召，约 22 年。从贬地回京路途遥远，要次年才能回到京城，因此说二十三年。

⑤闻笛赋：指西晋向秀的《思旧赋》。

⑥烂柯人：指晋人王质。王质到山上砍柴，看到两个童子下棋，就一直观看。等到棋局结束，他手里的斧柄（柯）已经烂了。回村之后才发现，已经过去了一百年。

⑦歌一曲：指白居易的《醉赠刘二十八使君》。

赏析：

公元 826 年，刘禹锡罢和州刺史归洛阳时，与白乐天在扬州初逢，宴饮欢聚。席上，乐天作《醉赠刘二十八使君》一诗相赠，刘禹锡感慨万端，提笔酬答，遂有此诗。

全诗典丽，意境豁然，情理兼备，结构巧致，匠心独运，为千古难得之作。

首联，起笔即不凡，以寥寥十四字，写尽了二十三年贬谪生涯的凄苦苍凉，辗转流离中，有激愤隐现。

颔联，诗人笔锋稍宕，由伤己而怀人。借向秀闻笛作赋怀旧友之典，表对王叔文等志同道合之“战友”的悼念；借王质山中观棋、再归百年之传说，述物是人非、岁月迁转之无常，激愤中略见无奈与哀怅。

既如此愤哀，那颈联似该发不平之言，但出乎意料的是，诗人没有，反而以“沉舟”“病树”自我譬喻，表态明志，借新旧更替、万木舟春的自然规律，一笔提振，表达了自己看透但达观的态度、包举且豁然的气魄胸襟。

颈联扫去激愤沉郁之后，尾联，诗人笔锋再折，转而以“今日听君歌一曲”应题，表酬答之意；以“暂凭杯酒长精神”自励且励人，表达了积极进取、争取迎头赶上的生活与处世态度。有慨而不消沉，述志而不浅薄，层层深入，言赅情厚，炼字精妙，颇见不俗。

永遇乐·京口[①]北固亭怀古

宋·辛弃疾

千古江山，英雄无觅，孙仲谋处。舞榭歌台，风流总被雨打风吹去。斜阳草树，寻常巷陌，人道寄奴[②]曾住。想当年，金戈铁马，气吞万里如虎。

元嘉[③]草草，封狼居胥[④]，赢得仓皇北顾。四十三年[⑤]，望中犹记，烽火扬州路。可堪回首，佛狸祠[⑥]下，一片神鸦社鼓。凭谁问，廉颇老矣，尚能饭否？

注释：

①京口：古城名，即今江苏镇江。

②寄奴：南朝宋武帝刘裕小名。刘裕是历史上杰出的政治家和军事家，建立了南北朝时期宋朝。

③元嘉：刘裕的儿子刘义隆的年号，他好大喜功，仓促北伐，被北魏主拓跋焘重创。

④封狼居胥：公元前119年（汉武帝元狩四年），霍去病带兵攻打匈奴，杀灭七万余人，封狼居胥山而还。狼居胥山，位于今蒙古境内。

⑤四十三年：辛弃疾在1162年（宋高宗绍兴三十二年）南归，写作

这首词时，恰好过去四十三年。

⑥佛（bì）狸祠：佛狸，北魏太武帝拓跋焘的小名。他在公元450年反击刘宋，一路打到长江北岸，在瓜步山建立行宫，也就是佛狸祠。

赏析：

向往中的稼轩，从来都是壮烈慷慨、豪迈恣肆、意气飞扬的；现实中的稼轩，虽也才高德显、一世豪雄，但终究还是有不遇被弃、苍凉沉郁的时候，这首作于京口北固亭的《永遇乐》抒的便是这种苍凉悲慨、不遇不平之情。

词上阕以“千古江山”起笔，力沉势雄，昂然大气，格调甚高。及后，顺脉写与“京口”相关的“英雄”，既应题，又切旨，自然流畅，含蕴深远。“舞榭歌台”仍在，“风流”的“孙仲谋”已化烟尘；“斜阳草树”依旧，昔年“气吞万里”的宋武帝的故居也成了“寻常巷陌”，所以，诗人才慨言“英雄无觅处”。在此，“无觅”一语，含蕴颇多，既有岁月不居、流光易逝之慨；又有佞臣当道、举国无处觅贤良，或者说贤良举国无用处之意，表怀才不遇。

下阕，顺承上阕，开首即以元嘉帝草率贪功、贸然北伐、大败而归的典故，写国之无良将贤臣，同时，也委婉地劝诫当权者不要贪功冒进；之后，诗人以己见人，对比今昔，以昔年中原之地烽火连天、军民矢志、同抗异族的昂扬，与今日中原百姓屈奉异族，甚至对异族统治者顶礼膜拜，以求苟安相对比，尽诉胸中哀痛，隐含早复故土之望。

最后，“廉颇老矣”之问，实则是以“廉颇”自况己身，既有“老骥伏枥，志在千里”之慨，又有年华不再、雄心难酬的迟暮之叹，同时，多多少少也有几分怀才不遇之伤，一问结情，结得既恰当，又巧妙，千头万绪，含蕴深长。

望海潮·东南形胜

宋·柳永

东南形胜，三吴[①]都会，钱塘自古繁华，烟柳画桥，风帘翠幕，参差十万人家。云树[②]绕堤沙，怒涛卷霜雪，天堑[③]无涯。市列珠玑，户盈罗绮，竞豪奢。

重湖[④]叠巘[⑤]清嘉。有三秋桂子，十里荷花。羌管弄晴，菱歌泛夜，嬉嬉钓叟莲娃。千骑拥高牙[⑥]。乘醉听箫鼓，吟赏烟霞。异日图将好景，归去凤池[⑦]夸。

注释：

①三吴：即吴兴（今浙江省湖州市）、吴郡（今江苏省苏州市）、会稽（今浙江省绍兴市）三郡，此处泛指今江苏南部和浙江的部分地区。

②云树：树木如云，形容树木之多。

③天堑：天然沟壑，常用来指长江，这里指钱塘江。

④重湖：西湖被白堤分为里湖和外湖，因此也叫重湖。

⑤巘(yǎn)：大山上的小山。

⑥高牙：高矗的牙旗。牙旗是将军的旗帜，上面有象牙装饰。

⑦凤池：全称凤凰池，这里指朝廷。

赏析：

柳永，原名三变，字景庄，北宋婉约派名家，出身名门，少年浪迹，足迹遍及天下，一生所作咏景佳篇无数，《望海潮·东南形胜》便是其咏叹杭州盛景的传世之作。

词上阕，开篇挈领，以“形胜”“都会”“自古繁华”对杭州的风姿气象、美景盛况做了简赅又精准的概括。及后，诗人顺脉落墨，对杭州的自然风光、古都风貌分层次多角度地做了具体摹写。“烟柳画桥”三句应“三吴都会”，写了古都街巷河桥之静谧优美，“十万”人家之错落参差，栩栩风姿，如在眼前；“云树”三句，应“东南形胜”，词人刻意剪裁了两幅极富“东南”风致的景象，钱塘怒潮、白堤云树，状其“形胜”；最后，“市列珠玑”三句，则从市井的角度落墨，以“竞豪奢”写了杭州的富庶，应“自古繁华”。整个上阕，首尾相合，前后扣连，造语之工致高妙，可见一斑。

下阕，词人着笔“清嘉”，借由对西湖自然、人文美景的描摹，以点带面，自然铺叙，再赞杭州盛景。“三秋桂子，十里荷花”以淡雅的笔墨，写了杭州“重湖叠巘”的山水盛美；及后“羌管弄晴”六句则极写杭州人文意趣，写其丝竹繁华，写其之美、之乐。其中，“弄晴”“泛夜”互文见意，为总括；“嬉嬉”言“钓叟莲娃”之乐，妙语传神；“听箫鼓”“赏烟霞”写官绅宴饮、山水之乐，笔墨浅淡大气，别见悠长。阕尾“归去凤池夸”以情语婉结，既表了赞山水之意，又表了希望被举荐之情，淋漓中有余白，很是不俗。

画眉鸟

宋·欧阳修

百啭千声随意移，山花红紫树高低。

始知[1]锁向金笼听，不及林间自在啼。

注释：

①始知：才知道。

赏析：

《画眉鸟》是一首咏物诗，是欧阳永叔被贬滁州时因情即景、有感而作。全诗遣词流丽、造语洒脱、精致洗练、情景交融、人理兼胜，颇是不俗。

诗首二句，写林中画眉。“百啭千声”写画眉啼鸣的婉转、频繁；“随意”言无拘无束；“移”则状画眉的自由自在，下得最妙，既写出了啼鸣之声的远近错落，亦暗表了画眉鸟的翩飞随意。“山花红紫树高低”摹林间盛景，山花烂漫，树木葱茏，高低错落，为画眉之自由啼鸣营造了一个舒适、自由、美好的大环境，乐景乐情，油然欢脱。

末二句，诗人笔锋一折，由林中画眉写到了笼中画眉，以“始知”“不及”层递述慨，明是写啼声之差，实则写境遇之异，“自在”之叹，语短情长，道尽真味。且景语情语，原便浑融，笼鸟之殇，非独自殇，亦是人殇。笼鸟慕自由、羡闲适，犹如笼鸟一般被困锁朝堂、为功名束缚的人又何尝不羡？画眉之羡，即为人之羡；画眉之自在啼鸣，暗昭人之恣肆欢言。只是，林中鸟自在可啼，在野之人可畅所欲言，朝中人却不能。个中种种怅惘欣羡意味，唯当细品，方得体悟。

题宣州开元寺水阁阁下宛溪夹溪居人

唐·杜牧

六朝文物[1]草连空，天淡云闲今古同。
鸟去鸟来山色里，人歌人哭[2]水声中。
深秋帘幕千家雨，落日楼台一笛风。
惆怅无日见范蠡[3]，参差烟树五湖东。

注释：

①文物：指礼乐典章。

②人歌人哭：语出《礼记·檀弓下》：“歌于斯，哭于斯，聚国族于斯。”这里指代宛溪两岸的人世代在此居住。

③范蠡：春秋末政治家，字少伯，曾经辅佐越王勾践灭吴，事成后退居，改名陶朱公，成为富商。

赏析：

杜牧一生，所咏所吟，不知凡几，脍炙人口之作甚多，与之相较，本诗自然色黯，但却也秉承了樊川一贯爽利拗峭的诗风，闲中叹惋，丽而言归，佳篇难得。

诗首联，起笔话六朝，既摹了登临所见之天高淡远、白云闲逸、草色连空景致，又以“六朝”引起“古今”之思，引发联翩浮想。

颔联，顺承首联，以山鸟的来去往还，人世代的歌哭喜怒、生老丧吊，融情入景，既描绘了所见所闻之实景，又抒发了物是人非、事事改易的忧慨，以今连古，层递深入，含蓄抒情。

颈联，诗人笔锋宕开，绘了两幅精心剪裁的、极具渲染寺阁风情的小景。“深秋”句描摹绵密如帘的秋雨，“落日”句描摹黄昏风楼之闻笛，一雨一晴，一婉一丽，应首联“草连空”之景，无形之间，愈显物是人非之苍凉。

于是，尾联，诗人一笔怀人，落笔“惆怅”，想望“五湖”，以遥见之“参差烟树”，写了对“范蠡”的崇敬追慕之意。诗人挂冠而去、山水闲居的归隐之情亦因之溢于言表。

鹧鸪天·元夕有所梦

宋·姜夔

肥水[①]东流无尽期。当初不合种相思。梦中未比丹青见，暗里忽惊山鸟啼。

春未绿，鬓先丝。人间别久不成悲。谁教岁岁红莲夜[②]，两处沉吟各自知。

注释：

①肥水：自安徽合肥紫蓬山发源，东南流经将军岭，最后流入巢湖。

②红莲夜：元夕。红莲，指花灯。

赏析：

江湖落拓白衣客，歌诗拔剑满山河，终宋一朝，擅词者实繁，但若姜尧章（姜夔字尧章）这般人品秀拔、词韵天成者却委实不多。

尧章一生，创作繁多，精品不少，《鹧鸪天·元夕有所梦》为其代表作。

词为怀恋之作，小巧清丽。上阕，开篇设喻，以实见虚，以滚滚东流之肥水寓意相思无尽，引起“不合”之念，又因“不合”，暗见相思之深；既是相思，思久情深，自然入梦，只是梦中人面模糊，不比丹青，语下朦胧，情思绵渺；待鸟啼梦醒、伊人不见，一梦相续，则更见相思之苦痛惆怅。

下阕，诗人换头转笔，以“春未绿”遥应“元夕”，表一年又过，春草再绿，芳颜依稀，而自己却两鬓斑白、青春不复，两相对照，既叹了岁月流逝，又写了迟暮悲慨，造境颇奇。至“人间别久不成悲”，相思之情骤然凝聚至深，“别久”道岁月悠悠，“不成悲”明写不悲麻木，实写悲伤透骨深藏，与“多情却似总无情”异曲同工。

悲切如是，触景自更易感怀，于是，阕尾，诗人以“谁教”二句发问，似问似慨，如泣如诉，将一处相思，化实为虚，融入寓意元夕的“红莲”，变作“两处沉吟”，铅华洗尽，入景抒情，更见空灵。

子规

唐·李白

蜀国[①]曾闻子规鸟[②]，宣城[③]还见杜鹃花[④]。

一叫一回肠一断，三春[⑤]三月忆三巴[⑥]。

注释：

①蜀国：指四川。

②子规鸟：又名杜鹃，声音凄惨，据说是古蜀王杜宇死后变成的。

③宣城：今属安徽。

④杜鹃花：映山红，每年在杜鹃鸟啼叫的春末盛开，因此又叫杜鹃花。

⑤三春：指春季。

⑥三巴：巴郡、巴东、巴西三郡，即指蜀国。

赏析：

古来，怀乡思故之诗不知凡几，太白这首《子规》较之浩瀚名篇，不算出彩，却也词发深丽、情真意挚、可圈可点。

首句“蜀国曾闻子规鸟”，以虚笔挈起，借忆中子规之声，化用望帝杜鹃之典，含蕴表相思。

次句“宣城还见杜鹃花”，为首句之补笔。事实上，诗人当是先见杜鹃花，才忆起那与杜鹃同名同生、三春相伴的杜鹃鸟（即子规鸟）的，但落墨之时，却偏以“曾”开首，前后倒装，由是，便将一片相思烘托得更见浓烈。

三句“一叫一回肠一断”，亦应首句，是“曾闻”之后的“今听”，宣称花开之时，也有子规啼鸣，但那真切、绵远、来来回回、似无休止的啼声却总令人断肠。一个“断”字，无形之间，已折射出了乡愁之浓、之重、之远。

四句“三春三月忆三巴”，正面点题，卒章显志，直抒思乡情怀。“三春三月”点明时令，遥应“杜鹃”“子规”，且与前之“一叫一回”对仗，纡曲萦结，叠字回环，别见语工律谐之美。

入若耶溪①

南北朝·王籍

艅艎②何泛泛，空③水④共悠悠。
阴霞生远岫⑤，阳景逐回流。
蝉噪林逾⑥静，鸟鸣山更幽。
此地动归念，长年悲倦游。

注释：

①若耶溪：在绍兴市东南，自若耶山（今称化山）发源，北入鉴湖。

②艅艎（yú huáng）：舟名，大船。

③空：天空。

④水：若耶溪。

⑤远岫：远处的山峰，指若耶山、云门山、何山、陶晏岭、日铸山等隐现的高山。

⑥逾：同“愈”，更加。

赏析：

王籍，字文海，南朝梁著名诗人，才华横溢却不遇难仕，擅诗，以《入若耶溪》一诗享誉于世。

诗首二句切诗题之“入”，起笔清丽。首句，摹写舟船入溪之景，“泛泛”表水面之阔远，“何”既表舟行不快，又引发诗人无限游兴，隐有喜悦之意。次句，概写入溪后之所见，“悠悠”既言青空之悠远、又述溪水之明净，是以，诗人下一“共”字，别见闲逸。

中间四句，顺承前二句，具绘若耶溪上美景。

三、四句，从视觉起笔，落墨远近，间以阴阳，首句摹远山之秀，次句摹近水之娴，且以“阴霞”“阳景”相辅相映，别见情趣。另，“生”“逐”二字，赋无情之山水以性灵，活泼灵动，更见唯美。

五、六句，从动静处着墨，以动衬静，以“蝉噪”“鸟鸣”之有声衬“林静”“山幽”之无声，构思巧妙，造境幽美，启人情思。

末二句，诗人顺笔，即景抒情，长述“归念”，慨言“悲倦”，情真意挚。

纵览全诗，以喜入，以悲结，丽景归情，回环错落，谐和清婉，细细品之，自不难见超卓。

鸟鸣涧

唐·王维

人闲桂花落，夜静春山①空。
月出惊山鸟，时②鸣春涧中。

注释：

①春山：春日的山。也指春日山中。

②时：偶尔。

赏析：

王维生于盛唐，半生显达，既是诗词名家，又以书画称胜，是以，其诗中多蕴画意，画中总见诗情，清丽恬淡、悠逸不俗的《鸟鸣涧》亦不例外。

首句“人闲桂花落”，巧用通感的手法，传声入景，浅笔勾勒出了一幅夜深岑寂、春桂飘落、幽人漫步闲赏的图景，以动态之“花落”状静意之人闲，落墨很是不俗。

次句“夜静春山空”，以“静”字明旨，为飘落的春桂缓缓铺出一幅春意蓬勃的大背景。“夜”表时令，因已入夜，所以山空人静，也因为入夜，闲人漫步听花落，才更见几分静谧与禅意。

三句“月出惊山鸟”，以动写静，以“月出”应“夜”，以“惊鸟”摹月明。鸟惊离飞之声本极细微，诗人却听得如是清楚，由此可见山中静谧，间应二句之“静”。

四句“时鸣春涧中”，是对三句“惊山鸟”的延展发酵。鸟已惊醒，不时啁啾啼鸣，貌似喧闹，实则更显春涧之幽静。且，末句之“春涧”“鸣”也绾合了诗题“鸟鸣涧”，切题应旨，匠心巧运，别见绮丽。

辑七　雨柳酒

清明①

唐·杜牧

清明时节雨纷纷，路上行人欲断魂②。
借问酒家何处有？牧童遥指杏花村③。

注释：

①清明：二十四节气之一，阳历 4 月 5 日左右，古时当天有插柳、踏青、扫墓活动。

②欲断魂：形容非常伤感，似乎灵魂要脱离身体。

③杏花村：杏花深处的村庄。

赏析：

诗词多天成，妙笔偶相得，纵便岁月流转，总有一些名篇千古流传，为人称颂，譬如李白的《静夜思》，譬如杜甫的《春望》，又譬如樊川的这首《清明》。

诗是七言短诗，意境清幽，造语朴华，工致天然，情景相交，拙秀中自见凄迷，可圈可点。

首句“清明时节雨纷纷”，落笔疏朗，淡简中见精致。“清明时节”应题点题，“雨纷纷”摹“清明”之物候，“纷纷”二字，下得极妙。既淋漓地描绘出了四月春雨的绵密、幽柔，又自然营造出了一种“做冷欺花，将烟困柳”的迷蒙幽美意境，言不见凄景却最凄。

次句“路上行人欲断魂”，紧承前句，由雨写到了雨中之人。清明佳节，有祭扫之伤，亦有团圆之期，然而这一切却都为雨所阻，以致“行人”百感交集，内心纷乱，“断魂”之语，亦自然顺下。

三、四两句，则是对“雨纷纷”“人断魂”之景、之情的进一步生发。遇雨，自然要避雨；断魂，自然要解忧。于是，“行人”开始“借问”，想要寻一“酒家”，这一问，化被动为主动，似觉突兀，却又与及后的“牧童遥指”相绾合；“杏花村”一语双关，既指“酒家”所在的杏花微雨的村庄，又指名为“杏花村”的美酒，读来，很得逸趣。

全诗至此，自然而结。后续种种，喝未喝酒，解未解忧，诗人未做一语交代，全付留白，有余而未尽，足见樊川笔力之高妙。

送元二使安西

唐·王维

渭城[①]朝雨浥[②]轻尘，客舍青青柳[③]色新。

劝君更尽一杯酒，西出阳关[④]无故人。

注释：

①渭城：秦代咸阳古城，在今陕西省西安市西北。

②浥：湿润。

③柳：柳树象征离别。

④阳关：在今甘肃省敦煌西南，是古代赶赴西北边疆的要道。

赏析：

《送元二使安西》，又名《渭城曲》，是盛唐著名诗人、名闻天下的山水田园巨匠王维所作的一首送别小诗。全诗音韵谐和、清新明快、质朴中见真情，细细品之，颇足回味。

首句“渭城朝雨浥轻尘”，“渭城”点明送别的地点，“朝雨”写出送别的时间、氛围，“浥”极言细雨轻尘路不湿之情景，既表雨小，又显雨蒙。寥寥七字，便将渭城初晨，细雨迷蒙的清新景致刻画得淋漓尽致。

次句“客舍青青柳色新”，诗人笔锋稍转，将镜头拉近，从初晨之雨，写到了友人栖居之客舍。“青青”与“新”相应，共同摹写“客舍”之畔依依婀娜的杨柳，“新”既写出了柳色青青的情态，又写出了雨水濯尘、柳焕翠色的场景，很见别致。且，杨柳在古诗中本就是常见的离别物象，诗人写柳，也暗表送别之意。

三、四两句，诗人别出机杼，未言惜别之意，未写相送之景，反而匠心巧运，借劝酒来抒情达意。“劝君更尽一杯酒，西出阳关无故人”，这杯酒，既是饯行之酒，亦是诗人与友人浓情厚谊之凝聚，一语劝君，平平淡淡，却言浅情深，将别意推上峰巅。千言万语表不尽离愁，将别时，欲语还休，唯将言语尽付酒中。貌朴实秀，婉静中见恣肆。“无故人”之语，情长韵悠，浅字白句，却声情沁骨，曲折之味、不尽之情，尽蕴一“无”之中。唱叹别绪，真切动人，闻之由初，不觉泪殇。

渔歌子①·西塞山②前白鹭飞

唐·张志和

西塞山前白鹭飞，桃花流水鳜鱼肥。

青箬笠③，绿蓑衣，斜风细雨不须归。

注释：

①渔歌子：词牌名。原为唐教坊名曲。

②西塞山：在今浙江湖州。

③箬笠：竹叶或竹篾做成的斗笠。

赏析：

《渔歌子·西塞山前白鹭飞》是唐代诗人张志和所作的一首咏闲叹逸、歌山颂水、即景抒情的小词，该词词采明丽、语调平快、遣词活泼、意境悠然、闲适中见真情，堪为词中典范。

词开首，起势淡雅，以“西塞山前白鹭飞，桃花流水鳜鱼肥”生动地勾勒出了一幅江南春日山水怡然的风景长卷：岸上红桃夭夭，春江春水正绿，青山带笑屹立，白鹭纷纷翔飞，水涨汛至，肥美的鳜鱼不时自水面跃出，明媚活泼中自见安闲。其中，“西塞山前”摹山景，“白鹭飞”动静相宜，以白衬青，别见雅趣；“桃花流水”绘水景，花红映水绿，既和了春之物候，又暗点了春雨与春汛，为后句做垫。

山光水色歌春暖，江上有闲人。三、四两句，词人笔锋微转，由景及人，写到了在青山绿水间、桃绽鹭飞处悠然自适的渔者。“青箬笠，绿蓑衣”，以青绿衬桃红鹭白，浓淡相宜，自见唯美。另，“斜”写风微，“细”写雨绵，“斜风细雨”与“桃花流水”“青山白鹭”又自构成了一幅绝妙的山水画卷。“不须归”，不独是写无须归去，也暗蕴乐而忘归之意。此处之渔者，实则是诗人之自喻，写渔者之“不须归”，抒的其实是诗人自身热爱山水自然、宁静致远、淡泊悠然的情怀。

如梦令·昨夜雨疏风骤

宋·李清照

昨夜雨疏风骤，浓睡①不消残酒②。试问卷帘人③，却道海棠依旧。

知否，知否？应是绿肥红瘦。

注释：

①浓睡：酣睡。

②残酒：残存的酒意。

③卷帘人：有学者认为这里指侍女。

赏析：

金闺有闲情，红绿伤春叹，古来伤春叹春之词颇多，如易安《如梦令》这般婉致精妙、隽永清丽、情思绵柔、“为天下称”的却寥寥无几。

这是一首简单清丽的小令。

词起笔峭而流丽，“疏”为疏狂，“骤”为急骤，两相连缀，道尽风雨之骤烈。风雨如是，人本该难眠，偏又“浓睡”，为何？原是醉了。一夜“浓睡”都未能“消残酒”，可见昨夜饮酒之多、醉态之沉。

缘何宿醉？诗人未言，反而直接转笔，写了初晨酒醒之后与“卷帘人”的对话。“试问”之“试”既摹写出了词人急切欲知的情态，又含蓄地描绘出了她不忍知、不愿知的心绪，下得极妙。“却道海棠依旧”，“却”字不独道出了词人闻听回答之后的惊喜与意外，也写出了她的不解与不信。同时“海棠依旧”之句，亦与前之“浓睡”“残酒”绾合。原来，词人是担心海棠被风雨摧残凋落，不忍见风雨后的满目残红，才借酒浇愁的。

最后，词人顺笔，以两个“知否”表意，既像诘问，又似自语，暗表心绪之复杂。“应是”既有不太确定之意，又有应该是、必然是之意，可见词人内心之矛盾。她希望海棠依旧，但理智告诉她，风雨过后，海棠不可能依旧，而应“绿肥红瘦”。“绿”为叶色，“红”为花颜，红绿相衬，色彩谐和；“肥”述了雨后碧叶之润润鲜舒；“瘦”写出了雨打风吹之后的花残花稀；且“红瘦”寓意春芳谢尽、春之将逝；“绿肥”则象征绿叶成荫、蓊郁浓翠、夏之将至。寥寥四字，切中核心，写尽了惜花伤春之情，蔚为绝妙。

踏莎行①·碧海②无波

宋·晏殊

碧海无波，瑶台③有路。思量便合双飞去。当时轻别意中人，山长水远知何处。

绮席④凝尘，香闺掩雾。红笺小字凭谁附⑤。高楼目尽欲黄昏，梧桐叶上萧萧雨。

注释：

①踏莎（suō）行：词牌名。又名“踏雪行”“柳长春”等。

②碧海：传说中的海名。据《海内十洲记》："扶桑在东海之东岸。岸直，陆行登岸一万里，东复有碧海。海广狭浩汗，与东海等。水既不咸苦，正作碧色，甘香味美。"

③瑶台：传说中神仙居住的地方。

④绮席：华丽的席具。

⑤附：带去。

赏析：

公元1027年，晏同叔因事被谪宣州，途中有感而作此词。全词闲中见雅，雅中含痴，痴里见情，含蓄婉丽，自得机杼。

上阕，词人以浪漫的传说入笔，写了昔日之情形，碧海风平、无波无浪，有路直通仙境瑶台，本可成眷属，双宿双栖，然而"思量合"其实已蕴"不合"之意，所以，及后，词人自然转笔，慢道"轻别"，字里行间，多见懊悔。因"轻别"，所以"山长水远"，不知伊人何处，此处之"知"，实是以疑代否，表不知；人不见，懊悔难抒，自然引发浓浓的离愁别绪。

下阕，顺承上阕，婉蓄地写了别后的情形。自从意中人离去，绮席香闺皆尘凝雾掩，破败荒芜；想要鸿雁传书寄相思，却不知寄向何处。在此，"凭谁附"实则是"知何处"的自然递进。不知人在何处，锦书难达，相思无寄，便唯有"高楼目尽"，痴然远望了。一望到"黄昏"，可见所望之痴、望时之长，虽未言情深，却深情已现。最后，词人语发蕴藉，以景结情，"梧桐叶上萧萧雨"既是"望"之所见，又是离愁与深情所寄，与易安之"梧桐更兼细雨，到黄昏，点点滴滴"颇有异曲同工之妙；且相形之下，同叔此词，不见失露，含蓄深丽，情景自然交融，传情传神，更见大观。

雨霖铃·寒蝉凄切

宋·柳永

寒蝉凄切，对长亭①晚，骤雨初歇。都门②帐饮无绪，留恋处，兰舟③催发。执手相看泪眼，竟无语凝噎。念去去，千里烟波，暮霭沉沉楚天④阔。

多情自古伤离别，更那堪，冷落清秋节！今宵酒醒何处？杨柳岸，晓风残月。此去经年，应是良辰好景虚设。便纵有千种风情，更与何人说？

注释：

①长亭：古代修建在交通要道边，每隔十里有一座，用于行人休息，人们通常在此送别。

②都门：国都之门。这里指北宋的首都汴京，即今河南开封。

③兰舟：南朝梁任昉《述异记》中记载，鲁班曾用木兰树刻舟，这里指船。

④楚天：南方楚地的天空。

赏析：

因词忤仁宗，柳永仕途极度失意，唯浪迹青楼，长歌风月，以遣悲怀；《雨霖铃·寒蝉凄切》便是其秋日与恋人相别时所作的一首惜别词，词中既见依依惜别之情又添失意流落之恨，两相叠重，读来，备觉凄郁。

上阕，词人以婉约清淡的笔墨，述尽别情。起首三句，言简意赅，道明送别的时间、地点、环境。深秋，长亭，日暮，重重相叠，渲染出了一派萧瑟孤凄的氛围，凄景凄情，是以“帐饮无绪”，无绪仍饮，可见不愿别离；但“兰舟催发”，不得不别，由是别情更浓。别时有千言，但到头来，却只能“执手相看泪眼，竟无语凝噎”，语虽无奇，但平铺直叙中却最见情深绵密。

终究还是离别了，别情无垠，无可托寄，是以词人才以“念去去”领起“暮霭沉沉楚天阔”之虚写，承上启下，道尽离愁。由是，至下阕，“多情”一句，一笔宕开，虽是泛写，却自见机杼。

之后“酒醒何处”之问，更见哀孤。词人未言借酒浇愁的情形，而错笔写酒醒，宕拓之处，自见悲郁。“杨柳岸”，以柳意“留”道送别；“晓风残月”，以“晓”言彻夜辗转、时间变幻，以“风”见凄凉清寒，以“残月”表别后难圆，融情入景，托喻恰当，最是传神。

而阕尾四句，以“此去经年”起笔，由实入虚，展开联想，以细腻的笔触写想象中与恋人别后惨不成欢，终日郁郁，孤对良辰美景，无人可诉的情景，流水行云间，更见苦痛。且以问作结，更平添余韵无数。

绝句四首（其三）

唐·杜甫

两个黄鹂鸣翠柳，一行白鹭上青天。

窗含西岭[①]千秋雪[②]，门泊东吴万里船[③]。

注释：

①西岭：西岭雪山。

②千秋雪：西岭雪山上千年不化的积雪。

③万里船：从万里外来的船只。

赏析：

《绝句四首》是安史之乱平定，杜甫重归草堂后即景即兴作的一组七绝，共四首，本诗为第三首。

诗很短，仅四句，且一改杜甫顿挫沉郁、忧国忧民的诗风，无论遣词，还是造境，都极明媚轻快。四句四景，有声有色，有动有静，浑然相合，极见曼丽。

首句“两个黄鹂鸣翠柳”，落墨淡雅，笔致清新。“两个”言黄鹂鸟成双，有团圆欢聚之意，“黄”摹色，“鸣”见声，写鸟鸣之怡然，“翠”饰柳，言柳之青葱婀娜，且黄鹂之鹅黄与柳之翠绿点映，色彩更见谐和。

次句“一行白鹭上青天”，与首句对仗，视角悠然转圜，由地上之树转到天上白鹭。“青天”辽阔悠远，“白鹭”成行成线，青中点白，白以映青，天之静，鸟之动，相成相契，最见陶然。

三句“窗含西岭千秋雪”，诗人微微转笔，改摹草堂遥望之景。“窗”表凭窗而望；“含”有将整幅景致框入窗中以成画之意，很见巧妙；“西岭”为遥望之地，指岷山；“千秋”为时间虚指，“千秋雪”表雪历千秋，终年不化，一笔之下，便从时间的角度将诗意宕开。

四句“门泊东吴万里船”，承前句，是草堂近观之景。“东吴”代指三国时孙吴政权，“万里”略见夸张，是空间上的一种诗意虚拓，有点睛之妙。

纵览全诗，诗人虽身在草堂，却视通万里，思接千载，道尽山河壮阔，可见其胸襟之广，心情之愉；全诗无一字言情，情却直切景中，诗人落笔之妙，由此可见一斑。

江城子·西城杨柳弄春柔

宋·秦观

西城杨柳弄春[1]柔，动离忧，泪难收。犹记多情[2]、曾为系归舟。碧野朱桥当日事，人不见，水空流。

韶华不为少年留，恨悠悠，几时休？飞絮落花时候、一登楼。便作春江都是泪，流不尽，许多愁。

注释：

①弄春：在春日弄姿。

②多情：钟情的人。

赏析：

古来，文人骚客，多爱缘柳咏离愁，少游（秦观字少游）也不例外。不过，他笔下的柳、笔下的愁却又别有几分婉蓄清致、流丽隽永的味道。

词上阕，以柳入笔，引起春愁、离忧。“杨柳”自古喻别离，见柳言愁，自无不可；“杨柳”又是最典型的春之物象，以柳弄春，更觉形象；且“柔”为春之物态，一语道尽柔情百种，“弄”则赋杨柳以性灵，以拟人的笔法写柳，照应后文“曾为系归舟”，栩栩传神，曼丽传情。及后“动离忧”二句，语发浅白，直抒胸臆，是“弄春柔”的直接后果；“犹记”二句则是“离忧”的铺叙与延展，“归舟”一句，表明柳为长亭水岸之柳；“朱桥”一句，别离似在眼前；“人不见”句，转笔现实，以“空”见“泪”，平添怅惘。

下阕，词人顺脉，即景抒情，由春愁离忧，写到了韶华不复、青春长逝之恨。“几时休”之问，以疑代否，实则是说无时休，极言恨之绵长，应阕尾之“流不尽”。“飞絮落花”是现实暮春之景的状绘，遥应上阕之春柔杨柳；“登楼”为承启之笔；“春江”为登楼所见所感；“都是泪”则将“泪流”“水流”“离忧”“悠恨”自然统摄，一句“流不尽”，意态兼善，情景交融，最堪评点。

台城①

唐·韦庄

江雨霏霏江草齐，六朝②如梦鸟空啼。
无情最是台城柳，依旧烟笼十里堤。

注释：

①台城：旧址位于今南京玄武湖，六朝时帝王在此淫乐。

②六朝：东吴、东晋、宋、齐、梁、陈六个朝代。

赏析：

韦庄，字端己，唐中晚期著名词人，擅词工诗，词承花间遗脉，清丽婉蓄，诗开含蕴之笔。《台城》为其名篇，为其金陵吊古时，有感而作。

诗首句，以景入切，起笔即勾勒出了一幅细雨霏霏、草色翠碧的暮春图景。金陵临江，是以金陵春雨，也可作江雨；“霏霏”写尽了江南之雨的细致绵密、如烟似雾，从环境的角度为后句之“如梦”做垫；“齐”摹“江草”，写了江南草长之态，草齐，亦暗示时当暮春。

次句“六朝如梦鸟空啼”，顺承首句，是金陵雨中联翩浮想之发酵。“六朝”既挈兴亡之叹，又暗切台城今古，意韵深沉；“鸟啼”为春日常见之景，多照明媚，此处偏用“空”字，暗表哀凉。

三句“无情最是台城柳”，正面切题点题，将目光从杨柳堆烟、细雨迷蒙的金陵正式转向金陵的中枢台城。柳本无识，却偏以“无情”况之，隐约之间，已见反托之意，以柳之无情衬人之常伤，对照鲜明，抒情强烈，自见匠心。

四句“依旧烟笼十里堤”，承三句，是对柳之“无情”的细绘，间应“六朝如梦”。六朝繁华事，十里长堤笼绿烟，六朝衰亡更替，杨柳依旧含烟明媚，物终是，人早非，触景之下，自油然而生兴亡之叹、现实之悲，语发蕴藉，正照“无情”，足见诗人炼字之妙。

送目

宋·欧阳修

送目蘅皋望不休，江蘋高下遍汀洲。
长堤柳曲妨回首，小苑花深碍倚楼。
楚径蕙风[①]消病渴，洛城花雪荡春愁。
流杯三日佳期过，掷度兰波负胜游。

注释：

①蕙风：和暖的春风。

赏析：

欧阳修，字永叔，号醉翁，宋时遐迩闻名的大文豪，擅诗，擅文，最擅词，其词多婉约清丽、情致悠然、婉蓄玲珑，纵便是写悲言怅，亦多见蕴藉之趣，就像这首《送目》。

诗首联，起笔委婉，别见忧情。首句，“送目”应题，与“望”相应，描绘目送友人远离之景，“蘅皋”为送目之地，“不休”言目送之久，表明友情之深，离愁之重，对友人的眷恋不舍。次句“江蘋”为“蘅皋”送目之所见，“高下”写了“汀洲”蘋草的高低错落，“遍”既写出了绿蘋覆盖整个汀洲的景致，描绘了蘋之多、之密，又蕴情于景，暗言离愁之满腔。

颔联，诗人笔锋宕开，以“长堤柳曲”“小苑花深”的丽景衬托离别的哀情，其中“妨”“碍”二字下得最妙，既写出了美景见弃的主观情绪，又相衬相托，进一步道出离愁无限。

颈联顺脉，以愁言愁，写了愁中消愁之举。“楚径蕙风”“洛城花雪”，春光无限美好，春愁、病渴似应为之消。另，“花雪”与“柳曲”，“蕙风”与“花深”，错综遥见，环而相应，自见工致。

尾联，诗人笔锋再宕，以虚中有实、实中有虚的笔法，借“流杯三日”“掷度兰波”的欢聚之景，概言“佳期”之“佳”，又以一个“过”字委婉地写“佳期”之短，“过”中见哀，欢中见愁，无形之间，早将离愁生发，使其愈见沉郁、深广，无尽无穷，耐人寻味。

浣溪沙·一曲新词酒一杯

宋·晏殊

一曲新词酒一杯，去年天气旧亭台。夕阳西下几时回？
无可奈何花落去，似曾相识燕归来。小园香径①独徘徊。

注释：

①香径：弥漫着幽香的小径。

赏析：

晏殊，字同叔，闻名遐迩的“宰相词人”，被誉为“北宋倚声家之初祖”，词开婉约一派，词风流婉清丽、雅而闲逸，多富贵之叹，少离乱之忧，宴饮涵咏之间，有风月，见怅触，独成一家。《浣溪沙·一曲新词酒一杯》为其千古传唱之名篇。

词上阕以欢快明朗的笔触开篇，边饮边吟，对酒听歌，闲适中见安逸，“新词”之“新”既蕴欢然之意，又与后句之“旧”相照应，引起追思。“去年天气”为今昔之比，“旧亭台”，明写亭台依旧、风光俨然，暗表物是人非，稍见唱叹。及后“夕阳西下”既是对眼前之景的实摹，亦是一种对美好易逝、韶华难留心绪的惋叹，情中见理，意蕴深长。“几时回”之问更将词人希冀夕阳重返又明知其难返的矛盾心态刻画得格外细腻。

下阕，词人笔锋宕开，承上阕，继续以景写情。“无可奈何花落去，似曾相识燕归来”，天然对仗，工致含蓄，婉蓄情深，唱叹传神，最是绝妙。暮春时节，百花凋零，为自然规律，难以抗拒，所以词人说“无可奈何”；然而，花虽殇逝不返，燕却年年重归，虽然那归来的燕已不是旧时的燕，但燕归之景，终究是“似曾相识”，为这黯然平添几许欣慰。这种情绪是极微妙复杂的，而词人恰是怀着这样的心绪“小园香径独徘徊”。为何徘徊？为花？为燕？是伤？是叹？是惜？是怜？词人不曾说。全词至此亦戛然收束，一切情语皆蕴景中，细细品之，备觉蕴藉。

凉州词二首（其一）

唐·王翰

葡萄美酒夜光杯①，欲饮琵琶马上催。
醉卧沙场君莫笑，古来征战几人回？

注释：

①夜光杯：用白玉制成的酒杯，可在夜间发光。

赏析：

凉州词是唐时颇为盛行的一种诗歌体裁，历来为边塞诗人所喜，终唐一代，凉州词颇多，最脍炙人口的却还要属王子羽（王翰字子羽）此篇。

诗人笔落慷慨，豪情恣肆，遣词热烈，旷达激越，虽有悲凉之意，却多视死如归之心，生死看淡，尽托洒逸。

首句“葡萄美酒夜光杯”，入镜称奇，似突然之间拉开帷幕，一幅充满异域风情、边塞气概的盛宴场面赫然于目。佳肴美馔，酒香器美，一片欢腾，读来，令人不由动容，虽未言情，却为全诗奠定了欢快、豪放、热烈的情感基调。

次句“欲饮琵琶马上催”，承首句：“欲饮”言宴乐之欢；“琵琶”为琵琶曲；“马上”指“马上乐”，是一种战阵横吹之曲；“催”既形象地写出了乐声催人酣饮的盛况，亦暗含军乐催人急饮，即将出征之意。

三、四两句，为首二句的层递，明是宴上劝酒的谐谑之语，却多多少少都带了几许悲凉。“醉卧沙场君莫笑”，语极旷达，“古来征战几人回”，豪中见悲，只不过这种悲却不是戚戚然之悲凉，而是一种沸腾热血的悲壮，张扬的是一种视死如归的豪放。是以，诗人虽是在言“几人回”，但语落之处欢快旷放之意却丝毫不减。由此，一位位性情粗豪，生死看淡，为国戍边的英武壮士形象便也跃然纸上，令人赞叹崇敬不尽。

永遇乐·落日熔金

宋·李清照

落日熔金，暮云合璧，人在何处。染柳烟浓，吹梅[①]笛怨，春意知几许。元宵佳节，融和天气，次第岂无风雨。来相召、香车宝马[②]，谢他酒朋诗侣。

中州[③]盛日，闺门多暇，记得偏重三五[④]。铺翠冠儿，捻金雪柳，簇带争济楚。如今憔悴，风鬟霜鬓，怕见夜间出去。不如向、帘儿底下，听人笑语。

注释：

①梅：指乐曲《梅花落》。

②香车宝马：贵族妇女乘坐的车马，装饰精美。

③中州：即中土、中原。此处指北宋都城汴京，即今河南开封。

④三五：十五日。指元宵节。

赏析：

公元1150年，上元灯节，羁旅异乡的易安独沐西风，感古伤今，心中寂寞凄凉难耐，遂作此词，聊述哀怅。

全词意境凄哀，遣词清丽，构架工致，对比鲜明，情感强烈，悠悠品之，最见余韵。

词上阕开首，落笔流美，以浅雅的笔墨，先绘了一幅余晖漫洒、云蒸霞蔚的壮美景致，却又以一句“人在何处”转乐为哀，诉尽羁旅之怅。及后，词人笔锋进一步宕开，以“染柳烟浓”“元宵佳节”“融和天气”“香车宝马”“酒朋诗侣”从视觉、听觉、风景、人情等多个角度对佳节盛况做了具体的描绘。良辰美景，有朋有酒，原不可辜负。然，诗人心中却充满了难言之凄凉，所以，纵便见风和日丽、春光正盛、梅柳含情、笛笙处处，她也全无赏玩之意，只担忧“次第岂无风雨”，嗟叹“春意知几许”，怕美好易逝、好景难长，为此，宁可婉言谢绝良朋之邀。

下阕顺承上阕，词人笔锋微折，以白描细述之法，道尽今夕。先写“中州盛日”，元宵欢宴相聚的热闹情景，再写“如今”，人在异地，“风鬟霜鬓”的憔悴凄凉。“怕见夜间出去”，为的是什么？不过是不堪筵散人终、夜深独归的凄凉，是睹今追昔、家国沦亡的悲愤，是物是人非、羁旅难耐的寂寞感伤，是……所以，她不愿出去，宁愿帘下“听人笑语”。

以今对昔，出与不出，似是极平常的选择，但两相比照，却别见几许凄怆悲凉。每每读之，无论是谁，总不觉为之泣涕感伤。

金陵酒肆留别

唐·李白

风吹柳花满店香，吴姬[①]压酒[②]唤客尝。
金陵子弟来相送，欲行不行各尽觞[③]。
请君试问东流水，别意与之谁短长？

注释：

①吴姬：吴地的青年女子，此指酒店里的侍女。

②压酒：压糟取酒。

③觞：酒杯。

赏析：

盛唐的烟雨中，淡染的诗山外，总有一道孤傲的身影在岁月的潮汐里漫卷着斑斓，这道身影，属于太白。太白一生，豪放恣肆，斗酒诗百篇，浪漫大气，真情真性。他的诗一如他的人，汪洋恣肆，浪漫雄奇，大气堂皇，就如这首《金陵酒肆留别》。

诗很短，仅六句，虽在话别，却无一字之萧疏。构思巧致，造语流丽，将一片离情尽付明媚，妙笔生花，可见一斑。

首二句“风吹柳花满店香，吴姬压酒唤客尝”，语落明丽，浪漫飘逸，寥寥几笔，便勾勒出了一幅东风怡荡、柳花飘扬、少女当垆执酒殷勤劝客的诗意图景。此处，“柳花”暗点物候；“风吹”应“香”；“香”承上启下，既写了柳花的清香，又应了“风吹”的动作，更引出了悠悠的“酒”之醇香；“吴姬”写人；“压酒唤客”言事，自然而然，悠然和乐。

次二句“金陵子弟来相送，欲行不行各尽觞”，顺承前句，对“客”做了生发。远客将别，独酌自然无趣，于是，诗人笔锋微转，写到了“金陵子弟”来送别的情景，别本感伤，但“尽觞”却描绘出了饯别的淋漓，唱叹而不伤怀。

由是，末二句，诗人笔锋顺下，以问而结，虽是在问，实则已给出了“别意长于东流水”这一答案。以水喻愁，既见宕阔，又显传神，一问抒情，豪放俊逸，别出心裁，既述了愁深愁长，又丝毫不见哀婉之意，大气磅礴，令人赞叹。

定风波·暮春漫兴[①]

宋·辛弃疾

少日春怀似酒浓，插花走马醉千钟。老去逢春如病酒，唯有，茶瓯香篆[②]小帘栊。

卷尽残花风未定，休恨，花开元自[3]要春风。试问春归谁得见？飞燕，来时相遇夕阳中。

注释：

①漫兴：漫不经意，兴致所到之作。

②香篆：篆字形的盘香。

③元自：本来。

赏析：

辛弃疾，字幼安，号稼轩，南宋著名爱国词人，词承豪放一脉，大气包举，清健雄奇，历来为人称颂。《定风波·暮春漫兴》为其传世佳篇之一。

全词情景交融，回环扣合，以喻开篇，赋春以性灵，以老少张目，以风落花、花要风辩证，寓情于景，自见机杼。

词上阕抒情，以忆起笔，先追忆“少日”逢春时插花走马、酣然长醉的飞扬恣肆，再转笔写“老去”逢春时“茶瓯香篆”的无聊、“帘栊”怅望的无趣。强烈的对比，不独道了迟暮之殇，亦道出了几分仕途失意的落寞哀凉。在此，“唯有”二字，最见精妙，不言凄怅而绘尽凄怅，不曾伤春而字字伤春，蔚然神妙。

下阕，词人转笔绘景，“卷尽残花风未定”原是词人透过“小帘栊”之所见，而风卷残花的凄凉又引出了及后种种。风卷残花，似乎是该恨的，然而，词人却说“休恨”，因为“花开元自要春风”，是风催开了百花，带来了春意，现在，它吹落残红，送春归去，又有何不可呢？词落之处，自见跌宕，一反一正，相衬相映，堪为妙笔。之后，一句“春归”之探问，不独将春拟人化，还以寥寥数语，带出了另一幅夕阳漫洒、燕遇春归的美好图景，虽是虚幻，却最传神，最传情。“谁得见?”燕子啊，它们在夕阳中“相遇”了！此处，“夕阳”折映的是“暮春”，但却不见暮之凄凉，只见春之明媚，化伤春为豁然，足见词人之襟怀器量。